妻子的选择

王小枪　唐小璐

— 著 —

山西人民出版社

图书在版编目（CIP）数据

妻子的选择 / 王小枪，唐小璐著. — 太原 : 山西人民出版社，2022.2
ISBN 978-7-203-12154-1

Ⅰ. ①妻… Ⅱ. ①王… ②唐… Ⅲ. ①长篇小说—中国—当代 Ⅳ. ① I247.5

中国版本图书馆 CIP 数据核字（2022）第 007271 号

妻子的选择

著 者：王小枪 唐小璐
责任编辑：李 鑫
复 审：傅晓红
终 审：贺 权
装帧设计：今亮后声

出 版 者：山西出版传媒集团·山西人民出版社
地 址：太原市建设南路 21 号
邮 编：030012
发行营销：0351—4922220 4955996 4956039 4922127（传真）
天猫官网：https://sxrmcbs.tmall.com 电话：0351—4922159
E—mail：sxskcb@163.com 发行部
sxskcb@126.com 总编室
网 址：www.sxskcb.com

经 销 者：山西出版传媒集团·山西人民出版社
承 印 厂：三河市金元印装有限公司

开 本：890mm×1240mm 1/32
印 张：9.75
字 数：215 千字
版 次：2022 年 2 月 第 1 版
印 次：2022 年 2 月 第 1 次印刷
书 号：ISBN 978-7-203-12154-1
定 价：39.00 元

目录

第　一　章

站在路口等红灯的时候，方糖用一根红色发带把头发紧紧扎成了一个马尾辫。一会儿可能要跑，她不想自己一副披头散发的狼狈相。斜挎在肩上的包沉甸甸的，她后面的任务还不少。交通灯变绿的时候，方糖看了看手表，时间不早了，得抓点紧。

朝阳区青年路附近小区众多，人口稠密。傍晚时分，这里是城管巡查的重点区域。方糖刚刚和几个城管擦肩而过，此时她拐进一个藏在胡同里的老小区，站在小区门口的一根电线杆子下面停住，张望了一番见四下无人，便从包里摸出一张告示，飞快地在背面抹上大力胶，平平整整地贴在了电线杆子上。

与此同时，手腕上的苹果手表嗡嗡振动起来。这是方糖之前定的闹钟，提醒现在已经到了小区物业巡查时间。物业巡视都是顺着小区走一圈，只要悄悄跟在他们身后，就可以把告示贴在每一个单元楼的门口，并且保留尽可能长的时间。

方糖神色坚定，仿佛一名不屈的战士。她在苹果手表上定了不止一个闹钟，每个小区物业的巡逻时间，城管在各个路段的巡逻时间，都被她精密地整理过。她踩着精确的节点，穿梭在人群里，所过之处都留下了那张告示。城管虽然已经注意了好几天，但始终没能抓住她，甚至都没能看见她的身影。

这场猫鼠游戏已经进行了好几天，方糖的精力也即将到达极限。可是每次掏出告示，看到毛毛黑亮的眼睛，她都告诉自己，一定要坚持，毛毛一定在某个地方等着她呢。

毛毛是一只三岁的金毛犬，刚出生就来到了方糖家。方糖一直喜欢狗，不过没养之前，也就是把狗当作一个可爱的宠物。但毛毛来了之后，一切慢慢变得不一样了。从刚来的时候还需要喂奶，到长牙开始吃流食，再到一个牌子一个牌子地试狗粮，上网搜食谱，向别人请教喂养心得，方糖手把手带大了毛毛。在她心里，毛毛已经不是一只宠物狗，而是她的孩子，她的亲人，她的家庭里不可或缺的成员。

所以，方糖的心里还是有点埋怨高家为——要不是丈夫在遛狗的时候接电话，松开了狗绳，毛毛怎么会跑丢呢？

这个念头在方糖心里闪过很多回，但她并没有说出口。应该也是无心之失吧，毕竟高家为也挺喜欢毛毛的，方糖不断劝着自己。苹果手表上的最后一个闹钟也振动过了。方糖掐准时间，贴完了最后一条街。之后，她扯掉头上的红色发带，脱下外套塞进包里，改头换面后，径直走过城管身边，回家了。

回到家里，方糖从一位迅捷的侦探变成了一位利落的管家。人工加机器人，一个小时后，这套大平层便干净得一尘不染。当然，这只是基本操作。每周换洗床单，把脏衣服按照内外衣物、干洗水洗等标准分门别类地清洁、送洗，书房的书架除了要隔天清理灰尘，还要定期整理书籍摆放顺序，更不用说高家为常年乱成一摊的书桌了——他自己并没有这样的感觉，因为每次坐到这儿的时候，方糖早都收拾干净了。

收拾完屋子，也收拾好自己，方糖坐在书房里，打开了电脑。自从毛毛丢了之后，她独自在家的时候都把时间排得满满的，她怕自己沉溺到悲伤的情绪里，难过而无用。这是她最讨厌的状态。

电脑屏幕上显示出了一篇标题为《相亲大会》台本的文档，这是高家为明天试录要用的稿子。作为情感作家，高家为现在已经小有名气，自媒体账号经营得都不错，公司已经有几十号人了。如果这次试录成功，搭上《相亲大会》这趟车，他从网络世界出圈到大众视野也就指日可待了。

机会难得，所以方糖这个幕后写手也不敢掉以轻心。她已经修改了好几遍这份台本，此刻，她盯着电脑字斟句酌，在一行红字后面又加了一段：女人为什么会变得粗鲁刻薄？没有人生来如此。也许正是因为有人给她们提了太多过分的要求。我一向认为这个社会对女性要求太多、给得太少了。女人何苦，又为什么去为难女人？

过了不到十二个小时，方糖写下的这段话被打印成手卡递到了高家为手上。他躲在卫生间里，把手卡上的句子一遍遍在心中默念——必须得熟练地脱口而出，才能让人相信这段话就是出自他的大脑。虽然方糖已经不是第一次帮他改稿子了，但这次毕竟不同，试录《相亲大会》是他事业征途上的一个重要台阶，能摸到这个盘子抢一口肉，那他便不是现在的身价地位了。况且，现场还有另一个点评嘉宾，比他更凶、更饿、更能抢。

熟悉完手卡，高家为掏出一个随身的小包，便携装漱口水、牙线、创可贴、止汗液等一堆小物件应有尽有。站在镜子前，他一边检查牙缝，一边用蓝牙耳机通话。对面是一个活动策划公司，正在给他报价。高家为听了一会儿，果断地说："场地的租金是不是还能便宜点？这是过生日，又不是结婚。"之后，他往嘴里喷了一下口气清新剂，对着镜子露出了一个职业的微笑。

演播室流程已经进入了倒计时，齐妙坐在嘉宾席上一脸从容。趁镜头还没转过来，她偷偷扫了一眼旁边的高家为。一身定制西装把他衬得愈加意气风发，完全没有了当年去她办公室面谈时的胆怯。三十五岁，可能在一些小姑娘心里这个岁数的男人已经是大叔了，可如果是高家为这样的大叔呢？齐妙又看了看台上十几位等着相亲的女嘉宾，如果在现实生活中遇上高家为这样的男人，有几个敢保证自己不越雷池半步？所以说，情场就是修罗场啊，看看谁能吃掉谁吧。

此时，主持人开始暖场。灯光打过来，主持人开始讲介绍词："你不一定认识他们，但是一定看过他们的文章。哪怕你自己还没有微信还没有微博，你周围的父母或者孩子，男女朋友和另一半，也一定转发和谈论过他们的观点——今天，我们非常荣幸地请到了两位著名的情感专家，高家为先生、齐妙女士。但是我们今天的安保压力也很大，两位平时王不见王，彼此的观点也很不一样，搞不好一会儿再打起来。导演在哪儿？要不要把他们的座位再分开一点？起码先把桌子上的杯子拿走吧？"

观众席里传出了一阵笑声。借着这个契机，齐妙先发制人地说道："女人从来不需要用武力来战胜男人。一个女人，如果靠粗鲁、刻薄和强势来显示自己，是最悲哀的一件事情。"

齐妙有相当多的铁杆粉丝，但她的言论也一直很有争议。果然，头一轮发言完毕，观众席和女嘉宾里，都有人在窃窃私语。

主持人见状，马上熟练地把话头递给了高家为："高先生认同这个观点吗？"

高家为的脸上露出了一丝礼貌性的微笑，他对着女嘉宾的方向说："一个女人为什么会变得粗鲁刻薄呢？没有人生来如此，也许正是因为像齐妙女士这样的人给她们提了太多过分的要求。我一向认为这个社会对女性要求太多，而给得太少。"此时，他微笑着转向齐妙："女人何苦为难女人，你说呢？"

齐妙的下一轮发言，被台下的女性观众和一众女嘉宾的鼓掌叫好声打断了。镜头切换之间，高家为的脸上露出了自得的神情。

现场观众都离开了，高家为这才卸下脖子上的领带。楼道里静悄悄的，他长出了一口气，仿佛要把心中的疲惫全都驱散。第一场试录，齐妙果然比他还拼。好在看现场观众的反应，高家为觉得自己更胜一筹。

情感作家这碗饭，齐妙比高家为吃得更早。高家为默默无闻的时候，齐妙已经出了好几本情感畅销书。从写博客到微博，再到现在的公众号等自媒体，她一步都没落下。虽然这几年她的声势有些滑落，但凭借剑走偏锋的观点和一套比较完备的说辞，她还是积累了相当一部分铁粉，而且齐妙的事业心极强，为了红什么话都敢说，什么事儿都敢做。

一想到这些，高家为就对齐妙心有忌惮。他做不到这么狠，也不需要。只要维持住现在儒雅的好男人形象，不愁粉丝不往上扑。

楼道的尽头，电梯门已经关上了一半。高家为紧走几步，按住了按键。两扇门重新打开的时候，已经站在电梯里的正是齐妙。

正拿着小镜子补妆的齐妙仿佛根本没看见高家为走进来，她拿着粉扑仔细地在脸上按压，又左看右看，寻找着妆面上的瑕疵。高家为面无表情地端详了她一会儿，突然伸手拨弄了一下齐妙散落的头发："换发型了？为了上镜特地做的？"

"好看吗？"齐妙的目光还是没有离开小镜子，但说话的口气却像撒娇一般。

"还行，显脸小，显年轻。"

高家为的回答句句都是夸，可齐妙听着却没那么顺耳，她不动声色地问道："你昨天去做脸了？没打两针水光针？"

"什么都知道，你在我身边安间谍了？"

齐妙把化妆镜一扣，不屑地说："就这个，算秘密吗？"我做头发你做脸，齐妙把话茬扯平了。想压她一头，没门，多亲近的人也不行。

高家为十分了解齐妙的性格，他无意跟她较劲，便岔开话题问道："你等会儿怎么安排，要不坐我车，一起去 798？"

"捎着我？"齐妙故意酸溜溜地说："你不回家接你老婆了？"

"接呀。我那车小是小了点，装你们俩，足够。"

看着高家为服软的样子，齐妙笑了笑说:“刚才怼我怼得像机关枪一样，现在倒挺客气。”

果然这是齐妙最在乎的点，高家为赶紧显现出一丝“慌张”地问:“我刚才的节奏，是不是有点过了？也没让咱们看回放，你觉得这个效果，能通过吗？”

齐妙颇为自信地说:“嘉宾吵架永远是热点。真要是能播，到时候再发个微博，热搜前十位，应该问题不大，相信我。”

不等高家为再说什么，电梯叮的一声，到达了地下三层。齐妙先一步走了出去，转头看了一眼高家为说:“我得先回趟公司，晚上我自己过去——免费忠告，老婆面前注意点，可别叫人给看出来。”

目送着齐妙的车子离开，高家为露出了一个莫测的笑容。

“生活就像一个巨大的拳头，不知道哪天，就会突然砸到你的脸上。这个突如其来的发现，彻彻底底把她给打蒙了。”

在电脑上敲出这句话以后，方糖便开始对着一闪一闪的光标发呆。这不是高家为的情感文，而是她自己创作的一篇小说《致命的温柔》。小说在一个原创平台上连载到了第三十章，她因为忙着帮高家为整理台本，已经断更了好几天。她一打开后台，下面便显示出一排催更的留言——

“怎么还没更新？”

“第一次看到这种题材的小说，这个妻子后面到底怎么了？作者赶快更新呀！”

“作者人呢？坑王驾到。”

……

鼠标滑过每一条留言，最后又翻到作者的名字上——方块七，这是方糖给自己起的一个笔名。她很喜欢七这个数字，接近圆满的十，但又有点距离，不至于把自己逼迫得那么紧。

所以啊，写不出来就先放放吧，干吗这么为难自己？何况今天还是她的生日。找到这个理由，方糖长出了一口气，轻快地在留言回复栏里敲下了一行字：最近有点家事，延迟更新，抱歉。

此时，手机叮咚一响，闺蜜的消息来得正是时候："王府中环花厨，下午茶，等你。"

孙小美是方糖的发小兼闺蜜，还是她从前在医院的同事。可这么铁磁的关系，孙小美见面的第一件事儿就是告诉方糖，今天晚上的生日趴，她以及共赴下午茶的另外两个前同事，都不去了。

"为什么不去？"方糖瞪大眼睛质问她们，"我的生日，我的闺蜜们不去，还有什么意思？"

孙小美拿着手机，找各种角度对着桌上的点心和摆件一通拍。她一边低头发朋友圈，一边说："别拿自己太当回事了，那哪是你过生日，那是高家为现场宠妻表演大会。去年是九百九十九朵玫瑰，今年又要表演什么？"

另一位闺蜜小吴也附和道："我们都单着，当着饿死鬼吃饭，年年去了受刺激，不去。"

看着闺蜜们个个脸上的坏笑，方糖也亮出了诱饵："不去白不去。今年换地方了，户外，时尚杂志的摄影师也去，你们想好了。"

孙小美抬起头，故意露出一副大惊小怪的样子："早说呀，早说我提前一礼拜减肥了！”

“你不是刚减下来吗？”方糖说着便要去摸孙小美明显纤瘦了不少的腰肢。

孙小美侧身一躲，拍拍肚子说：“勒着束腰呢，一解就弹出来了！”

小吴对孙小美的处境感同身受：“不是吓唬你方糖，等你到了三十五岁，哎，从你今天开始，新陈代谢明显下降，真的，自然规律。不说别的，就你这皮肤算保养得好的，也得抽巴。我现在都戒糖了。”

来自医疗工作者的恐吓，完全没有震慑住方糖。她满足地咽下一口蛋糕，指着在座的几个人说：“说得女人还不能活了。你们一个个的，三甲医院的大医生，有事业有前途，家庭幸福，没一个胖子！就你们这样的还天天嚷着要减肥要保养，对自己要求别太高，活得多累呀。”

孙小美哀叹着说：“瞅瞅，这得婚姻幸福成什么样的女人才有底气这么嘲笑别人呀？”

从前老爱跟方糖换班的刘早早不无羡慕地说：“你老公好像越来越红了啊，朋友圈里经常能看见别人转他文章。”

不等方糖客气，孙小美抢先说道：“别嫉妒，还是咱投资眼光不行。当初高家为娶她的时候，挣得还没她多呢。你看人现在，都在家全职休息了，还假装羡慕咱们——”说着，她转向方糖：“要不咱俩换换？你给我找个会挣钱的老公，催着逼着叫我辞职，我要是犹豫一秒钟，我都不是人。”

小吴又抢过话茬说："人家方糖当时也是科室重点培养的种子选手，前途也是亮着灯的。这也是牺牲呀，犹豫一下，正常。"

虽然言语中似有奚落，但方糖一点不生气。也只有毫无利益关系的铁磁闺蜜，才能放开了什么都说。成年人的世界，哪怕是片刻的放肆也是难得了。当然，她也并不想让这个话题持续太久，于是岔开话题问道："别老聊我，聊聊医院。上回你们不是说那谁跟那谁有动静吗？最近进展怎么样了，实锤了没有，快说说呀。我都等了一礼拜了！"

讲八卦是孙小美的专长，听到方糖提起这个茬儿，她马上拉开一副"书接上回"的架势，没说两句，满桌几个人就笑成了一团。

"上学的时候老师怎么教的都忘了?《鉴别诊断学》不就是抓小三吗？咱那位女同事当初就是学霸，现在发现点不正常的症状，还不是手拿把攥？先是无意啊，从她老公的数码相机里看见有一个女孩的几张照片。照片倒是没什么，后来有一天，她又从老公的裤兜里发现了一张发票，国贸的GUCCI（古驰）店，一件女款大衣。但是，那件大衣不是她的号，而且她也从没见过那件衣服。接下来就是一路调查，你们别说，让方糖猜猜，第三者是谁？提示一下啊，都是住院部的！"

看着孙小美神秘兮兮的表情，方糖有点意外地追问道："就凭一张发票吗？她就开始怀疑了？"

"不还有照片吗，再说女人在这方面的第六感，老灵了。"孙小美两眼一眯，好像成了手握水晶球的预言家。

可不等方糖回答，小吴先插话了："那要是我就完了，我家的衣服都是我老公洗，我根本不会去翻他的裤兜。要发现，也只能他发现我的。”

听了这话，刘早早故意拿过小吴的包：“嗯，我先替你找找……要不咱们先对对词，哪天你老公问起来，我们也好给你打个圆场。”

你一言我一语，桌上又陷入了插科打诨的玩笑声中。唯有方糖看着眼前的蛋糕出神——她昨天洗衣服的时候从高家为的裤兜里也翻出来一张小票。本来对这些票据方糖都不太在意，但这个 YSL 的标志卷在一堆停车票加油票里，显得过于格格不入，好奇心驱使她把这张购物小票抻了出来：YSL（圣罗兰）手包，价格人民币一万九千八，北京华联（SKP）百货。她当时也没想太多，只是一晃神，便没有把这卷票据直接扔进垃圾桶，而是随手放在了桌子上。

此时，一张平平无奇的小票经过孙小美的点化，瞬间变成了一个值得玩味的巧合。方糖掏出手机，在备忘录上写了起来：发票引发的猜疑……

此时，小吴和刘早早相约去卫生间，孙小美见方糖埋头在手机上写字，凑过来问道：“记什么呢？”

方糖边写边回道：“这故事挺有意思，找个机会，放到高家为的文章里，借用一下。”

看着头也不抬的方糖，孙小美渐渐收回了刚才玩笑的表情：“助理当得挺称职呀，真不打算回来上班了？”

方糖往四周扫了一眼，小声说道：“之前不是在备孕吗。但是怀孕这事吧，也一直没什么动静，就弄得有点尴尬，说实话老在家里待着也挺无聊的，不过倒是一直没闲着，他那边很多事情都要我来弄，我还真比他的助理要忙。”

“助理都是有工资有奖金的，你呢？”孙小美语气越发严肃，不等方糖解释，她便拦住话茬继续说道：“你听我说。你其实干了不少工作，但因为你们是夫妻吧，变得好像是帮忙。医院那些同事都觉得你是靠老公养的。我当然知道你们感情好，不分钱不分人，但总归自己的钱，才更有底气更安全，你明白我的意思吗？”

避开小吴和刘早早两位同事是不想医院里传出流言蜚语。方糖怎么会不明白孙小美的苦心，但远处已经传来了小吴的笑声，她也只能对孙小美点点头，用一句“明白”结束了这个话题。

齐妙日常乘坐的商务车简直就是一间移动的办公室。中间的座位已经移到了最后，空出来的区域乱七八糟地扔着衣服、电脑、化妆箱，还有整包的水。

齐妙坐在座位上，大口地吃着麦当劳三件套，一点没有舞台上的优雅。身旁的助理大雨，正在逐一汇报后续的工作安排：“出版社的颜总今天会亲自来，带着社里最好的责编。相比民营公司，他们最大的优点是书号审批的时间短和发行能力强。版税，我报的是百分之十五，首印和上一本书一样，他们应该可以接受。图书市场现在很不景气，所以今天要谈的主要是宣传和营销这两方面。关于合同的谈判，最好在四点之前结束，这样能赶得上五点在丽都花园和公众号的人谈合作。对方有人吃素，所以我订了一家素食餐厅。吃完之后错开晚高峰，直接去798，时间刚刚好。”

正在喝水的齐妙听到“刚刚好”这几个字，插话问了一句：“北京这路况，会不会卡得太紧了？”

大雨没有直接回答这个问题，她的手机一直开着导航，在向齐妙汇报的时候，她也在不间断地关注地图上显示的实时路况，并不时指导司机的行进路线：“前面出口进辅路，往前开一百米，右手有个路口，你拐进去，然后一直上五环，不堵车。”

此刻面对齐妙的质疑，她没有一丝慌张：“我把堵车的时间也算进去了，如果没有意外，来得及的——”

话音未落，突然“咣”的一声，车子被追尾了。齐妙看了看身上，幸亏衣服没洒上饮料。而大雨已经跳下车子去和后面的肇事司机交涉了。过了一小会儿，她快步回到车门口，对齐妙说：“耽误了五分钟，加上路况变化，预计会迟到半个小时。我已经和颜总打过招呼了。你们先走，这里的事我来处理。高太太的生日礼物在红色的纸袋子里，上面还有一张便笺，落款上您签个字，晚上直接给她就可以了——走吧。”

齐妙放心地点了点头，冲大雨挥了挥手，商务车快速地开走了。大雨又转头看向事故现场，肇事的是一辆货拉拉，司机急得满头大汗，皱着眉头打电话，嘴里叽里呱啦地说着方言。待他挂断电话，大雨上前一步抢着说道：“《交通法》规定追尾全责，我们赶时间，情况也不严重，你留个电话，回头我直接和您的保险公司联系就行。”

司机还有点犹豫：“这……这得看看吧。”

“这还有什么可看的？”大雨说着一举手机，“再看也是这个结果。停在路上妨碍路况，交警来了先得罚您二百。小剐小蹭快速解决，这是原则。照片已经拍了，要是不放心，我陪您一起报警，您打还是我打？”

司机被怼得张口结舌，看着眼前这个形象有些肃杀的女人，他别无他法，最后只能报出了手机号码。

处理妥帖之后，大雨往前走了一段，叫车软件上最快接单的也要等十几分钟。她拿出手机看了看时间，还没到晚高峰，这个点的地铁应该还不至于太挤。大雨不是吃不得苦，但一会儿还要见人，她不能在地铁里把形象挤乱。想到这儿，她下意识地捋了捋头发。乌黑顺直的长发被梳成了一丝不乱的马尾，和她果断的语气、严肃的表情，配合得天衣无缝。但是谁也不知道，在她手机相册里收藏着一张照片，照片上的人与大雨有着完全相同的容貌，但神情却判若两人——她秀发飞散，眼神清澈，像一只有些慌张的小鸟。

大雨坐在地铁上，看着手机里的照片出神：“小雨，你现在怎么样了？那些欺负你的人还活得好好的，好像你从未来过一样……”

天色擦黑的时候，方糖从商场里走了出来。听到路边的鸣笛声，她笑着挥挥手，朝等在路边的高家为跑过去。

“小美她们怎么不一起来？”在路上，高家为边开车边问。

方糖叹了口气：“有的要值夜班，有的明天还要早起，医生都这样。”

高家为深有同感地点点头：“真是，搞什么也别搞医。所以我才劝你辞职，没有比大夫护士更累的了。”

方糖满足地伸了个懒腰，然后便关心起高家为的事儿来：“今天你们录的节目怎么样？哪天播？”

“只是试录。能不能通过，还不知道。”

“现场气氛怎么样，有没有什么可以拿出来做话题的东西？我写的那些词你用了吗？”

高家为露出一丝微笑：“‘女人何苦为难女人’，这么老的俗词儿效果还挺好，我也没想到。”

方糖得意地哼了一声：“我比你更了解女人，听老婆的话不吃亏。”

高家为冲方糖竖了下大拇指：“我和齐妙在现场吵得跟真的一样，现场的观众反应都对得上。你写的那些词，女观众都喜欢。”

听了这话，方糖更来劲儿了：“你让你们公司的人再写两篇新闻稿，炒一炒你和齐妙观点的对立，着重把你‘女性视角情感专家’的人设立一立，这几天找营销号发发稿，造造势。不一定给网友看，给电视台看就好了。”

“遵命。”话是玩笑话，但高家为望向方糖时，眼中满是真诚的赞许。

方糖亲昵地拍了高家为一下，忽然话锋一转：“送你一个惊喜，猜猜。”

趁着等红灯的空，高家为拍着脑门着实想了半天：“你表弟还咱们钱了？”

“再猜。”

“这周末不用回你爸妈家吃饭了？”

方糖深吸一口气：“你看看，看我。有什么不一样？”

高家为扫了一眼交通灯，然后转头仔细端详了一下方糖，有些迟疑地说："你剪头发了？"

方糖像泄了气的皮球，噘着嘴望向了窗外。高家为一头雾水："我说错了？你不会是隆胸了吧？"

外面响起了汽车喇叭声，绿灯早亮了。方糖没好气地回了一句："你还是专心开车吧。"

方糖的生日会在798艺术区一个半露天的场地里举行。场地布置得简洁典雅，食物则是精致的冷餐。现场的迎宾是高家为公司的两个小姑娘，一个穿着朴素几乎是半素颜的，名字叫马晓欧；而另一个画着blingbling（闪亮）眼影的，名叫夏天。已经陆续来了不少客人，两个人站在门口，保持着甜美的微笑，不敢怠慢。

此时，齐妙带着公司的一个女孩远远走了过来。因为和高家为的公司同在一栋写字楼，两个公司的女孩也早就彼此熟悉，远远地就微笑示意。趁着齐妙和其他客人寒暄的时候，夏天凑到女孩身边小声问了一句："今天下班这么早，难得吧？"

女孩从迎宾台的盘子里捏了块点心扔到嘴里，嘟嘟囔囔地说："整个写字楼，就咱们这俩公司最变态，下了班不还一样回不了家？"

此时，晓欧看到齐妙朝她们的方向看了一眼，赶紧冲那两人"嘘"了一下。对话戛然而止，齐妙目不斜视地从她们身边走过，同行的女孩也马上跟了上去，又恢复了不苟言笑的职业范儿。

场子里面已经热闹起来了。就像孙小美说的，这分明就是高家为的宠妻大会。而大型秀恩爱现场里，也就难免有一些酸溜溜的观众。三三两两聚在一起聊天的熟人里，有两个人悄悄地议论着：

“高老板对老婆不错呀，形象需要还是真的？”

“你说呢？”

“爱情这东西，十几岁的时候还能信。多漂亮的老婆，娶了最多两年，互相看着不烦就不错了。”

“人家这两口子结婚可不止两年了。”

“所以呀，那更不容易了。”

方糖没听见这段对话，她应酬着一拨又一拨的朋友，忙得快要飞起了，以致齐妙走过来的时候，两人差点撞上。

“齐妙啊，你这么忙还能来，太感谢了。”现场的气氛让方糖的语气也跟着有点浮夸起来。

齐妙递上一个 TOM FORD（汤姆·福特）的口红套盒，笑盈盈地说：“生日快乐。”看着方糖满脸笑意地道谢，她忽然凑过去小声问：“你是不是做脸了？”

方糖眼神一跳：“你看出来了。”

齐妙夸张地眨眨眼：“我是觉得你的皮肤状态好像好了不少，也紧致了。你做的什么，热玛吉？”

“第一次做，明显吗？”被别人看出来，方糖还有点不自然。

齐妙微微摇摇头，接着问：“疼不疼？我听有人说还好。”

“疼，都给我疼哭了。再也不做第二次了。”说着，方糖瞥了一眼远处的高家为：“他还没看出来。”

“嗨，男人嘛，都这样。他要是看出来倒奇怪了。”这句话说完，两人都笑了。齐妙接着又问：“你在哪儿做的？现在做这个的挺多，我就怕有的不安全。”

“一个医生朋友介绍的，正规的美容院，也有行医执照，我看过了，靠得住。”

“还是得慎重，有风险。我们公司上一个前台你见过吧，有一次打针没弄好，嘴都歪了。”

“啊？她才多大呀，就打针了？”

“你才多大呀，不也打了？”

“我今天都三十五了。”方糖又想起了下午同事说的三十五岁的话题。

但这话戳中了齐妙，她比方糖正经大几岁呢。“那我是不是得去换脸才行？”齐妙白了方糖一眼说。

方糖自知失言，赶紧笑嘻嘻地挽起齐妙的胳膊：“你和我能一样吗？你皮肤先天条件就好，这些年又一直注意保养，你这皮肤状态，跟那些小姑娘差不多。”

齐妙看着不远处聊天的年轻女孩们，不禁感叹：“怎么可能差不多？我们再保养也比不过那些二十来岁姑娘的胶原蛋白。”

“她们也没有你的气质和风度。我做这个也不是为了和小姑娘比年轻，是为了自己高兴。”

方糖自然而然的回答让齐妙心头一震，她笑着问道：“这不是高家为的观点吗？”

“我也是这么想的。”方糖赶紧笑着说。虽然表面上亲密，但齐妙毕竟是高家为的竞争对手。况且齐妙这到哪儿都要冒头的性子，绝不能让她知道自己帮高家为改稿子的事儿。

但这个回答躲不过齐妙灵敏的嗅觉，她像是半开玩笑地说：“方糖，我有时真的分不清是你在吸收高家为的观点，还是他的观点其实是你告诉他的。因为我觉得他的很多观点，怎么说呢，那些蠢傻笨直男是想不到的。”

方糖不置可否地答道：“他们是笨了一点，但也不是想不到，有同理心就可以。”

“同理心？男人还有这个东西？”齐妙瞪大眼睛，表情夸张地回了一句，然后两人都笑了起来。

出了地铁，大雨收到了齐妙的微信，晚上方糖的生日会她不用赶过去了。大雨松了口气，缓缓走在街头。不远处一家KTV的霓虹灯已经点亮，大雨看着五颜六色的灯牌，一时有点恍惚，那个晚上小雨走在街上，看到的也是这片灯红酒绿的喧嚣吗？

一辆出租车停在KTV门口，小雨穿了一袭婚纱，在众人猜疑的目光中，冲进了一个房间。灯红酒绿之间，房间里的众人被她这身打扮惊得不敢出声。只有她的男朋友韩潮熟视无睹，依旧拿着话筒继续唱歌。

几个穿着性感的啤酒女郎悄悄溜了出去，而其他人也有点受不了这尴尬的气氛，终于有人走过去切断了音乐。

“我还没唱完，干吗关了？”韩潮拿着话筒喊了起来，见众人一个劲儿冲他使眼色，他有些不情愿地望向小雨：“今天是玩cosplay（角色扮演）吗？”

小雨慢慢走到茶几旁边，拿起另一支话筒，微微颤抖着说：“韩潮，一年前你就说要和我结婚。到现在，你提的所有要求我都同意了。韩潮，我们结婚好不好？”

韩潮皱着眉听完这段话，沉默了一会儿，走到小雨面前，口气从嘲讽变成了哄骗：“我从来没说不结呀，但结婚应该是我求婚，你现在这样，多不好。等我给你补一个求婚仪式再说，好不好？”

彼时的小雨似乎已经丧失了分辨能力，竟然把韩潮的话当成了同意结婚的承诺。她眼泛泪光，激动地说：“不用，我不需要。我可以向你求婚，只要你愿意和我在一起。”说着她便膝盖微曲，准备跪下去。

韩潮吓得赶紧一把拉住，把小雨搂在怀里说：“别别别，这儿可不行。你先起来，结婚是大事，不得找个大师看看，算个吉日呀。”

旁边的朋友们开始起哄吹口哨。小雨更是激动得泪流满面，紧紧抱住了韩潮，完全看不到韩潮尴尬而不耐烦的表情……

霓虹灯一闪，大雨回过神来。那个夜晚已经过去了，那个沉浸在幸福中的小雨还能回来吗？

生日会已经酒过三巡，方糖看着高家为从卫生间里走出来，忽然吃惊地迎了过去。刚刚，高家为因为太热脱掉了西装外套，当时方糖就在他身边，洁白的衬衫干干净净的。可此时，高家为的肩膀上赫然印了一个鲜红的唇印。

看着方糖脸色异样地走过来一把按住自己的肩膀，高家为奇怪地问：“怎么了？”

方糖大大方方地直接问道：“你这儿怎么有个口红印？”

“哪儿？哪儿有啊？”高家为使劲儿拉扯衣服，想看个究竟。方糖见他行状狼狈，赶紧拉起高家为的手，回到了卫生间。

镜子里，高家为看清了自己肩上的唇印，他拿着纸边擦边说：“这是什么时候弄上的？”

方糖从旁边的机器里抽出两张纸，推开高家为的手说：“你别瞎弄，越弄越脏。”

“这怎么弄上的？是口红吗？刚才谁蹭的？”高家为似乎全然不知。

方糖小心地清理完毕，又整好了衬衫领子，故意半开玩笑地说：“谁蹭这么近，倒你怀里了？”

“没有啊，刚才谁碰我了？”高家为立马提高了声调。

方糖笑笑：“你这么紧张干吗，做贼心虚似的。”

“不是，我……”

“行了行了，快出去吧，大家都在外面等着呢，咱俩躲在这儿不合适。”说完，方糖把高家为推了出去，但手里擦过口红的纸却被她悄悄塞进了口袋里。

场地内，人群熙熙攘攘。目光扫过之处，几乎每一位在场的女士都涂了口红，方糖被各种各样的红色湮没了。忽然，她看见齐妙正站在高家为的身边。因为环境嘈杂，她几乎是贴着高家为的耳朵在说话，远远看上去，她的脸刚好挨着高家为的肩膀。而更为巧合的是，齐妙今晚背的包恰好是 YSL 的新款。

小票，口红，方糖一时有些透不过气来。恰在这时，齐妙看到了她，笑着向她招手。方糖深吸一口气，正要走过去，忽然四周响起了“祝你生日快乐”的音乐声。所有人从四周围了过来，将方糖簇拥在了正中间。紧接着，一个华丽的多层蛋糕被小心地推了出来。烛光闪烁，照亮了方糖和身边高家为的脸。欢呼、掌声以及或是羡慕或是嫉妒的目光，一齐包裹住了方糖。

万众期待之中，方糖悄然许愿，吹灭了蜡烛。人群中再次爆发出一片欢呼，背后的幕布开始自动播放一张张方糖和高家为这些年的合影，每一张照片上的他们看起来都十分幸福开心。

再次打开车门时，方糖已经感觉十分疲惫，但后座上崭新的 LV（路易威登）包装袋又给她提了提神。

方糖打开包装看了看，转向高家为问道："怎么开窍了，给我买包了？你以前不是一直说这个是消费主义，不值得吗？"

高家为假装无奈地回答："我天天被你们教育，成长了。"

"为什么买 LV？"

"不就这个最有名吗？"

"你还知道什么牌子？"

"牌子太多了，我哪记得住。"

这时，高家为的手机响了。他掏出来看了一眼，是个没保存过的陌生号码，于是便按了静音，把手机放在了一边。

"怎么不接？"方糖看了一眼问道。

"一天到晚都是这个，垃圾电话。"

"挂了不就好了？"

"挂了还打，不理就行了。"

方糖没再说话，看着手机屏幕亮了一会儿，然后悄然暗了。

回到家里，高家为立刻陷入了微信的海洋。一条条地听，再逐一回复，有文字，也有语音。

“报价可以再高一点，你就当是冒险，失败了还有原来的价格顶着，你怕什么？我收到了，最晚明天中午给你回复；后天和小说阅读网的会议先取消吧，我觉得他们没什么诚意，先放一放，嗯——”

方糖端着一杯茶走过来，高家为非常自然地接过来，喝了一口，继续忙于回消息，都没来得及看一眼方糖。

方糖自己也喝了两口茶，然后背起那个 LV 包，走到穿衣镜前来回照了起来。

“喜欢吗？”回完消息的高家为在身后问道。

“喜欢。”方糖拿着包坐到高家为的身边，颇有些感慨地说：“前几年，好几个朋友都有了 LV。我当时心里还想，这么贵的包，我这辈子都不会去买，太不划算了，太傻了。没想到啊。”

高家为满不在乎地说：“你要是喜欢，以后再买几个。”

方糖听了这话连忙摆手：“够了。我现在也没那么多事，也没什么场合背，浪费钱。”

“前几年穷，就算想买也还真有点舍不得。现在买房子买车不敢说，买个包还是可以的。”

刚说完，高家为的手机里又来了消息。方糖看了他一眼，有点不甘心地凑过去问：“你真没看出来我有什么变化？”

高家为看了看方糖，突然想起了这件事：“那个热什么……做脸了，是不是？你们那名字我也记不住。齐妙刚才跟我说我才知道。我还真没看出来，你皮肤本来就挺好的，做这个干什么？”

方糖摸了摸自己的脸：“提拉紧致，你不觉得我的皮肤比原来好了吗？”

高家为往后仰了仰头，端详着方糖说：“是好了。你觉得好就行，就是注意别有什么副作用，再把脸弄坏了。”

方糖狡黠地一笑：“你都开始做美容和健身了，我不更得注意注意保养，嗯？”

“我那还不是为了出镜，健身练得屁股疼，给我钱我都不想去。”

此时，手机振动，又有电话打了进来。高家为直接按了静音，主动说：“还是垃圾电话。”

没想到，方糖却伸手对他说：“我帮你接吧。要不老打。给我。”

“嗯？”高家为有点意外。

方糖半开玩笑地说：“怎么？不能接？”

静音的手机在逐渐凝固的空气中顽强地亮着屏幕。高家为看了一眼手机，自己按了接听键，同时按了免提，里面传来了一个女人的声音：“是高先生吗？专业办理银行贷款，要不要了解一下？”

方糖看了看高家为，按了挂断键：“一了百了。”

深夜，高家为拿着手机蹑手蹑脚地走进书房，轻轻关上房门，又把耳朵贴在门上，听了听外面的动静。然后，他走到窗边，从手机里找出回家路上按掉的那个电话，拨了回去。

没一会儿，电话通了，不等对面说话，高家为便压低声音抢先说道：“不是说我在家的时候别打电话吗？”

“有个事，今天一直没机会和你说。”电话里一个女人说道。

“明天再说吧，就这样。”

挂断电话后，他缓缓呼出一口气，然后删除了刚才的通话记录。

回到卧室，方糖已经睡着了。高家为把手机放在床头柜上，关掉了夜灯。大床的另一侧，对称地放着一个一模一样的床头柜。在这个柜子的抽屉里，方糖放进去了两样东西——擦过口红的纸巾和 YSL 的小票。

这一夜，高家为睡得不踏实。他梦见方糖打开了他的手机，打开了微信逐一检查。惊醒的时候，高家为吓得出了一身冷汗。可在他的身边，方糖一直沉沉地睡着。

第二天刚一上班，齐妙就带着大雨来到了高家为的公司。她轻车熟路地走到办公室门口，象征性地敲了两下，然后直接推门走了进去。大雨并没有跟进去，而是把包递给齐妙，自己转身进了茶水间，抱着电脑工作了起来。马尾紧紧扎在脑后，似乎也一起进入了工作状态。

对齐妙来说，高家为的办公室跟她自己的办公室一样熟悉。她根本不用向任何人招呼，走到柜子前拿出一个纸杯，又从旁边的袋子里倒了一点茶叶。可倒完低头闻了闻，她便对高家为抱怨道：“创业也别这么抠行吗，这茶叶还是去年的吧？”

高家为拉开抽屉，拿出一个精致的茶桶，起身给她泡茶：“那得赖你老不来，喝这个，新茶。”

齐妙把纸杯放在一边，一屁股坐在沙发上，脱了高跟鞋，一边揉着脚趾，一边说："台里看了节目录好的样片，领导的意见不一致。咱俩互相攻击的方式，有人觉得出话题，有人觉得有争议。"

"不是他们让吵的吗？"高家为反问道。

"那是栏目组的意见。"齐妙叹了口气，"他们也是'揣测圣意'，行不行，还得领导说了算。"

"领导现在的心思，谁揣摩？"

"导演呗。这两天吃个饭吧，你约还是我约？"

高家为笑着递给齐妙一杯茶："异性相吸。我要是他，肯定也是想见你呀。"

订票，对合同，大雨在茶水间忙到腾不出手，忽然她感觉跟前闪过一个人影，抬头一看，竟是方糖。她化着淡淡的妆，笑眯眯地说："高家为要是有你这么细致的助理，我也犯不上老给他送丢三落四的东西。"

大雨赶紧放下手里的活儿，起身说道："妙姐在高总的办公室，我去叫她……"

方糖拦下了她："不用不用，他们聊正事，咱们别去打扰。"

高家为的公司堪称娘子军，除了他没一个男的。陆续有人来茶水间倒水，有的看见方糖热情地打招呼，有的却好像根本不认识，直接走了过去。

大雨看到这场面，问道："她们不认识您？"

方糖不以为意地笑了笑："我很少过来，除了他的助理，好多人都没见过，今天来，才知道前台都换了。"突然，她话锋一转，向大雨问道："昨天晚上，妙妙背的那个包——挺好看的。"

"YSL去年最红的款，去年一出她就买了。"大雨非常自然地回答，"在法国买的，国内这款现在还挺不好买的。"

方糖"哦"了一声，突然起身："差点忘了个事——你先忙，回头再聊。"说着，便径直走向了高家为的办公室。

方糖连门也没敲，便直接推门走了进去，这让齐妙和高家为都有些吃惊。怔了一下后，齐妙连忙穿上了鞋，正要说话，方糖却抢先开口了："你们聊什么呢？我不打扰吧？"

"没有，在说录节目的事呢——"齐妙说着坐直了身子，"你们有事啊？"

方糖坐到齐妙身边，看着她说："老夫老妻能有什么正事儿。你看，谢谢你送的礼物啊，我已经用上了。"

齐妙也看着方糖的脸："这颜色挺适合你的，显得气色特别好。"

话题就这么自然地扯到了口红上，方糖随口问道："你昨天的口红是谁家的啊，什么色号，挺好看的。"

"昨天？昨天我好像用的是CPB（肌肤之钥）吧？色号我忘了，我得回去看看。"

方糖笑了笑："好啊，你到时微信告诉我。"

"没问题。"齐妙说着站了起来，"电灯泡告辞了，你们慢慢聊。我先回公司。"

目送着齐妙离开，高家为有点奇怪地问道："你怎么来了？"

方糖端起齐妙刚刚喝剩的茶，扫了一眼杯子上的唇印，又放下，说：“路过。”

与此同时，电梯里的齐妙已经忍俊不禁了。大雨看着她，却没有问什么。可齐妙忍不住了，一边笑一边说道：“方糖，嗯，有点意思。”

“怎么了？”大雨这才问。

齐妙得意地自问自答道：“知不知道怎么断定女人开始怀疑男人？一，语速；二，眼神；三，步态。这三样和平时全不一样。方糖是个顾家的猫，肯定是耗子不老实，猫才到洞里找证据来了。”

大雨听出了齐妙的弦外之音，她想了想，说：“她刚才还问了我，你的包在哪儿买的。”

“完了，高老板这下危险了。”

“他在外面有人？”

不等齐妙回答，电梯叮的一下停住了。齐妙笑着走出去，什么也没说。

确实有段时间没来了，方糖似乎对高家为的办公室产生了浓厚的兴趣。她左看看右瞧瞧，最后停在了鱼缸跟前。看着缸里游弋的热带鱼，她好奇地问：“以前养狗，叫你遛个狗喂把食能难死，现在倒有心思养鱼了？养这种小东西很费工夫，你顾得过来吗？”

高家为喝了口茶回答：“这不用我自己弄，工资不能白发，有人给喂。水能生财，风水大师说了，有它对我更好。”

“那要养死了怎么办？”

高家为撇着嘴说："今天就不管明天的事了吧，操心。"

方糖哼了一声，又转向小鱼，看了一会儿问道："你们刚才聊什么，节目怎么了？"

"还是风格问题，台里有点争议，商量商量。"

说话间，方糖已经走到了高家为的电脑旁边，直接坐到了他的位子上。高家为赶紧走了过去，方糖看看电脑的黑屏，又看看高家为，问道："能看吗？"

"有什么不能的？"说完他输入了屏保密码，打开的页面是一篇连载的网文，作者方块七。

方糖小吃了一惊，写小说的事她没对高家为说过，难道他发现了？犹疑了一下，她还是决定先装傻看看。

"你还有闲空看这个？"方糖看了看屏幕，笑着问。

虽然亲手打开了电脑，但高家为像个看守似的，半步不离电脑："换脑子的时候用的。"

"好看吗这小说？"

"还行，这个小说还真算写得不错的，挺有新意。"

此时，一阵敲门声传来，高家为的助理珠珠探头进来。"方糖姐，高总，这个和对方的确认比较急……"

高家为示意珠珠过来，接过了她手里的文件。方糖也起身凑了过去："团队建设？去哪儿啊，好玩吗？"

"团建有什么好玩的。"高家为边签字边说。

方糖重新坐回了椅子上，轻巧而坚定地说："我也想去。"

晚上，高家为特意回家和方糖一起吃晚饭，而且面对方糖临时做的几个菜，他也特意吃得狼吞虎咽。当然，这些特意都藏在他心里。表面上，他只是临时取消了一个会议，碰巧赶上点可以回来吃饭，而妻子方糖的厨艺一如既往的好，他的吃相完全是情难自禁。

不仅如此，他还主动提出要开一瓶红酒。面对方糖的疑问，高家为郑重地说了两个字："有事。"

对于高家为的举动，方糖也隐约感觉到了一丝异样。毕竟小票和口红还在抽屉里，她的心多少有点悬着，但是抬手不打笑脸人，何况夫妻之间呢，暂时放下猜忌，自己也乐得轻松惬意。

于是，二人一唱一和地很快喝掉了半瓶红酒。高家为似乎有点上头，他举起酒杯，感叹地说："这杯酒我得敬你。我忙，不着家，天天都在外头，但从结婚到现在，我知道你这些年有多不容易。我天天在电视上说男女平等，其实在自己家都做不到。袜子和内裤在哪我都不知道，每天我出门的东西也都是你准备的。一天两天还行，这么多年，换了我，我是做不到。"

点点滴滴都说到了方糖的心里，她听得有些感动，甚至有点不好意思了。看着高家为又给她的杯子里添酒，她有点自嘲地笑着说："今天怎么了，要给我开表彰会？"

高家为无奈地叹了口气："我是觉得我天天在外面跟别人说婚姻，说情感，一套一套的，其实自己做的差得远，我自己知道。"

二人凝视着彼此，心中都泛起一阵波澜。到了这个岁数，稳定的家庭生活早已把爱情搅拌成了一锅粥，味道不甚美妙，但喝下去便能饱腹。有人珍惜这口温暖，也有人依旧渴望齁嗓子的甜。高家为和方糖猜度着彼此的想法，也体味着自己的心境。二人默契地举起酒杯，浅浅地抿了一口酒。

方糖望向书房，幽幽地说："我以前看过一本书，三浦友和写的。书里说他和山口百惠的孩子大了，他俩又开始了二人世界，有时候两个人晚上会慢慢把一瓶红酒喝完，就那么聊一宿。我当时就觉得，这可真浪漫。"

高家为点点头："两个结婚这么多年的人，还能这么浪漫，是不容易。"

"那咱们呢？"

看着方糖似有深意的目光，高家为什么也没说。他挪开酒杯，把放在旁边的笔记本电脑拿过来打开，点开一个视频文件，然后把屏幕转向了方糖。

视频显示的是一个角度固定的监控画面，看起来好像是前一天晚上的生日现场。

"这是什么？"方糖问道。

高家为一脸诚恳地回答道："昨天我的衬衫上沾了口红印，让你怀疑了，所以你今天就去了公司，对吧？不用尴尬，这不是你的问题。心病还得靠灵药，解释是没有什么意义的。说再多的话，也不如让你亲眼看看。我也是快到下班才终于想明白，所以去找餐厅要了监控，这是他们给我发过来的，你看看。"

虽然被看穿了，是有点不好意思，但既然拿来了视频，方糖也便大大方方地看起来了。只见无声的画面中，高家为从厕所出来，和一个埋头接着电话匆匆往女厕所走的女人撞到了一起。尽管俯拍的摄像头拍不清女人的面容，但刚好拍到了她的嘴唇顺势擦到高家为肩膀上的画面。这一撞两人都是一惊，短暂交流了几句，高家为便独自走开了。

看来真是误会？方糖暗自思忖，嘴上解释道："我也没有那个意思。"

"怪我。任何一个妻子面对这样的事情都不会无动于衷，只要她还爱对方。而我作为丈夫，实在太忽视你的感受了。解释清楚是我本来就应该做的事儿。"高家为说着起身拿来一个黑色的袋子，放在了方糖的身边。方糖打开一看，里面装着一个 YSL 的新包。

"再过两个星期，就是咱俩的结婚纪念日。我也是偷懒，想着你喜欢，就又给你买了一个包。本想着到了杭州，再给你的。"

"杭州？"如果说包多少钱还能猜到，但这个地方方糖是的确没想到。

但高家为似乎早已安排周全："当初我求婚就在杭州，灵隐寺的大门口。后来这么多年了，咱们竟然就再也没去过。这回咱们去重温一次？"

方糖没有马上说话，但笑意已经蔓延到了她的嘴角，她不想露也藏不住了。高家为长出一口气："想夸我好就说出来，别憋着。"

"亏你想得出来，还调监控……"方糖忍不住笑了，可话说到一半她突然停住了，眼睛越睁越大："监控！我怎么没想到？毛毛丢的当天我们去看过监控，但是只看了它跑丢的地方，还应该再看看其他地方！"

高家为一愣："都好几天了，看这个，还有意义吗？"

“当然！”一提到毛毛的事儿，方糖就有点激动，“没准能再找到点线索，知道它跑丢的方向也说不定！它就是好奇心强，你遛得少你不知道，就不能松手，一眼没看见就不知道它跑哪儿去了……”

方糖说着说着眼圈就红了，高家为赶紧坐到她身边，揽着她的肩膀劝慰道：“这个事儿是赖我。咱们使劲找，一定能找回来。”

酒喝光了，天也聊完了，方糖简单收拾了一下，迅速进入了梦乡。高家为从药箱里拿了一瓶开塞露，钻进了厕所。刚在马桶上坐定，手机就进来一条消息：“大恩大德，怎么谢我？”

高家为用鼻子轻轻哼了一声，齐妙这个女人，谁也休想从她那里白得好处。

大雨站在一座居民楼下的阴影中。这栋楼上的某一个窗户，就是韩潮的家。此刻眺望着窗口，大雨心如刀绞。当初小雨是怀着怎样的心情一次次地走进这间房子的？大雨闭上眼睛，回想着小雨绝望的诉说，仿佛又看到了那天的情景……

蹲在韩潮的家门口，小雨的眼神充满了落寞和绝望，长发披散在肩上，仿佛完全覆盖住了她瑟缩的灵魂。韩潮的双脚出现在她眼前的时候，她满含热泪地抬起头，像一只终于等到主人的小狗，但韩潮的眼中并没有丝毫怜惜之情，开门进家之后，他戴上耳机，一头扎进了游戏里。

小雨坐到韩潮的旁边，她双眼已经哭得通红，此刻还在努力抑制住泪水。“你说得对，我让我爸我妈惯坏了，什么事都要说到底，我知道这样不好，我在改。以后我不这样，不逼你了。我就是怕你离开我，我什么都怕，我也不知道该怎么办了，韩潮。”

说着说着，小雨的眼泪又流下来了，但韩潮戴着耳机，与其说没听见，不如说根本不想听。

韩潮是个互联网大公司的程序员，俗称码农。和执着的小雨不同，韩潮压根不想进入稳定的感情关系。用他的话说，那是对人性的束缚，而他只想舒服。本来他这样的人和单纯的小雨不会有交集，可没想到前女友沫沫竟然把小雨带到了聚会上。小雨怯生生的眼神一下刺激到了韩潮，奔放的姑娘见多了，他还真没接触过这么羞涩的。跟小雨四目相对的一瞬间，他就决定和沫沫分手了。

刚开始的那段时间，韩潮还沉浸在新鲜感里，愿意配合小雨上演一往情深的戏码。可时间长了，他就绷不住了。换女朋友跟赌博一样，有瘾。韩潮也不慌，就是冷暴力加明目张胆地拈花惹草。一般的姑娘遇到他这种渣男，基本闹一顿就分了。可小雨不是一般的姑娘，她也闹，就是不分。

韩潮现在已经理所当然地把自己当成受害者了，小雨的深情就是铐在他手上的枷锁，架在他脖子上的刀。他现在最想做的事就是把小雨赶紧甩干净。只不过分手这话，不能从他自己嘴里说出来，他得想办法让小雨知难而退，这样她才不至于翻脸来跟他找后账。

见韩潮一直不吭声，小雨抹了抹眼泪说：“你是不是不肯相信我，我一定会是一个特别好特别好的妻子的，我说真的。”

话音刚落，一颗子弹打中了电脑中韩潮的角色，游戏结束了。韩潮拽下脑袋上的耳机，转过头看着小雨说：“我不是不想和你结婚，我是真的觉得我们现在不具备结婚的条件。你看我买不起车也买不起房，这样结婚，对不起你。”

“我不需要这些，我只要和你在一起。你还不明白我的心意吗？”

“可是我过不了这关。我不能让你过苦日子，我知道你不在乎，但是我在乎。现在就这样和你结婚，我真的做不到。我很爱你，再多给我一点时间吧，好吗？”

韩潮奉献了最真诚的演技，小雨直接中招，又哭了：“可是我只想和你在一起，我什么都不要！”

“你看，一说就哭，你这样我压力也很大呀，这样还怎么沟通呢？”韩潮不耐烦地摇摇头，再次戴上耳机，又开了一局游戏。

但韩潮没想到的是，小雨其实也并非孤立无援。她并非完全不知道韩潮的用意，但她深信，只要坚持用正确的方法，这个男人早晚会属于自己。所以，待韩潮熟睡后，小雨悄悄拿出了被她奉为真理的一本书——《如何抓住男人的心》。每次看到封面上作者齐妙镇定自若的神情，小雨就觉得自己又充满了力量和勇气。

高家为公司的团建活动定在了怀柔的一家户外拓展基地。此刻，他和一个足有两百斤的男同事站在一个高高的木头架子上，他们的任务是以叠罗汉的方式帮助对方爬到第三层的木头上。这个项目堪称基地中的王中王，多人协作，缺一不可。高家为和同伴现在正处在最艰难的阶段，上不去下不来，左右为难。

一众员工凑在底下，有喊加油的，有研究战术指点江山的，也有嘻嘻哈哈看热闹的。方糖坐在一边的树荫下，饶有趣味地看着眼前的情景，无意中看到远处还有一个女孩也和她一样独自坐在一旁。她打量了一会儿，想起这是生日会那天门口的一个迎宾。后来，她去高家为的公司，在电梯口又遇见了一次，对方还客气地跟她打了招呼。

方糖对这个女孩印象不错，现在的小姑娘个个精明圆滑，像这样姿态朴素、态度谦和的真是不多。于是她走过去，先悄悄看了看她衣服上的名牌，然后轻轻地打了个招呼："晓欧？"

马晓欧抬头看见方糖，有些意外地说道："您知道我的名字？"但很快她便想起了衣服上的名牌，和方糖一起笑了起来。

方糖看看欢乐的人群，问道："你怎么不过去——这可是奚落老板的最好机会。"

"我今天有点儿——不方便。"晓欧说话的时候，脸甚至还微微泛红了。

方糖越发对这个女孩有好感，贴心地把自己的保温杯递了过去："给你加点热的吧，我没喝过。"

晓欧客气地推辞了一番，但终究架不住方糖的盛情。望着狼狈的高家为，方糖对晓欧说："他平时忙，有时候连我都联系不上他，没准哪天我还得通过你来帮忙找他呢。"

晓欧并未看向高家为，似乎有些不好意思地低下头："高总是个工作狂，事业型男人，还顾家。公司的人都觉得难得，大家都说你们是模范夫妻。"

这种赞美的场面话，方糖听过太多了，但从晓欧嘴里说出来，似乎有着极其熨帖的作用。她笑着打量着，这个姑娘——朴素得甚至都没化妆，也没戴什么闪亮夸张的首饰，只有脖子上戴着一条细细的项链，很是精致。

“你这条项链挺漂亮的，哪儿买的？”方糖好奇地问道。

晓欧下意识用手摸着项链，说：“朋友送的，我也不知道哪里买的。”

“真好看，我也一直想买一条这样的。”

“嗯……我去问问，看看她还记不记得。”

“太好了！咱们加个微信吧，方便联系。”方糖主动掏出了手机。

晓欧眼神晃了一下，但很快答应道：“好啊。”

齐妙的公司里今天人也不少，有一家视频媒体来给她做专访，因此会议室被临时改成了采访间，背景板、聚光灯、各种录像录音设备把屋子装得满满当当。

镜头前的齐妙妆容得体、气质高雅，采访者抛出的每一个问题，她都能按照自己的思路侃侃而谈。

“如果我是为了男朋友的钱才和他在一起，那我就不是齐妙了。女人就是要先做好自己，否则和出售、买卖、交易有什么区别？我和我男朋友的感情很好，他很优秀，事业上非常出色，但再出色的男人也需要一个温柔女性的陪伴。”

“您已经很成功了。他没有压力吗？”采访者问道。

“我每天都会对他说一百次‘你太厉害了’‘你怎么这么聪明’‘我如果离开你，什么都做不好’这样的话。男人永远都需要被崇拜，我永远都不会让他觉得有压力。这是每个聪明女人都应该做到的一点。”

如此夸张肉麻的话，齐妙说起来脸不红心不跳，表情还极为真诚。果然，一流的情感作家都有异于常人之处。大雨坐在远处暗暗想着，手里拿着那本《如何抓住男人的心》。她缓缓翻开书，第一个标题便是《怎么让男友对你开口求婚》。大雨望向聚光灯下的齐妙，脸上露出一丝冰冷的微笑。

采访结束的时候，天色已经擦黑。回到办公室，大雨递给齐妙一个包装精美的盒子："高总让人送来的。"

齐妙示意大雨关上门，然后打开盒子，里面是一条价格不菲的名牌丝巾。她拎起丝巾看了看，嗤笑着摇摇头："花钱都不会花。这么土的审美，他是怎么勾搭小女孩的？"话一出口，齐妙才想起大雨还在旁边，赶忙回头叮嘱道："出去可别跟别人说——"

"那 YSL 的那个包您还背吗？"大雨小声问道。

"背，好好的新款包，干吗不背？我还得经常当着高家为的面背，时刻提醒他别忘了我对他的恩情。"齐妙说着又想起之前她给高家为通风报信时的情景。当她让高家为二话不说，赶紧给老婆买个 YSL 的包时，高家为的紧张透过电话都传过来了。还有个悬而未决的口红，方糖在办公室问口红色号时的态度，就差把"捉奸"俩字写到脸上了。这点基本的敏感性都没有，也不知道高家为哪来的当情感专家的自信。

此时，大雨又轻声问了一句："您不是说，高家为的稿子都是方糖帮他改的吗？他俩要是出了什么问题，那对咱们不是有好处吗？"

"是不是好处也得看时机。"齐妙把丝巾随手扔到一边，"我们不是又要到电视台当联合嘉宾了吗？他现在臭了，对我也没什么好处，还不是时候。”

团建活动结束，员工们排着队上了大巴车。高家为开着车子从旁经过，摇下车窗和大家告别。坐在副驾驶的方糖也冲外面挥了挥手，然后一转头，无意间瞥见门把手下面有个闪亮的东西。她伸手摸出来一看，是一个女式发卡，上面还挂着一根长长的头发。

“这谁的啊？”方糖问道。

高家为开着车，扫了一眼：“这什么？”

“发卡。”

高家为想要拿过来看，方糖却把发卡收回去了。高家为抓了个空，却满不在乎地一笑：“你把我手机打开。通讯录里有个叫萌萌的，是个孕妇，你给她打个电话。问问昨天她几点加完班，是谁送她回的家，为什么把自己的发卡落到车上，还让别人怀疑？问问她为什么这么不细心。”

方糖呵呵地笑了起来：“怪不得公司人人夸你，还挺体贴。”

“别夸我了，以后都不送了，省得我说不清楚。”

“少把我推出来当坏人。哎，我看你们公司小姑娘挺多的，说老实话，你没动过心？”

高家为故意眯起眼睛：“要听实话吗？”

方糖也跟着眯起了眼睛：“你先说假的吧。”

“我今天累坏了，公粮能不能改天再缴？”

方糖哈哈大笑，她瞥了一眼发卡，将它放回了原位。

有些事，你以为是认真的，但其实对方就是说着玩。有些事，你以为是开玩笑，但其实人家是认真的。比如“拒缴公粮”，高家为就说到做到了。哪怕方糖换上了全新的性感睡衣，在他眼前晃了三圈，他还是告饶般地说：“今天实在太累了，就算了吧，好吗？”

这话让方糖也没了兴致，起身准备离开：“行吧，你睡吧。”

“你干吗去？”高家为问道。

“把你明天要发的稿子再改一遍，天天如此，你是真的累傻了吗？”

“没那么着急，先睡吧。”

“明天不是还得回我爸妈家吗？还是今天改好踏实，你别管了。”方糖说完开门朝书房走去。

单穿一件大露背的性感睡衣坐在书房里，方糖感觉有点凉，她裹了一件外套，对着电脑忙活了起来。待她认真地打下最后一个句号，删除掉所有修改痕迹，把一篇干干净净的文章发送到高家为邮箱里的时候，桌上的钟表提醒她已是凌晨两点了。

方糖伸了个懒腰，拿起手机，打开朋友圈，想放松放松。一张张照片从指间划过，但方糖却停住了，她又往回翻了翻，盯着高家为的助理珠珠发的一条朋友圈看了起来：“萌萌答应让我做孩子的干妈了！”

这段文字的下面，是珠珠和一个短发孕妇的合照。

方糖的脸色慢慢沉了下来。她想起了儿时的一件事。那时她还在上幼儿园，不知是谁打碎了一个花瓶，只因为她在课外活动的时候一个人回了趟教室，老师就威逼利诱让她承认花瓶是她打碎的。打碎花瓶的人肯定就在教室里，可并没有人站出来承认。真正的凶手戴着无辜的面具，把自己隐藏起来，默默看着方糖受辱。那时，仿佛全世界的人都站在了方糖的对立面，包括她的母亲——放学后她用尺子狠狠抽打了方糖的手心，以示警告。

方糖在五岁的年纪，第一次见识到了怀疑和欺骗，但同时也学会了报复。她狠心把妈妈给她买的红色发带从窗户扔到了楼下，然后悄悄躲进了柜子里。发带飘落却不见女儿的踪影，母亲紧张地大喊她的名字。方糖静静地躲在柜子里，一声不吭。那是盛夏时节，但不知道为什么柜子里十分阴冷，方糖只觉得脊背发凉。

此刻，那种阴冷的感觉又蹿上了脊背。方糖默默打开电脑中的另一个文档，那是一篇写了一半的文章，题目是《一张发票引发的猜疑》。文档中的光标停在一句话的后面——有人说，女人在爱情中都是天生的福尔摩斯，但是也许，这张发票只是压垮骆驼的最后一根稻草。

晓欧对着镜子仔细涂着口红，今天的色号比平日里要浓艳许多。与妆容相配的是她身上的裙子，平日被遮盖住的好身材此刻全被衬托出来。晓欧盯着镜子里的自己看了一会儿，又看了看手上的口红。那天在 798，她还“不小心”把口红蹭在了高家为的衬衫上。

高家为当时一点没有觉察，因为他只顾着对晓欧悄声说：“星期天在家等我。”

晓欧对着镜子中的自己笑了笑，然后背起一个和方糖一模一样的 YSL 包，出门了。

第　二　章

早上一下楼，一辆标着民航总医院标志的救护车从小区里开了出去。方糖看着熟悉的救护车背影不禁有点揪心，不知道又是谁家摊上了。民航总医院是距离她家最近的医院，也是她曾经的工作单位。那时候，她就是在急诊科，隔三岔五地就要见证一些生离死别。但印象最深的，还是一对深夜前来就诊的母女。

女儿十几岁，还穿着中学的校服，样子看起来十分乖巧。因为严重腹痛，妈妈带着她挂了急诊。小姑娘胆怯而苍白，诊断过程中除了一些直观身体感觉，其余都是妈妈替她回答。但形象不能掩盖症状，在做了一些基本检查和问询后，方糖觉察出了异样。犹豫了一下，她还是直接问了出来："有性生活的经历吗？"

女孩使劲儿摇头，身旁的母亲更加不满地说："她才多大，我女儿家教很严的。"

直到现在方糖都还记得女孩的那双眼睛。在她以医院规定为由，支走了母亲后，方糖又问了一次之前的问题："现在没有别人了，你说实话，有没有过性生活的经历？"

女孩的眼神中透着无助和不安，可她犹豫再三，还是摇了摇头。

问诊已经进行不下去，方糖只好给女孩开了B超检查单。可万万没想到，二十分钟后，女孩被发现摔倒在厕所里，下体大出血。

那天晚上，医院几乎所有的值班大夫都参与了抢救，但女孩最终没有再睁开眼睛。因为意想不到的惊吓，后面的记忆方糖已经有些模糊了，她只记得那个咄咄逼人的母亲瘫坐在急诊室的地上，撕心裂肺地重复着一句话："不能撒谎，不能撒谎呀，妈妈教过你，你可不能撒谎呀……"

从那时起，方糖深深明白了一个道理：诚实是美德，但撒谎是本能，尤其是在一个人犯错之后。

开车进小区下地库，坐电梯上楼，按密码开门，高家为轻车熟路一气呵成——快一年了，他现在去马晓欧的家就跟回自己家一样自由熟悉。卫生间里传来稀里哗啦的流水声，高家为浅浅一笑。他换上拖鞋，从冰箱里拿了一瓶苏打水，也没打招呼就坐在了沙发上，打开电视，找了个体育频道开始看球。

卫生间里的晓欧听到了外面的动静，她关上水龙头，故意喊道："谁呀？是贼吗？"

高家为冲着卫生间的方向回了一句："知道贼要来，还起这么晚。"

"贼要是天天来，还叫贼吗？"晓欧又反问道。

高家为没有继续接话，他正在翻看茶几上的东西。除了一些日常用品，桌子上还扔着一小包印着"纯K工体店"的纸巾。高家为拿起来看了看，又闻了闻，好像有烟味。除此之外，在一本杂志下面，还有晓欧的手机。这比纸巾更吸引高家为，他迅速拿起手机输入密码——错了。高家为下意识地皱了下眉，正当他想再次输入密码的时候，卫生间传来了脚步声，高家为赶紧把手机放回了原位。

晓欧披散着湿漉漉的头发，站在门口，冲着高家为抖了抖印着米奇图案的卡通睡衣："好看吗？"

高家为一笑："不穿，才好看。说完，他起身走到晓欧跟前，从睡衣宽大的袖口处直接把手伸了进去。晓欧伸手推了一下，可高家为却更进一步。三步进两步退，两人像是踩着缠绵的舞步，慢慢走进了卧室。

甘心和有妇之夫纠缠在一起，晓欧觉得最吸引她的不是床上那段不可言说的激情时刻，而是两人归于平静后，依偎在一起描绘未来的图景。可最近这段时间，高家为的言语似乎有点变味了。

因为茶几上的一包带有烟味的KTV纸巾，他竟然像审犯人似的盘问了她半天，还理直气壮地说，一起去的肯定有男人，再不审就要出事了。

看着高家为的神情，晓欧只觉得可笑。这段不伦的关系究竟是怎么开始的，高家为心里难道不清楚吗？可现在他话里话外，似乎要把晓欧塑造成一个放浪形骸的女孩。这个人设，马晓欧觉得自己担不起，她冷笑一声，反问高家为："能出什么事？上床吗？你觉得我和你好了，还会跟随便哪个男的到处睡，是吗？"

一看情绪不对头，高家为赶紧调整语气："这就生气啦？"

"不生气。"晓欧嘴上那么说，却翻身离开了高家为的怀抱。

高家为意识到问题不简单，他转头看着晓欧的眼睛说：“你最近怎么总怪怪的。”

“有吗？”晓欧还是挑刺的语气。

高家为则尽量压着情绪：“有话就说出来。”

晓欧噌地一下坐了起来，扯过被子捂在胸前质问道：“说了管用吗？快一年了，你自己说过的话，还记得多少？”

“巴厘岛那次是个意外。”高家为也跟着坐了起来，马上要开新节目，他不能有丝毫闪失，哪怕是一点点苗头也要尽快掐灭。所以面对晓欧，他早准备好了一堆理由：“新公众号要提前上线，这你都知道。这回本来真是要去日本的，机票我也订了，这你也知道……”

但晓欧给出的理由似乎更无法辩驳：“我只知道你给老婆过生日，要不是卫生间门口我把你撞了，你一句话都不会跟我说。”

高家为没接茬，原来晓欧的话在这儿埋伏着，那既然如此，另一件事也是他一早计划好的：“你把发卡落我车上了，让她看见了。”

“要是怕，以后我就不坐你车了。”晓欧这话说的，是一点没带怕的。

“我是这个意思吗？我的意思是小心点没什么不好。”看着晓欧凌厉的眼神，高家为示弱了，他拉过晓欧的手，压低声音说：“你明白我的意思。”

晓欧烦透了这种抖机灵的暗示，她躲在明灭不定的阴影里太久了，快窒息了。以前，只要高家为流露出一点为难或不快的情绪，她都马上把自己的那点小企图包裹起来。可现在她不想这样了，礼物已经折开了，那就没必要重新包裹起来伪装成新的，她要主动打开盒子，并且把包装纸撕烂。

此时，她回头看了一眼床头的台历，对高家为说："一年前，也是今天，也是这儿。我鬼迷了心，稀里糊涂地和你上了床。在那之前，你信誓旦旦地告诉我，你们熄火了，要不是因为怕父母难过，肯定离婚了。我不明白，都熄火了，她还天天查你吗？"

以为一掌扣过去，火苗就灭了，可谁知道晓欧却把火越烧越旺了，高家为决定绕开她。他强挤出一丝微笑，掩盖住内心的不耐烦，岔开话题问道："我送你的那条项链呢？你之前不是挺喜欢，一直戴着吗？"

一听说这话，晓欧一翻身从床头柜的抽屉里取出那条项链，递到高家为手里，讽刺地说："被你老婆看见了，她挺喜欢，说也要买一条。"

这个回答把高家为惊得足足停了三四秒，然后才从灼烧的嗓子里挤出两个字："什么？"

"没什么，我就是转述一下。"晓欧的语气反倒放松下来，"你老婆挺喜欢这条项链的，所以我不想戴了。对了，你在哪儿买的，我还答应帮她问问呢。"

"你们什么时候见面的？"

"团建活动那天啊，就是你吊在上面爬那个什么梯子的时候，她过来找我聊天，然后就看见我的项链了。你说，她会不会是故意的，会不会是，你买这个项链的时候被她看见了？"

晓欧故意放了颗雷，还真炸到了高家为。他比刚才更慌乱了，不住地在嘴里念叨着回忆着。这副六神无主的样子让晓欧更来气了。既然慌就慌到底吧，她又扔了一颗雷："她还加了我的微信。"

"什么？你……"高家为一时语塞，他觉得脑袋里嗡嗡直响，不禁抬手揉了揉太阳穴，揉完了才发现嗡嗡直响的是他的手机，来电话的正是方糖。

高家为抓了件衣服围在身上，光着脚快步走到阳台，关好阳台门，才接起电话，压低声音说："在开会。"

对面的方糖也自觉地小声说："我就是问问你几点钟完事，今天中午回我爸妈家吃饭，你别忘了。"

高家为偷偷松了口气："很快就好。你等我电话吧，记得买虾。"

再次回到卧室，晓欧已经穿戴整齐，正坐在床边穿鞋带。

"你要去哪儿？"高家为一边穿衣服一边问道。

"吃饭。你要是不回去孝顺岳父岳母，你带我吃吧。"

高家为被噎得说不上话，只能继续默默穿衣服。可过了一会儿，他还是不放心微信的事儿，又问起来："她为什么要加你的微信？"

"就是因为那条项链呀。"

"然后呢？"

"她问我哪买的，我说是朋友送的，她让我帮忙问问是在哪儿买的，顺理成章加微信，我也没法拒绝吧。"

"团建活动那么多人，怎么就那么巧正好和你聊天？"

"我怎么知道？那公司这么多人，你干吗就找我？"

晓欧的情绪显然还没过去，但高家为不想就此不欢而散。他伸出一根手指滑过晓欧的腰身，暧昧地说："你这么说就没意思了，那你说我干吗就找你呀，嗯？”

“别碰我。”晓欧把身子转到一边，语气依旧有点冷。

高家为顺势凑过来说：“加就加吧，你把手机给我看看，看看你们聊什么了。”

晓欧想不到高家为会提出这样的要求，她停下手里的动作，转头看着高家为，却什么都没说。

“给我看看。”高家为直接把手机递过来，让她解锁。

晓欧赌气地接过手机，直接塞进兜里：“什么都没说。”

可高家为就是不放弃：“什么都没说，还不能给我看看？”

“你的手机能给我看吗？咱俩换换。”

“我的手机有什么好看的？都是工作的事。”

“哦……”晓欧发出长长的一声，然后又继续低头穿鞋带。

时间紧迫，高家为不便继续纠缠，便只好说：“你赶紧朋友圈把她屏蔽一下——哎，这个谁屏蔽了谁，她自己会不会很容易就查出来？”

晓欧冷冷一笑：“此地无银三百两，你要是不怕她起疑心，我无所谓。”

“以前你没发过什么东西吧？”

“这也不能发，那也不能发。你说呢？我发没发过朋友圈，你不知道吗？”

“你说，她不会是发现了什么吧？她会不会是故意加你微信的？”

看着高家为陷入了探案模式，晓欧烦了，直接甩了一句：“你就那么怕被她发现吗？”

高家为扳过晓欧的肩膀，摆出语重心长的姿态，说："晓欧，我这还不是为了咱们好？你想，假如她现在发现了，会怎么办？闹。快则几个月，慢则大半年，我和你还能再见面吗？"

"那你想什么时候被她发现？"

"等我做好准备的时候，我有安排的。"

晓欧呆呆地看着高家为，这句"安排"她已经听了不知道多少遍。一个人的时候，她都会告诉自己，这是敷衍人的鬼话。可每次面对高家为，她却总能说服自己相信这句鬼话。没办法，她的心里只剩下这一点点念想了，她舍不得掐灭。

在这股舍不得里，晓欧的态度稍微缓和了一点。她站起身，一边往外走一边说："别假装不着急了，走吧，等会儿迟了你路上还不又得飞车？对了，别说我没提醒你，那条项链的小票，你最好扔了，省得被你老婆看见，到时你想蒙她都蒙不了。"

"小票？对了晓欧，这几天，别背我送你的那个包了。"

晓欧的手已经摸到了那个崭新的YSL，她忍了又忍，最后还是拎起包说："要是我不肯呢？"

高家为张了张嘴，欲言又止，时间来不及了，他得赶紧走。

越是着急，越出岔子——高家为的车被一辆临时停靠的车堵在里面，走不了了。高家为守在小区保安的身边，不断着急地问："到底联系上没有啊？"

保安身上的对讲机一直刺刺啦啦地说着什么，但过了半天，他还是告诉高家为："先生，查不着这车牌，应该不是我们业主的，没电话。"

闷热的地库和急躁的情绪让高家为头上冒出了汗。他生气地冲保安吼道："那我现在要出门怎么办？就一直在这儿死等吗？你们的监控呢？看看这人进了几单元几楼几零几了呀。"

保安手里拿着把破扇子给高家为扇了扇，依旧慢条斯理地说："那是隐私吧，怎么查。您跟我嚷嚷也没用，我再联系问问，莫急。"

晓欧坐在车里，开着空调，百无聊赖地刷着朋友圈，刚好看到方糖头天夜里发的一张晒包的照片。方糖绽放着幸福的笑容，还给那个和她一模一样的 YSL 包上配上了心形图案。晓欧的心凉透了。

此时，高家为拉开车门想拿瓶水，正好看到晓欧在看方糖的朋友圈。他立刻敏感地问道："干什么呢？"

晓欧也没藏着，她左手举起手机，右手举起包，直接质问道："什么意思？搞批发吗？"

高家为一点耐心也没有了，他全然不顾晓欧的情绪，烦躁地命令道："你们小区物业的电话给我一下。"见晓欧一直不吭声，他干脆拨了 122 交通报警电话。

可晓欧也不示弱，她拉住高家为的胳膊继续问道："包你能买两个。人呢？你选哪个？"

恰在这时，电话通了，高家为甩开晓欧的手，下了车。"有人堵了我的车，怎么都找不着车主，要命去医院，你们管不管？"

看着车外气急败坏的高家为，晓欧将包里所有的东西都倒了出来，抱着东西自己下车走了。高家为两头顾不上，他看着晓欧的背影，往堵住他去路的后车上狠狠踢了一脚。车子的警报声陡然响起，在空旷的车库里格外刺耳。而晓欧的包就静静地躺在高家为的车上，狼狈地咧着口。

方糖拎着大包小包走进父母家门的时候，母亲正在厨房忙碌地张罗着。一见女儿的样子，母亲便假装嗔怪着说："怎么又拿这么多东西？吃白食都学不会。"

方糖把一袋子活虾放到水槽里，撒娇似的说："还不是你老公，上次他说高家为做的虾好吃，呶，他待会儿来了让他做。老头哪去了？"

母亲抿嘴一笑，回答道："去给你买栗子去了。"

方糖摆出一脸愁苦的样子："不听话。我不是说我现在减肥，少吃这些容易发胖的东西吗？"

母亲无奈地摊开手："他说你从小爱吃，反正我是拦不住。为了叫你吃口热乎的，掐着表下的楼。"

正说着，外面传来钥匙开门的声音。方糖像小时候一样，蹦蹦跳跳地跑过去，冲着刚进门的父亲喊了一声："老头！"

父亲一愣，然后迅速把手里热乎乎的栗子递给她："快，趁热，吃完之前别说话！"

一进门，高家为就忙不迭地换上拖鞋冲进厨房。一边忙活一边还不忘向岳母解释："也不知道怎么了，复兴门桥的车一动不动，小区门口掉头又堵了半天，要不早到了。"

"急什么，先坐下喝口水。"方母劝慰着。

"没事没事，您别管了。"

方母看着在厨房里忙碌的高家为，又看看一边吃栗子一边看电视的方糖，走过去悄声说：“你就在这儿看电视啊？”

“做个菜还用两个人？”方糖认真地剥着栗子，丝毫没有挪窝的意思。

“咱们都坐着，让他一个人在那儿做饭，不合适。”

其实方糖知道，高家为就是为了在她父母面前演这种戏码，她能做的就是全力配合。于是她拿起一颗剥好的栗子递给母亲，说：“今天这栗子特别甜，你尝尝，是不是加糖精了？”

方母接过栗子，用手默默地指了指女儿，自己转身去了厨房。

大虾滑入锅中，一阵噼里啪啦地飞溅。方母一进来，就看到灶台旁边高家为的手机已经被溅脏了，赶紧扯了块纸巾拿起手机一阵擦，一边擦一边还嘱咐高家为：“你穿个围裙，别把油再溅身上。”

高家为只顾着翻勺，完全没注意到手机已经离他远去。方母擦不干净手机屏幕上的油，便走到客厅对方糖说：“别看了，找个东西擦擦，油凉了更麻烦。”

方糖答应着接过了手机，刚好一条短信进来了，显示内容是高家为本月的信用卡账单。虽然屏幕上只显示了半截内容，但方糖还是看得很清楚，账单金额竟然达到了十八万五千六百元。

这个数字让方糖一时有些愕然，可还没等她看仔细，高家为已经快步走过来将手机一把抢了过去。这个动作急促而突然，方糖被吓了一跳，而一手拿着锅铲一手攥着手机的高家为赶紧解释道：“有个特别重要的工作短信——那个，吃饭吧，虾好了。”

这顿饭吃得倒是其乐融融。方糖还是老样子，拦着众人不让动筷子，拿着手机一通拍，坐下以后也不着急吃，忙着修图发朋友圈。高家为现在一看到手机就本能地发慌，不过看到方糖的举动后，他暗暗松了口气，开怀地笑了起来。

此时，他还没想到，在一家快餐店吃饭的马晓欧根本笑不出来。她刚刚刷到方糖的朋友圈，一桌好菜配一个好老公，还有一行文字：拿手菜不拿手，天下最苦创业狗。隔着屏幕，晓欧都闻到了油腻的幸福味。刚端上来的一碗面，她一口都吃不下去了。

大雨独自走出公司。今天齐妙单独行动，她的精神稍稍放松了一点。忽然一辆吉普越野车从写字楼的地库里开出来，从她眼前嗖的一下开了过去。大雨下意识地往前追了两步，这辆车她太熟悉了，韩潮有一辆一模一样的。那辆车他现在还在开，车子的首付是小雨出的，但车主却只写了韩潮的名字，就因为他一句“想开车去西藏的调侃”。

大雨拿出手机，又翻出了那张照片。对着那个无辜又清澈的小雨，她在心中痛苦地问道：“为什么？究竟为什么你要这么毫无保留地奉献自己？”

方糖拎着一袋打包好的饭菜走出了父母家的单元楼。高家为边走边吹着被热油烫伤的手背：“老不做，手都生了。”

方糖拿过他的手看了看，笑着说：“哎呀，平时在家连方便面都不煮，非要到老丈人家里表现。你说我该夸你，还是该说你？”

“天天当大爷，心虚。再说就这道大虾，确实我比你做得好，认不认？”

“认！以后这道菜就承包给你了！”

两人说说笑笑地往外走着，方糖见高家为一路往小区外面走去，随口问道：“车停外面了？”

“胎扎漏了，我打车来的。”

“送哪儿修了？”

“4S 店。”

“那咱们先去取车？”

“那车也到公里数了，顺便把保养也做了得了。咱们先回家吧。”

精心编好的谎言，高家为说得特别流畅自然。有电话进来，原来高家为提前叫好的滴滴已经等在小区门口了。

车上，两人都低头刷着朋友圈。看到方糖刚发的那条，高家为不自觉地坐直了身子——现在，方糖的朋友圈，晓欧也会看到了。

这个不自然的动作被方糖觉察到了，她朝高家为瞟了一眼，发现高家为的手机上正显示着自己的那条朋友圈。高家为见状故作轻松地抢先开口说：“我这张也太丑了，怎么发这张？”

“多生活多自然。有偶像包袱了？”方糖调笑着说。

高家为半真半假地点点头：“我怎么也算半个公众人物，媳妇天天发丑照，再让人截到网上，做成表情包？”

方糖笑着说：“放心吧，我微信里没几个你们圈里的，没人传播。就算传了，家里人一起吃饭，怎么拍都是乐趣，有助于你的光辉形象。又不是和什么不能被拍到的人在一起，你怕什么？”

高家为看了看有口无心的方糖，默默地把朋友圈滑走了。

方糖和高家为难得在家里度过了一个轻松的下午。傍晚处理完工作，高家为从书房走出来说："明天我取两万块钱，下次你自己回家的时候，给爸妈拿过去。"

"又给钱干什么？"方糖不解地问。

"之前不是说带他们一起去三亚玩一趟吗？但这半年我一直都没时间，你也总为我这边的事忙，咱们都走不开。一拖再拖，爸妈肯定不好意思提，干脆咱们出钱，你让他们自己去玩一趟。别省钱，订个好酒店，这样你也省心。"

"给钱是肯定不要的。"方糖摇头，"上回我爸生病，你给的三万后来他都又硬塞给我了，说他们不缺钱。而且，我爸就反对我不工作，他总觉得这样不好。他更不愿意用你的钱。这个你明白的，老头的自尊心。"

"我的不就是你的？这还分什么你我？"

"不说这个了，他们就是会这么想，说也没用。"

高家为沉吟了一会儿，说："那这样，你直接把酒店机票订好再跟他们说，不去也不退钱。等真去了，玩好了，什么自尊心都会忘的。"

方糖想了想："也行。"

"钱我转你，不够再跟我说。"说话间，高家为已经在手机银行操作完毕。这个世界上，钱是最有用的东西。哪怕不能解决问题，至少能缓和问题。把岳父母哄高兴了，方糖就能在家庭幸福的美梦里多睡一会儿了吧。高家为暗自想着。

但他不知道，方糖一早就醒了。而且，这个举动让她想起吃饭时的那条短信。方糖就此问了起来："你上个月的信用卡账单，好像挺高的，怎么花了那么多？"

"十几万，十七还是十八万？"短信早就看过了，高家为对答如流，"有一部分是公司的费用。有的钱从私人账户走，比走公司的渠道要方便。我和你说过。"

"没说过。"方糖干脆利落地否认了，"你现在一个月信用卡费用都要这么高，我还真没想到。那你现在一个月挣多少啊？"

高家为愣了一下："这还真没个准。公司的情况每个月都在变。光给人发工资了，没人给我发，回头查查。"

方糖半开玩笑地接了一句："你现在挣多少我都不知道，这哪像个媳妇，太不称职了。要不我来管钱吧，家里的财政，你交给我？"

听到这话的时候，高家为正背对着方糖喝水。方糖凝视着他的背影，似乎在期待着什么不寻常的反应。但高家为这口水喝得安安稳稳的，喝完后，他放下杯子，一边找外套一边说："你，连股票基金都搞不懂，别把自己再弄糊涂了。抢会计的饭碗干什么，多操心。挣钱的事交给我。你只管花就行了。有个饭局，我先走了。"

脚步已经到了门口，高家为又回身往卫生间走去："先上个厕所。"

不想方糖突然起身走过去，顺手从他手里拿过了手机："上厕所还拿着手机？多脏呀。"

高家为一下愣在了卫生间门口。

花家怡园的大包间里，此时已经坐了不少人了。齐妙今日难得一见的朴素，基本没化妆，脸上还戴了一副黑框平光镜。倒不是她不想出风头，而是白天刚刚在美容院做了皮秒，皮肤这会儿特别脆弱，大夫叮嘱她严格防晒，不能化妆。幸亏这个饭局是在晚上，她的脸已经微微消肿了。早上刚做完的时候，她的模样就像被人打了一顿似的。

按齐妙的性子，她绝对不允许别人见到她难看的样子。今天出来她连大雨都没带，司机也被她支走了。在美容院外面被一个粉丝认出来，她直接说对方认错了人。可即便这样，今晚这个饭局她也绝不肯错过。电视台的唐总今晚也来，能不能上《相亲大会》就看他今晚的态度了。

此刻，齐妙坐在角落的阴影处，假模假式地对身边的一位电视台的朋友小声抱怨说："要不是您也在，我就不出来了。谁知道吃口蘑菇也会过敏成这样，丢脸了。"

挨着齐妙的唐总听到了这句话，马上转过来说："我把大家的手机都没收了，谁敢拍你，我就拍谁。"

齐妙笑着举起装着矿泉水的酒杯，在唐总的杯子上轻轻一碰："下次来提前通知我呀，再忙也得吃饭呀。"

透过酒杯，唐总看了看齐妙："你这酒掺水了吧？"

"今天不是过敏了吗。您别看我了，改天漂亮点再看，行不行？"齐妙撒娇似的说道。

此时，有人凑到唐总身边说："高家为没接电话，一会儿我再打啊。"

齐妙瞄了一眼唐总的脸色，见缝插针地说：“人家火了，忙嘛。哪像咱们一帮闲人，是吧。”

众人都跟着笑了起来，齐妙又悄悄地看了看唐总。

高家为的手机端端正正地放在茶几上，可高家为却不敢伸手去拿，因为坐在对面的方糖正直勾勾地看着他。

“你不是从来不看我手机吗？这是？”时间不等人，高家为还是先开口了，“我也从来不看你的手机。这是咱们之间基本的信任。所以，我不太明白。除非是你怀疑我。”

“看看手机就是怀疑了？我只是不知道你为什么把密码都换了。我只是问问，我没说……”

“上回那个口红的事，还没过去，对吗？”高家为猛然打断了方糖貌似平静的话语，“再没有比我更懂你的人了，在你心里，这事还是没过去。”

方糖似乎被问住了，她停了停，决定实话实说：“其实，就是你的解释，让我更觉得有点儿怪。”

“监控你也看了，监控总不会是假的。”

“其实这根本就不是什么事，但是你还专门去要监控，我就觉得有点太夸张了，你明白吗？我也不想藏着掖着，总这么别别扭扭的。我这几天总是觉得怪怪的，就好多事我也说不清楚，就是一种说不上的感觉，你明白吗……”

“女人的第六感？”高家为无奈地叹了口气：“方糖，咱们这些年做情感咨询这个版块，听过多少因为所谓的第六感，本来好好的两口子，最后过不下去的事情？我知道女人都喜欢相信所谓的直觉，但我一直以为你不这样，猜疑是婚姻的大忌。这不是你写的文章吗？还是咱们第一篇点击过十万加的文章，你忘了？”

“我没忘，咱们结婚这么久了，你不了解我吗？我是怀疑你的人吗？我连你有几张银行卡，家里有多少钱都不知道，就是因为我觉得咱俩之间……”

“给！”高家为用指纹解锁了手机，直接递到了方糖面前：“看了就放心了。随便看，都可以看。”

方糖看了高家为一眼，真的把手机拿了过去，直接打开了微信。高家为死死盯着屏幕，所有的痕迹他早都删除干净了，可他的心里还是忍不住颤抖。万一呢，万一哪一条内容勾起了方糖的第六感，这该死的第六感！

拿着手机，方糖在心里默默读秒，数到五的时候，她突然抬起头，狡黠地看着高家为问道：“紧张吗？”

“紧张就不给你了。”高家为强装镇定。

方糖笑了笑把手机还给了高家为：“肯定是什么都没有，你才敢给我的。”

高家为心里的一块石头落了地，他挤出一丝无奈的笑容，正要接过手机，忽然叮咚一声，来了一条微信。

两只手都停在了半空，片刻后，方糖的手连带手机又收了回来。她看了看屏幕，什么都没说，便望向高家为。

“谁呀？”高家为的心已经提到了嗓子眼，他尽可能地控制着自己的声音，不要出现一点颤抖。

“齐妙。”方糖说着把手机屏幕转向了高家为。

高家为哦了一声，正要伸手去接，却被方糖抢先一步摁了收听键。安静的房间里，飘出了齐妙暧昧的声音：“约好了的饭局，说迟到就迟到，你还来不来了？”方糖一边听着微信，一边看着高家为。齐妙的声音越来越亮：“你以为就我一个重要人士吗？告诉你，唐总监可说了，你要是再不来，《相亲大会》的嘉宾可就我一个人了啊……”

话音未落，那边有不少人都哄堂大笑，原来是齐妙在酒桌上带头搞的一场小恶作剧。

方糖递过手机说道：“电视台的人来了？你赶紧去，别把正事耽误了！”

高家为接过手机，如释重负地走出了家门。他一路小跑地冲到路边，打了辆车，先到了晓欧家的地库。取车的时候，他本想给晓欧打电话说一声，但拿出手机看了眼时间，还是放弃了。上节目的机会稍纵即逝，但女人一时半会儿跑不掉。

韩潮的想法大概和高家为差不多，尤其是遇到小雨之后，他觉得女人岂止是跑不掉，根本就是甩不掉。不过，这会儿他也不敢太刺激小雨——谁让他正开着小雨送给他的新车呢？拿人家手短，这点做人的意思他还是有的。况且，吊着小雨根本不耽误他约别的女孩，比如前女友沫沫。

把高家为折腾得心惊肉跳的两头瞒，对韩潮来说就像呼吸一样自如流畅。他开着新车带小雨出来吃饭庆祝，把小雨派去饭店占座，自己则借口找车位给沫沫打了个电话：“明天等着，我去接你。买了辆新车，明天带你去兜风……”

傍晚的街边，行人众多，韩潮一边聊着电话，一边还扫着从旁经过的姑娘，完全忘记了正在工作的行车记录仪。

当然了，韩潮也没有全然忘记小雨。回到饭店，他把刚才在路边买的一瓶老北京酸奶放到小雨面前：“给。大夫说了，刚洗完胃的人多喝点酸奶，有好处。”

小雨的眼圈红了，但她知道韩潮不喜欢她哭，赶紧强忍住眼泪，说：“都已经过去一个多月了，还管用吗？”

韩潮没搭话，叫来服务员开始点菜。小雨吸了一口凉凉的酸奶，心中暗想：就为这口酸奶，之前死的那一次也值了。

“死了值得吗？”大雨第一次在小雨的日记里看到这句话的时候，恨不得把全北京的老酸奶都买下来给她。从前，她也和小雨一样爱喝酸奶，但是现在她闻到这个味都觉得恶心。又腥又甜，人血馒头大概也是这味吧。

逛完超市，晓欧孤零零往家里走。其实她没什么要买的东西，就是觉得超市热闹，可以让自己不再胡思乱想。可这终究是徒劳，纷纷攘攘的烟火气更衬得她形单影只。回到小区经过地库入口的时候，晓欧想起了早上的情景。她鬼使神差地走了进去，可熟悉的车位上已经空空如也。

高家为把车开走了，却连招呼都没和她打一声。晓欧的心就跟车位一样，也被掏空了。突然手机振动，她像抓住一根救命稻草似的——是高家为的消息吗？

点开屏幕，是一条只有两个字的消息："在吗？"来自方糖。

晓欧一阵恍惚，还没等她反应过来，方糖又发来一条消息："不知道你睡了没，打扰啦。"

晓欧把手机扣在胸前，稳了稳神。紧接着翻出高家为的号码打了过去，一声，两声，三声……高家为始终没有接她的电话。

晓欧不死心，她一路走一路打，直到坐在客厅的沙发上，依旧没有收到高家为的任何回音。她盯着屏幕看了一会儿，在方糖的对话框下面打下了一个字："在。"

很快对面传来了一个笑脸的表情。晓欧知道自己踏上了一趟危险的旅程，但她抑制不住自己。她不想继续藏在世人看不见的角落，既然高家为不给她出路，那她就自己另辟蹊径。

这场和方糖的对话表面上看起来相谈甚欢，互道晚安之后，方糖甚至还发来了一句这样的话："谢谢你陪我聊天，以后我要是想知道高家为的事，还来找你。"结尾是一个捂嘴笑的表情。

晓欧什么也没说，回了一个同意的表情。高家为如果知道了今天这些，一定会气急败坏吧，但晓欧顾不了这么多了。她需要爱，但她不想在爱里窒息。

花家怡园的大包间里，所有人都静静地听着唐总讲段子："悟空和唐僧一起上节目相亲，悟空上台，二十四盏灯全灭。理由很简单，没房没车，只有一根破棍。职业危险，还坐过五百年的牢。唐僧上台，哗！灯全亮——你们猜，女孩们给的理由是什么？"

唐总讲到兴奋处，拍了拍身边的高家为。高家为赶紧殷勤地配合着问道：“是什么？”

“皇上的兄弟，后台硬呀。最关键一点，还有宝马！”

笑声轰然爆发。这样的段子与其说是测试笑点，还不如说是考验演技。这方面高家为是高手，他一边鼓掌一边夸张大笑，眼泪都快笑出来了。饭局的爆点就是这种时刻，所以他必须聚精会神，管理好自己的每一帧表情。同时，还要挂掉口袋里纠缠不断的电话。

这样的努力最终获得了成效。散场的时候，唐总故意慢悠悠地走在最后。高家为和齐妙也十分有眼色地陪在两边。唐总压低嗓门说道：“红烧鱼上来的时候，微信来了。上次录的节目通过啦。”可不等齐妙和高家为露出笑脸，唐总又马上补充道，“但是——我老这样讲话，你们还是要习惯。现在的情况是，考虑到我们的节目以女性观众为主，男嘉宾确实比较更受欢迎一点点。综合上次录的效果，现场观众和台里面对高家为的反应也不错。所以——”说着唐总转向了齐妙，“高老师担任主嘉宾，你暂时担任一段时间副嘉宾。差别不大，主要是互补，你的词也就稍微少一点点。过段时间再调，啊？”

齐妙臃肿的脸上绽放出一个诚恳的笑容：“太费心了。这让我们怎么谢谢您呢？”

见齐妙给台阶就下，唐总放心地拍了拍她的肩膀。此时有人在远处招呼唐总，他向两人点点头，便走开了。

高家为志得意满地看看齐妙，伸出手说：“以后，咱俩可就是踹不开的铁搭档了。”

齐妙在高家为的手上轻轻一拍，露出一个淡然的微笑。此时，齐妙叫的车到了，她向大家挥手道别，先上了车。不过她的目的地不是家里，而是公司。

不仅她一个人，公司全员都在大半夜被她招了过来。会议室里，齐妙戴着一个口罩，遮住尚未消肿的脸，气势满满地对大家说道："节目播出比我的预期提前了一周，时间很紧，我们要准备至少十篇可能会爆的文章。日常的稿件都暂停，集中公众号资源、新浪热搜、百度热词、豆瓣评论，还有贴吧和搜索，都要提前备好。还是那句话，海量，大浪里淘金子，谁也不知道哪句话能让哪一拨网友跳起来，各个年龄段的兴奋点现在都越来越奇怪了。我在节目里是副嘉宾，话本来就少，就算现场说得再多，也会被后期剪掉。所以二组要给我准备金句，越多越好，至少要盖过高家为。不怕出位，不怕有争议，内容不怕极端，也不要怕被骂……"

话说到这儿，下面有位员工欲言又止。齐妙敏锐地注意到了她，直接点名："你说。"

员工犹豫了一下回答道："这几天还有很多大V（拥有众多粉丝的微博用户）吐槽，攻击我们误导女性价值观。"

"然后呢？然后我们公众号的粉丝就多了三万。"齐妙自问自答地亮出了自己的观点，"你去看看高家为的公众号，他的观点不极端、不误导女性吗？怕争议，那就别干这行。我就说这些，年底如果我们的公众号订阅数在同类号里排前三，就去欧洲团建。辛苦各位。散吧。"

众人各归各位，这注定是个不眠夜，跟着齐妙他们早就习惯了。

大雨捋了下脑后的马尾，众人都起身时，唯独她没动，还在埋头整理刚刚的会议记录。这时，齐妙喊了一声："裴姐你和小宋留一下。”

不一会儿，办公室里只剩下她们四个人了。在最贴心的亲信面前，齐妙摘掉了让她憋气的口罩，小声说道：“高家为的身上埋着一颗雷，也许快要炸了。你们都知道，他卖的其实不是观点，不是情感方式，而是他自己，是他本人这个风度翩翩的成熟男性形象。一旦他人设崩塌，电视台不可能无缝对接，马上找到一个合适的男嘉宾。到时候我会唱一出独角戏——做好相应的准备吧，也许很快，我就是主嘉宾了。”

把车钥匙交给代驾司机，高家为长出一口气坐在了副驾驶上。没想到节目的事儿一锤定音，而且还能压齐妙一头，这样的结果实在完美得超乎想象。高家为忍不住哼了一会儿歌，忽然想起了席间那些未接来电。他掏出手机拨了回去，一听到晓欧的声音，便马上说：“一个好消息，一个坏消息，先听哪个？”

“随便。”晓欧的语气依旧有点冷淡。

但高家为心情大好，无暇计较，直接说道：“从下个月起，每隔一个月，你跟我去一趟南方录正式节目，每个月两天两夜。哪家小店的米粉好吃，你可以做攻略了。”

可晓欧并没有表现得特别惊喜，她执着地问道：“你下午来开车了？”

“我是去过了。本来想给你打电话来着，看了看楼上没开灯，你不是肯定没回家吗。刚才没接你电话，就是在说电视台这个事，没法接。嗯。最近吧，找个机会，就算日本去不了，先在国内找个地方，庆祝庆祝。还有别的事情吗？”

“没了。”

高家为朝电话轻轻一吻，随即挂断。之后他又给4S店相熟的店员打了个电话：“没睡呢吧，小刘？明天一早给我留个空，我把车送过去，做个保养。里程数还没到，没关系，先做吧。”

下一步就剩下回到家高高兴兴地应付方糖了，高家为志得意满地打算着，全然忘记了晓欧扔在车子角落里的YSL包。

深夜，方糖窝在书房里一边等高家为回来，一边帮他改稿子。不同于齐妙拥有庞大的智囊团，方糖几乎是高家为唯一的帮手。公司的那些员工只负责一些边边角角的工作，核心内容全部由高家为把控。用他的话说，他要打造一个崇拜他、信服他的团队，到时候随便谁离开，对他的事业都毫发无损。

客厅方向传来开门的声音，方糖合上电脑走出去，只见高家为提着两瓶红酒，冲她说了两个字：“成了。”

无论感情何去何从，对于创业夫妻来说，这都是个莫大的喜讯，两人激动地拥抱在了一起。随后，高家为开酒，方糖准备下酒零食，两人就着好消息兴奋地边喝边聊起来。

借着酒劲儿，高家为吐露了自己的雄心壮志：“一个综艺节目，哪怕收视率全国第一，都不算什么，我根本就没当回事。关键是跳板，它是个台阶，我想再往上走一层。名利场就是一部电梯，你觉得我现在在第几层？”

“一共几层？”方糖问道。

高家为的脸上露出憧憬的神色:“不管有多高，我现在还在一层。别这么看我，真的，你知道多少人连这个门都进不来。熙熙攘攘，人头攒动，挤死了，但是只要你想办法进了电梯，根本就不用再费劲，扶摇直上到达顶层。到时候，想停都停不下来。”

方糖看上去比高家为要平静得多，对于这番电梯理论，她不置可否。对于高家为的野心甚至是失态，她虽然不完全认同，也没有嘲笑。如果世上真有那样的电梯，换作是她自己走进去，姿态也未必优雅。所以，一切顺其自然吧。想到这儿，她释然地跟高家为碰了碰杯。

高家为喝了口酒，突然摸起自己脸上的一颗痘:“最近酒喝得太多，上火了。有什么去火的东西吗?”

“你太忙了，得缓缓才行。”

但高家为似乎没心思缓，他盯着方糖的脸看了一会儿，问道:“你的脸是在哪儿做的?靠谱吗?”

“你要干什么?打针吗?”

“那倒不至于。做做保养或者别的，哪天去问问吧……”说着，他走到穿衣镜的前面，端着酒杯，打量着自己，“电视机真是个奇怪的东西，平时不管多瘦，一上镜，马上肥一圈。你说我要不要减减肥?”

望着高家为的背影，方糖忽然说了一句:“你去录节目，我陪你去吧。”

高家为放下酒杯，对着镜子边挤痘边说:“去了就得后悔。几十个大灯烤着你，好几个小时动也不能动，放屁尿尿都得憋着，家里多自在呀。”

“你以后得更忙了，我就更见不着你了。”

痘痘里冒出一股血，高家为疼得咧了咧嘴，说："不至于。"

"怎么不至于？"方糖抱怨着，"现在有时候我都不知道你在哪儿。电话我也不敢打，一打就开会，一打就在谈事。要是有事找你，我还得通过别人。今天要不是你们公司的晓欧，我还不知道你明天下午要去天津见客户。不是说好了明天晚上一起去吃新开的那家臭鳜鱼吗，你都没跟我说。"

高家为在镜子前微微一怔，他火速调整了一下情绪，转过身来说："这不是今天才定的吗——晓欧和你说的？你找她了？"

方糖点点头："瞎聊天，话赶话，聊到那儿了。"

"你俩怎么会聊到一块去？你们能有什么共同话题？"

"她人挺好的啊。热心，还挺愿意帮忙。"

高家为拿起酒杯，回到方糖身边，揶揄地问："帮什么？帮家里换空调吗，还是修马桶？"

方糖哼了一声："我让她帮我盯着你，她说得对，我见不着你，总有人能见着你。要不然哪天你让小姑娘给拐走了，我都不知道。"

听着方糖的话，高家为连着抿了两口酒。这场他毫不知情的对话，让他刚放下的心又提了起来。他看看方糖，决定走一步险棋："要不这样，不然你去我公司，当个行政副总。看见花花草草，一剪子的事。"

"真的？"

"真的。明天早晨就上班，办入职，你还能搭我的车。"

方糖盯着高家为的眼睛看了一会儿，忽然扑哧一笑："想得美，你这是想让我给你当免费劳力，我现在给你干得还少吗？你还想用个正式工作来讴住我，可以名正言顺地使唤我。先不说别的，咱们去杭州的机票和酒店，订了吗？”

“明天订吧，来得及。”

“我订吧，这些还是我熟……”方糖说着拿起了手机，忽然发觉高家为的表情变了：“你愣什么呢？嗯？”

“不对！”高家为一下站起来，抓起手机拨了个电话，还示意方糖别出声。没一会儿，电话通了。高家为故意说：“你好，是物业吗？哦哦，对不起啊，打错了。”

挂断电话，高家为立刻在公司微信群里发了马上到公司开会的通知，然后一边穿衣服，一边对方糖解释道：“刚才我打的是齐妙他们公司的电话，这个点儿前台都有人，她一定是把全公司的人都叫回去，通宵加班了。齐妙绝不会甘心当副嘉宾的，我也不能掉链子，这一晚上，她指不定闹出什么幺蛾子来。”

接着，高家为又给几个亲信打了电话，嘱咐他们务必通知全员。临走的时候，他还没忘记告诉方糖：“今天肯定回来晚，你别等我，自己先睡吧。还有，知人知面不知心，以后少跟别人说咱家的事情。谁知道他们怎么憋着害我，你看看齐妙就知道了。”

方糖从窗户看出去，高家为几乎是一路小跑着出了小区。事业心这么强，看来是真上了电梯了。这时，方糖的手机也响了，她随手接起来，没听几秒钟，脸上立刻显现出激动的表情：“我马上过去！”

她冲出家门，同样是一路小跑，方糖径直来到了物业办公室。之前，一直很同情她丢狗的一位物业经理，客气地迎接了她。电话就是他打给方糖的——在他的一再争取下，物业公司同意方糖查看小区内既往的所有监控资料。

经理拿出一张知情同意书递到方糖面前说："好不容易才申请下来，您还得给我签个字。但是这个只能在我们这儿看，而且我也得在场。您也知道，监控毕竟牵扯着业主的隐私……"

"明白，能让我看已经非常感谢您了。"方糖激动得手都哆嗦了，上什么电梯，只要能找到毛毛，她宁愿永远跟它在田野里奔跑。

"行。"经理接过同意书说，"这会儿我值班，您可以在这儿看。回头什么时候我值班了，我联系您，到时候您过来就行了。"

方糖兴奋地点点头，迫不及待地走到了物业那台旧电脑前，仔细地查看起来。可惜直到经理换班，她也没看到毛毛的身影。交班的人已经来了，方糖不好意思再磨蹭下去，只得起身离开。只是她不知道，在她走出办公室的那一刻，电脑屏幕上，刚好显示出高家为牵着狗和晓欧并肩走过的画面。

高家为叫了辆专车，嘱咐司机不用按导航开，哪儿快走哪儿。他以最快的速度到达了目的地——晓欧家。比起去公司开会，他现在最着急的事是去找马晓欧兴师问罪。

打开大门，高家为看见晓欧已经正襟危坐在客厅的沙发上了，似乎早就在等他。见他急匆匆闯进来，晓欧平静地说："你比我预想的，来得要迟了一些。"

"是吗？看来我已经跟不上你的节奏了。"高家为冷冷地说道。

"我给你打过电话，是你不接。"

“我不是说了吗，我当时有事，有正事儿。后来我不是问你了吗？你哪怕点我一句，我心里也有个数。你把我当什么了？”这一晚上，从出门前被方糖拿着电话逼问，到饭店里得知拿下节目，再到谈话间方糖突然爆雷，高家为的情绪像坐上了过山车，几起几落。现在，他终于控制不住了，在晓欧面前彻底发泄起来。

晓欧自然也不甘示弱：“你呢？你把我当什么了？”

高家为急得语无伦次：“什么是什么，我不是跟你说了吗，别和她直接联系吗？”

“是她主动发的微信，是她联系我。我一直不回吗？还是我要问她，你为什么要找我说话？你知不知道我和你丈夫是什么关系？”

“你跟她说，我明天晚上要去天津，要去开会。我明天晚上跟谁开，跟你吗？”

“我不这么说，你能出来吗？”

“你什么意思？”

“你说我是什么意思？”

高家为急了，他指着晓欧的鼻子吼道：“我能不能出来我自己会安排，不需要你替我编理由。你自己在这儿瞎说，我什么都不知道，露了馅怎么办？”

晓欧也喊了起来：“这么久了都没露馅。”

“那这么久你们也没有发微信呀？你到底想干什么？就因为我来取车没给你打电话，你就给我来这么一出？你要干吗？”

看着高家为像一头失控的野兽，晓欧苦笑一下，冷冷说道：“我不干吗。第一次来我这儿的时候，你可不像今天这么紧张。不是天天说要和老婆离婚，要摊牌吗？打定了主意的事情，慌什么？我现在只想问你，你打算什么时候离婚？你回答我！”

高家为无力地瘫坐在沙发上，他随后拿起一瓶水，拧开后咕咚咕咚地猛灌起来。之后，他长叹一口气，看着晓欧说：“离婚有多麻烦，你不知道吗？再说我现在是什么情况，我现在离婚，还做什么情感专家？狗屁！连自己的情感问题都解决不好，怎么腆着脸上电视当嘉宾，怎么在书里教别人？公司黄了人都散了，全完蛋了！”说完，他啪的一下把水瓶子扔到了地上。

残留的水飞溅到晓欧的腿上，一阵冰凉。晓欧平静了，半晌，她缓缓说道：“所以你根本没想离，是吗？我之前从来没有逼过你离婚，对吗？最开始你非说你喜欢我，要和我在一起的时候，你天天说和你老婆没感情了，打算离婚了。那时我还劝你不要离，是不是？我知道我这样特别可笑，别人谁知道都会说我不要脸。但如果不是你一开始一直跟我说你婚姻有多么不幸福，说你要离婚，我不会缠着和你在一起！看看现在，我……我不想再这样下去了。你也不可能永远周旋在我们两个中间，对她不公平，对我也不公平。”说话间，晓欧的眼眶里蓄满了泪水，“高家为，如果一定要你做一个选择，你选谁？求求你告诉我，给我个了断吧。”

高家为心软了，他一下回想起自己刚开始注意到晓欧的时候。公司里那么多年轻姑娘，都比她打扮得娇艳。可她不为所动，永远一副清清淡淡的模样。工作上，她从来不撒娇，不喊累。有一次加完班，外面下起了大雨。她无助地站在公司楼下，想冲进雨里，又有点迟疑。高家为被那个背影吸引了，他知道这个表面要强的姑娘，一定在等着一个能保护她的人出现。果然，当他从背后为她撑起伞的时候，她的双眼就如此刻一般，蓄满了泪水。

“别这样，晓欧，别这样。”和那天一样，高家为说出了同样的话，他是真的舍不得看着晓欧流眼泪。

可晓欧的眼泪已经拦不住了，她抹了一把，却带出更多，最终变成了失声痛哭。高家为怜惜地把晓欧揽在了怀里，可晓欧却在心里清楚地意识到：高家为已经做出了决定，哪怕他真的爱过，他根本不想面对这个选择。他希望二选一的事情永远不要发生，但如果真的要选，他是不会离婚的。

痛哭过后，晓欧神色惨淡地抬起头说：“有件事，你答应过我，希望你能做到。日本、土耳其、欧洲、巴厘岛，你许诺了那么多，一个地方都没带我去过。算了。你第一次和我说过的，杭州，希望你能兑现这个承诺。”

“会的，我会的。”高家为轻抚着晓欧的头发轻轻说道。

“我想去一趟灵隐寺，我在心里许的愿，我想去还。不用等了，就这几天吧。”

“这几天——”高家为痛苦地望着晓欧，这段带给他无数欢愉的感情，行进到最后还要把他逼入绝境吗？

但晓欧什么都不顾了，她打断高家为说道：“就这几天。我不想再等了。我再也不想这么等下去了。”

高家为无可奈何地叹了口气，他缓缓起身，准备离开。全公司的人还在等他开会，他必须要走了。

晓欧顶着红肿的双眼，窝在床上。眼泪，已经流干了，但她爱的男人，却没能留住，但就此默默消失，她办不到。雁过留声，就算她只是高家为生命中的插曲，她也要成为他永远忘不掉的旋律。

晓欧的手机静静地躺在她身边，上面显示着之前方糖和她的对话：

“过两天就去。说是结婚纪念日，其实就是找个出去玩的幌子。老夫老妻了，还纪念什么呀。”

“杭州挺好的。”

“你去过吗？我特别喜欢那儿。温温润润，比北京舒服多了，北京太干了。”

“我就是浙江人。”

“等忙完这阵子，我和你们高老板说，让他给你放个假，回趟家哈。”

晓欧拿起手机，再次点开了方糖的微信主页，脸上的表情渐渐冷冽起来。

后半夜，齐妙疲惫地回到家里。门廊内的鞋柜旁，一双男人的鞋规规矩矩地摆在一边。和这双鞋不同，齐妙的鞋被横七竖八地甩在一边。两双鞋就像两个格格不入的人，彼此保持着一定的距离。

齐妙的家是一个两居室，其中一间卧室紧紧关着房门。齐妙根本没往那个房间的方向看，而是径直走进另外一间，打开灯，然后又紧紧关上了门。缠绵、恩爱、崇拜、赞美，这些都是活在外人眼中的词句。如果说，另一间卧室里的男人对齐妙还有什么实际作用的话，那么也就只剩下这个男人本身真的存在了。因为他真实存在，齐妙才可以在媒体和粉丝面前，编织那些迷人的爱情童话和令人膜拜的爱情法则。

下班的路上，大雨路过朝阳公园南侧的汽车电影院。虽然已经后半夜，远处的幕布早已经全黑，但依旧有不少车停在那里。不用想，车里一定坐着一对青年男女。

韩潮也曾开着那辆吉普越野车来这里看电影，只不过和他一起在车上共度良宵的并不是小雨，而是他的前女友沫沫。

可惜，那一夜他们过得可能也不是太欢乐。因为，独自留在家里的小雨一直在不停地给韩潮打电话，直到他的手机电量耗尽，直接关机。

听到电话关机的提示音，小雨不禁打了个冷战。她使劲抓着自己披散的头发，好像在奋力把住悬崖的边。上次，就是在一遍遍打不通电话后，小雨冲动地吞下了一整瓶安眠药。一想到这些，她还是忍不住想干呕，那是洗胃留下的后遗症。

在一阵疯狂地翻箱倒柜之后，小雨紧紧抱住自己的肩膀。她哆哆嗦嗦地点了一支烟，边抽边在心里默念："不能这样，不能这样，韩潮不喜欢这样……"

香烟渐渐燃尽，烧到了手指，小雨被烫得一激灵。烟头掉在了茶几上，旁边放着她的手机。小雨使劲搓了搓脸，重新拿起手机，打开微信，发出了一条语音信息："韩潮说得对，我可能有点心理问题，我没准确实得去看看大夫——唉，活着太没劲了。"

嗖的一声，语音留言传到了她买的那辆车里——她的好朋友沫沫的手机上……

再次约到下午茶，孙小美觉察到方糖似乎兴致不高，她向她推荐这家咖啡厅最招牌的黑咖啡，方糖也只是淡淡地摇头，随便在单子上点了杯纯果汁。

“你还能忍住不喝咖啡？别说备孕了，怀了也不至于一口不碰，一天一杯都没关系。你也当过大夫，你不知道？”孙小美不解地问道。

方糖笑了笑：“也不是。主要是原来天天熬夜改稿子，喝伤了。”

孙小美忍不住摇摇头：“不当大夫不值班，还得熬夜，你说你亏不亏？你上回说你现在搞个什么新东西，你老公都不知道的那个，让她们打岔打断了，搞什么啊？”

说到这事儿，方糖稍微有了点精神：“我这样的还能搞什么，网上写写小说呗。”

“就是那种网络小说啊？什么名字？你在哪家写？我去瞅瞅。”孙小美好奇地说。

“自己搜吧，我新起了个笔名，方块七，怎么样？”

“哈，不知道的还以为你得多爱打牌呢。写的什么类型？”

“算是悬疑推理吧，我一直就喜欢看这类型的东西。不过还是女性方向，毕竟我还是个女人，多少对女性情感了解得更多点。”

“女人不一定就了解女人。”孙小美似乎不大认同这个观点，不过对于方糖写作的事儿，她是百分百赞同加支持，“早该编这些东西骗钱了，不能天天只是给你老公改稿子，当什么幕后英雄，浪费。”

方糖见闺蜜这么当真，有些不好意思地说：“就是写着玩的，也没当真。高家为都不知道我在写这个。”

“你干吗不告诉他？”

“本来就是瞎写的，又不是什么正经事。不过我前几天发现他也在看我的连载。无意中看见的。他真不知道。”

小美不禁感叹一声：“哇，这算什么？情趣游戏吗？”

方糖苦笑了一下：“毛毛一丢，我写东西的心思都没了，还扯什么情趣。不过网络连载不像别的，你一天不更新，那些读者真的追着催你更新，弄得压力还特大。还好，下一章也快写完了，就差收尾了。”

“还打算继续写吗？”

“有空就写呗。”方糖说着忽然想起了上次的话茬，“上回咱们下午茶那次，你说的那个，你朋友发现她老公出轨的事，挺有意思。我想写一个类似的故事。你知道吗，婚姻出轨，感情背叛，永远是最受人关注的话题。快说说，上次实锤那两口子，后来怎么样了？”

“你怎么也这么八卦？”孙小美虽然嘲笑着方糖，可还是忍不住绘声绘色地讲起了身边的八卦。

不得不说，生活才是最好的编剧。一直到晚上，孙小美讲的故事还在方糖脑海里盘旋。尤其是最后一段，她转述的自己和故事女主角的那段对话：“女方跟我说，她所做的只是想方设法拿回她应得的部分。说到底，只是自保而已。我说做妻子还需要一套自保的手段吗？这也太惨了吧？这还是婚姻吗？你猜她怎么说？遇人不淑，就是这么一个不靠谱的结果。不是婚姻考验人性，是任何关系都在考验人性。”

方糖坐在电脑前，把新小说的标题改了又改——从《完美婚姻》到《妻子的选择》，删删改改没有定论。思量了很久，终于，她在空白的文档上写下了全新的标题——《妻子自保手册》。

第 三 章

坐着电梯从地库上来，高家为在一楼巧遇了晓欧。午饭时间，一起上电梯的还有公司另外两个的同事。见到高家为，两人都赶忙打招呼，唯有晓欧对他视而不见。

高家为掏出手机，悄悄给晓欧发了条微信：“早晨给你发信息你也不回，晚上一起吃饭吧。”信息发出去，高家为都听到了晓欧手机的振动声，可等了五六秒，她却纹丝没动。高家为见状，又补了一条：“去你家。”

又过了几秒钟，晓欧终于掏出了手机。很快高家为收到了回信：“今天身上不方便。”他正要再回一句，电梯门开了，齐妙走了进来。

“这么巧？”高家为主动打招呼。

“就是上来找你的。这期节目你收到通知了吧，只录一期，是不是又有什么变化？”齐妙开门见山，工作的事儿她从来都是半点不耽误。

正说着，电梯到了高家为公司的楼层。“进去细说吧。”高家为和齐妙率先走出了电梯，擦肩而过之际，他看都没看晓欧一眼。

晓欧在心中暗自冷笑。前半截她是在笑自己傻。今天一早来公司，她跟人力总监交了辞职信，想离开这个伤心地，让自己和高家为都从痛苦的旋涡里走出来。可就在刚刚排队买便当的时候，她听到了一起坐电梯的两个同事聊天，这才知道，高家为不仅要和方糖去杭州过结婚纪念日，甚至还专门安排人在北京预订鲜花，作为他们回家后的惊喜。他哪里有一点伤心，他忙着应付老婆，应付工作，根本没有时间伤心。所以后半截她是笑高家为，笑他还不自知要出事的狼狈。

大雨的午饭也是在便利店解决的。在收银台掏手机付账的时候，她不小心碰掉了柜台边的一个小铁盒。那个小铁盒一直摆在收银台旁边，她一直以为是口香糖之类的东西，今天拾到手里才发现，那是个便携装的安全套，粉红色的小盒子上印着一个手拿弓箭的爱心。大雨不禁手一哆嗦，差点再次弄掉。店员见状，顺便推荐说："那是本周的换购产品，加十元就能换购，联名限量装。"

"不用了，我对橡胶过敏。"大雨下意识地脱口而出，可说完马上又觉得尴尬，于是她拿起便当急匆匆地冲出了便利店。许是走得急，便当的汤水洒到了她的外套上，崩溃的情绪像一只拳头，一下又一下击打着她的心脏。大雨深呼吸了一口气，找到一个垃圾桶，把洒了汤的便当直接扔了。之后，她走进了一家洗衣店。

"菜汤油渍，麻烦帮我快速处理一下，我下午有会议。"大雨把外套交给了洗衣店店员。

"好的，您坐一会儿，最多半小时就可以弄好了。"店员彬彬有礼地接过衣服，不一会儿送来了从外套兜里掏出来的一张小卡片。这是一张手工制作的小书签，一朵粉白色的小花被压成了标本，贴在了一张小小的卡纸上。

大雨一直随身携带卡片，但她忙于工作，很久没有自己洗过衣服了，连掏兜的习惯都忘记了。要是小雨也和她一样，忘了这个习惯该多好。那样，她就不会抢着帮韩潮洗衣服，就不会发现他口袋里的安全套。

那时，她是多么绝望啊。去医院，医生说她性格敏感，并没有心理疾病。和男朋友的感情问题，只需要调整心态，不要过分自责。但她怎么可能不自责，她最信服的情感大师齐妙一直在告诫她："千错万错，都是女人的错。男人为什么会变心？你要做的第一件事，就是检讨自己，检讨自己，检讨自己。"

大雨脑袋嗡嗡作响，她再次打开手机，对着那张照片暗自说：别人犯错，为什么要惩罚自己？你有什么错？小雨，你没有任何错……

在她的手机里，除了这张照片，还有一条永远保留着的信息：姐姐，对不起。发送这条信息的正是照片里的女孩，她的孪生妹妹，小雨。大半年前，她从男朋友韩潮的楼上一跃而下，结束了自己年轻的生命。

起初，大雨只是沉浸在失去妹妹的悲痛之中，但在整理遗物的时候，她发现了小雨的日记，这才揭开了她走向死亡的真相……

那个在家中备受宠爱的小女儿小雨，早已在和韩潮的这段感情中伤得体无完肤。从医院回来，不甘心的她趁着韩潮熟睡之际，第一次偷看了他的手机。但就是这一次，成了压垮她的最后一根稻草——她在韩潮的手机里看到了沫沫发来的微信："还是分开吧。好好对小雨。这辈子你再也找不到像她对你这么好的女孩了。"

小雨无论如何想不到，韩潮竟会劈腿她的闺蜜。可当她气急败坏地冲到沫沫面前的时候，得到的答案却更加残酷："我和韩潮认识比你还要更早，说句你不爱听的，上床也比你早。换句话说，他劈腿的对象是你，不是我。说你是第三者其实也不准确，我们开始就是随便玩玩，谁都没当真。等韩潮和你好了，我们就断了。我和他最后一次单独见面，是他给你第一次过生日的前一天。时间、地点、对话的细节，你都可以去问他，要是有一点对不上，就算我撒谎。韩潮这个人，他的定力就这么长，到头了。他和你在一起两年，这是他的极限。他不是不和你结婚，谁他都不会娶。你还不明白吗？"

沫沫的话像刀子一样扎透了小雨的心，后来她在日记里写下这样的句子："我感觉自己气得快要爆炸了，可沫沫却始终淡定无比。她一边说，一边修剪着自己漂亮的指甲，仿佛她讲的这些事情，与我和她都毫无关系。"

可即便如此，小雨依旧不愿相信沫沫的话，她坚信如果没有沫沫，韩潮一定会和她结婚，可沫沫却残忍地撕下了他们之间最后一块遮羞布："小雨，你别自己给自己洗脑了。韩潮什么样，你心里没点数吗？他说要娶你，这话能不能信，你们在一起这么久，你还不知道吗？如果不是你今天喝药明天上吊的，你觉得他会跟你在一起这么长时间吗？你以为你这么做能留住他，大错特错，这样只能让他跑得更快。"

小雨疯了，她歇斯底里地冲沫沫发泄着。而沫沫纵使愧疚，也只是录了一段小雨在她家发疯的视频，发给了韩潮，让他来领人。

见到韩潮的那一刻，小雨甚至还心存幻想："他来接我了，他没有不要我。”但韩潮对她的耐心只维持到了沫沫家楼下，他把车钥匙扔给小雨，冷漠地说：“千万别给我再买一分钱的东西了，别想包养我。你看见的都是真的，没看见的也是真的。我是个渣男，配不上你。”

“那一刻，我什么都忘了，只记得齐妙老师说的，检讨自己，检讨自己。”小雨在日记里写道。她把车钥匙塞回韩潮的手里，苦苦哀求，甚至对他说，以后他想怎么样就怎么样，她不会干涉他的任何事情，但韩潮只留下了一句话：“哪里没你，我就去哪儿。从今天起，别他妈找我了。”

小雨绝望了，她拎着大包小包的好吃的，回了一趟父母家，最后做了一次衣来伸手、饭来张口的小公主，然后赶在大雨的航班落地之前，发了那条诀别的消息。

大雨赶到现场的时候，鲜血已经快把小雨浸透了。从小到大，周围人都说她们是长得最像的双胞胎。可当小雨把一个“潮”字刺在自己的肩膀上时，她们便注定走上了不同的路。

一滴眼泪，滴落在书签上。那是从前夹在小雨日记本里的，她去世后，大雨一直带在身边。那粉白的小花就像妹妹一样天真纯洁，也像妹妹一样，在最美丽的时候被封印了。

“女士，您的衣服处理好了。”店员的话打断了大雨的思绪。巨大的镜子前，重新穿上外套的大雨像是一位即将踏上战场的斗士——我叫李佳颖，我的妹妹李佳念不能白白死去，一定要有人为这条生命负责。

物业经理说得对，监控画面确实包含了业主的隐私——一些让邻居又震惊又尴尬的隐私。方糖再一次去物业办公室查看监控的时候，竟然看到邻居小刘在半夜十二点多带了一个男人回家。两人应该正打得火热，电梯门还没完全合上就搂在一起热吻起来。

方糖赶紧回头看了看物业经理，见他正低头刷手机，便赶紧把视频的进度条往前拉了一大截。再多一个人看见，这件事就等于公之于众了，搞不好物业不敢再让她继续看视频了。

不过，八卦的天性还是让方糖注意了一下男人从小刘家出来的画面，那已经是早晨六点二十四分了。方糖偷偷吐了口气，这个秘密她准备烂在肚子里了。

可怕什么来什么，小刘好像压根不知道小区遍布摄像头一样。到了视频中的黄昏时分，她再次出现在小区门口，钻进那个男人的车，车窗都没关就甜蜜地和男人亲了起来。方糖看得心惊胆战，生怕让其他人发现，仿佛她才是做贼的人。

这时，晓欧给她发来一条微信。方糖点开，是杭州四季酒店的链接。其实，这半天方糖一直在一心多用，又要仔细扒视频，又担心视频里的秘密被别人发现，同时还在多方咨询酒店的情况，因为明天她和高家为就要出发了。

方糖浏览了一下晓欧发来的信息，想了想，回复说："好是好，就是太贵了。"

"不是结婚纪念日吗？要不，您问问高总，看他的意见？"晓欧马上回了一条。

方糖笑了一下，却没再回消息，因为她的目光已经重新转移到了电脑屏幕上。监控画面里，出现了高家为的身影，他一手牵着毛毛，一手在接电话。快到小区门口的时候，他忽然一抬头，好像看到了什么人，脸上露出了惊讶的表情。随后，他使劲拽了拽毛毛，朝他望着的方向匆匆走出了画面。

另一边，没收到回信的晓欧也陷入了回忆之中。她向方糖推荐的四季酒店，正是高家为曾经许诺给她的目的地。

“去杭州就得住四季。我在杭州住过最舒服的就是这个酒店。住得好，吃得也好。尤其金沙厅，绝了。我一个把饭当饲料的人，吃过一回都念念难忘。”高家为躺在晓欧的床上，向她展示着手机里的酒店图片。

那时的晓欧还有些胆怯：“这么好的地方，挺贵吧？”

“带你一起去，住多好都值。”高家为说完伸手把晓欧揽入了怀中。

彼时的温柔乡，如今只剩冰冷的背影。晓欧抬头看着办公室里忙碌的高家为，听见手机叮咚一声，有微信进来。是方糖的消息吗？可没等她看，高家为从她身边经过，严肃地说：“马晓欧，你到我办公室来一下。”

晓欧赶紧关掉了屏幕，跟在高家为的身后走了进去。

“把门关上。”高家为说这句话的时候，语气还是面对员工的老板。可当晓欧把门关上之后，他马上换了个人似的，柔声嗔怪道：“鱼都快饿死了，你也不管管？”

晓欧的表情一直没变，她把高家为的话当成老板的命令，默默地走到鱼缸前开始喂食。

高家为碰了软钉子，尴尬地咳嗽了两声，接着说：“我怎么听芳姐说，你要辞职？然后又不辞了？”

晓欧神色如常，喂完鱼冷冷地说：“要是没别的事，我先出去了。”

高家为知道晓欧在对他甩脸子，但他根本没放在心上。小姑娘撒娇置气，哄哄也就过去了。于是他往晓欧身边凑了凑，低声说：“行啦。一夜的气，都几点了还没气完？还辞职，你要辞到哪儿去？”

“该去哪儿去哪儿。”

高家为朝外面瞟了一眼，想偷偷拉住晓欧的手：“你能去哪儿啊？”

晓欧机敏地后退一步，和高家为保持着距离，问道：“我想休个假，可以吗高总？”

高家为以为晓欧这是在约他出去，脸色一变，解释说：“明天我有点事情，后天恐怕也不行。大后天吧，你想去哪里，我陪你去。你选个地方，好好玩玩。”

晓欧看着高家为眼神中瞬间的慌张，片刻后回答：“再说吧。还有事儿吗？”

高家为似乎又想向晓欧的身边靠近，可这时手机振动起来，屏幕上显示出了“老婆”和一张方糖笑眯眯的照片。高家为没有第一时间接听，而是抬眼看了看晓欧。这是让她离开的命令，晓欧明白，也照做了。高家为微微松了口气，这才接起了电话。

“怎么这么半天才接电话？能说话吗？我把杭州的机票和酒店都订了。”一接通方糖就抢着说道。

高家为站在百叶窗前，看着外面工位上的晓欧，回答道："要不还是高铁吧。快的也就几个小时，坐飞机容易晚点，这几天那边好像雨多。我的车就停在南站，地下停车场，来回都方便。"

"也行，那你早点下班去取车，晚上等你吃饭。"

宝马 4S 店内，高家为的车正在被做着最后的清理。两个小工发现了晓欧扔在车座下的 YSL 包。两人面面相觑，闲聊之间打起了小算盘。

"这牌子我见过。不是一般的贵。"

"有多贵？"

"我女朋友她姐有个假的，还得一千二。你说真的多少钱？"

"有钱人就是这么随便。这么贵的包，就这么扔着。"

"你说，他是不是把这个给忘了？"

两人心照不宣地对视了一下，其中一个脱下工作服，弯腰钻进车里，把包用衣服一裹，然后拿起来放到了车外面角落的一个架子上面。

但他们哪里知道，这些小动作早被头上的摄像头拍了下来。没一会儿，店长拉着脸走到了车子旁边。其中一个小工见店长脸色不善，心虚地问了一句："店长有事啊？"

店长抄起一份维修报告砸在了小工的身上，转身又照着另一个小工腿上狠狠踢了一脚。"他妈干什么呢？看我干什么，那包多少钱我问你，说话，多少钱！"

挨踢的小工吓得连连后退，嘴里嘟囔着："两千、三千、七千、八九千吗？”

店长又抽了他一下子，生气地说：“啥也不懂，这包得好几万，人家要是报了案，抓了你得判好几年！还看？找东西去！”

挨踢的小工差点吓尿了，一溜烟跑过去把裹着工装的包拿了回来。这边另一个小工早已打开了后备厢。包一扔，后备厢门一关，两个小工长出了一口气。这个炸弹终于脱手了，而且被重新埋在了高家为的身边，随时可能爆炸。

在物业看完视频回来，方糖坐在电脑前打开了《妻子自保手册》的文档。此时，小说连载平台的编辑雯雯给她发来了消息：“上次和您说的签约的事，考虑得怎么样了？”

因为小说的点击量十分可观，雯雯已经联系了方糖好几次，劝她和平台签约，但方糖一直犹豫不决，主要是签约后，网站对更新量有严格要求。本来的业余乐趣一下变成了工作量，方糖有点不乐意。当然，签约也不是一无是处，最大的好处就是有稳定的收入，如果后续再有机会接入影视版权，那收入会更多更稳定。

方糖本来已经拒绝了雯雯，她对现在的生活基本是满意的，不想凭空给自己增加压力。可是雯雯依旧不遗余力地劝说：“我知道您没什么经济压力，但是谁会嫌钱多呢，老师？有一份额外的稳定收入，作品还能让更多的人看到，不好吗？”

方糖忽然意识到，雯雯提供给她的不只是钱，而是一个全新的身份和一份有诱惑力的成就。她可以不仅仅是情感专家高家为的妻子，她还可以是她自己。这样不好吗？方糖犹豫了。

此时，母亲打来了电话，告诉她一个让她有点意外的消息。

“哎方糖，出去玩的事你别管了啊，我和你爸已经报了一个去新疆旅行团，后天就走。”

“你们怎么也不跟我说一声？”方糖吃惊地问道。

“这也不算个事儿，我们自己都能订。再说你爸爱唠叨你也知道，你一直不上班，他总归心里有点别扭。我们知道家为对你好，经济条件也没问题。我知道，家为有这份心，我们也很感动，你爸妈又不是自己没钱，是不是？就算是你自己出，我们也不要。”

方糖明白父母的意思，她挣扎着想辩解两句，但母亲忙着收拾东西，很快挂断了电话。方糖愣了一会儿，把屏幕上回绝签约的话，一个字一个字地慢慢删掉了。

高家为一进门就看见了地上摊开的箱子。“收拾行李呢？”他随口问道。

方糖端着一盆汤走出厨房答应道：“是啊，要不是下午去物业看监控视频，早就收拾完了。先洗手吃饭吧，都做好了。”

高家为没想到方糖对毛毛的事儿这么执着，回想起丢狗的那天，他多少有点心虚。“还在看监控？”

“是啊，好不容易求着物业同意了让我看监控，但是只能在他们那儿看，得抽空过去，还得在人家有时间的时候。”

“咱们小区监控多吗？丢的那天不是看了吗？”高家为貌似漫不经心地问道。

但这一问反而提醒了方糖，她想起了监控里高家为望向门外的那一幕，立马问道："对了，毛毛丢的那天，你到底是去哪儿遛的狗？"

高家为一愣："啊？就小区里啊，和平常一样。"

"出小区了吗？"

"没有啊……怎么了？"高家为有点紧张了。

但方糖的语气，似乎没什么异样："在小区里跑丢的和在小区外跑丢，可能去的地方都不一样。我怕你记错了。"

"也确实有点记不准，我到时再想想。先吃饭吧，饿死我了。"高家为搪塞了一句，坐在了餐桌旁边。趁方糖去盛饭的工夫，他拼命回忆着那天的情景。小区到底哪儿有摄像头？这么大的小区一时也摸不全啊？高家为悄悄地暗自思忖。

晚饭吃得一点不消停，高家为的微信叮叮当当地没断过。他一会儿给公司工作群里布置任务，一会儿给电视台的唐总发备选主题，六十秒的微信语音一发就是三五条。

"以齐妙的个性决不甘心当个副嘉宾，相信我，她一定准备了十倍的金句，不管时间再少，她都能突突出来。我是主嘉宾，我的话看着多，但有时候是串词，我的意思是，再枯燥的串词也要有意思……微博热搜，百度贴吧，知乎提问，还有B站和豆瓣的评论，哪怕优爱腾的弹幕我也要，不光只是我自己，大家都要去灌，要去节目组的各个官方渠道去灌，我们不灌，就等着看齐妙吧。今天晚上把方案做出来，不管多晚我都等着。"

方糖插空给高家为盛了碗汤递到手里，小声问道："节目的事儿不是已经定了吗？听着像是快黄了一样。"

高家为叹了口气："因为齐妙啊。她坐在旁边当副嘉宾，能饶得了我吗？”

几乎是旁听了一场工作会议的方糖，面对高家为的判断有点不解地问：“齐妙不是一直推崇女人要家庭第一吗？你都回家了，她还在加班？”

高家为摇摇头：“这种屁话也就骗骗那些没脑子的小粉丝。为了点击率和知名度，让她跳粪坑都行。”

方糖开玩笑地说道：“所以你们情感专家都是骗子，是不是？这是你自己说的。”

“我那么多稿子都是你改的。我要是骗子，你也是。”说完，两人都笑了。公平地说，这个公司确实是夫妻二人共同的心血，只不过方糖成了别人看不见的幕后英雄。

不过，此刻她顾不上计较这些，给高家为碗里夹了一块肉之后，方糖问道：“我给你发的酒店，看了没有？”

“你订就行，不用问我。”

“那酒店太贵了，一晚上四五千，我觉得有点贵。”

“什么酒店这么贵？”

“四季，说是杭州最好的酒店。”

“哦，订就订吧，这不也难得一回吗？他家的金沙厅特别好吃，我看能不能托人订上。”看着方糖满意的笑脸，高家为早已经忘了和晓欧吹过的牛。

正说着，楼道里突然传来“咚”的一声巨响，继而是一阵歇斯底里的对骂和哭喊。两人瞪着眼睛听了一会儿，方糖说：“楼上小刘，是她。”

高家为恍然想起，刚才回家在电梯上，巧遇了小刘夫妻。平时他们见面都会聊两句，可今天两人都脸色不善，尤其小刘的丈夫，连招呼都没打。

高家为有点好奇地猜测着："刚才电梯里，两口子就不说话。这是出什么事了？"

方糖心里自然明白，可这种事，她想了想还是没说："谁知道啊，别人家的事儿。"

两人有一搭没一搭地聊着，收拾着，似乎都对第二天的杭州之行充满期待。

窗外，淅淅沥沥下起了小雨。方糖盖上箱子，看着高家为说："幸亏听你的订了高铁，一下雨航班又没点了。"

"也幸亏我今天早下班了，要不赶上这雨，还指不定几点到家。你看那路上堵的。"高家为站在窗边说道。

夜色中灯光闪烁，雨点敲打着每一扇窗户，包括马晓欧家的。和方糖一样，她也已经把行李收拾停当。此时，她拿着手机，拨通了杭州四季酒店金沙厅的电话："你好，有个朋友替我订了明天的晚餐，我想确认一下。姓高，高家为。"

片刻后，对方向她确认了高家为的就餐时间，是中午。

"哦，看来我搞错了，谢谢你。"晓欧挂了电话，眼神坚定，她已经都准备好了。

对于方糖来说，旅行度假的第一要义就是吃好吃的。所以，她对到达杭州的第一顿午餐十分期待。金沙厅确实名不虚传，环境极为幽雅，方糖坐在角落靠窗的位置，静静地等待上菜。本来她是想研究一下金沙厅的菜谱，但是高家为说他都安排好了。结婚纪念日的特别节目？方糖更好奇了。

第一道菜上来，方糖就笑了。高家为看着她的神情，会心地问道："你还记得？"

"香椿豆干，咱俩第一次约会，你没什么钱，带我去了一个小得不能再小的馆子，点的菜还全是我不吃的。从小到大我最受不了的就是香椿味儿，你偏偏第一道菜就点了这个。"

高家为接过方糖的话继续回忆着说："你是典型的讨好型人格，不好意思说，还硬着头皮吃，两口下去就差点吐了，我真担心你会吐在桌上。"

可方糖此时却从容地夹了一筷子香椿放到嘴里："现在我也开始喜欢这道菜了。人多奇怪？口味会改变。"

高家为有点感慨地说："水煮牛肉你嫌辣，苦瓜炒蛋你不吃苦瓜，还有一个干炸丸子，结果后来你跟我说你从小就不爱吃丸子。可那是我最爱吃的菜，你说我怎么能每道菜都点成你不爱吃的，这个概率也太低了。"

方糖已经情不自禁地笑了起来，此时，服务员又端上了两道菜："水煮牛肉、苦瓜炒蛋。"

方糖惊讶地问道："你不会是复刻了咱们的第一顿饭吧？"

高家为一脸为难的表情："干炸丸子这儿是真没有，毕竟是个江浙餐厅。"

方糖心里泛起一阵暖意，仿佛从前那些温馨甜蜜的日子又回到了眼前。“你还都记得？我可记不住了。你记性怎么这么好？”

“因为那顿饭太失败了，失败到让人难忘。”说完这话两人都笑了。

“在这么好的餐厅吃这些东西，是不是太浪费了？”方糖看着高家为的一番苦心，有些感慨地问道。

高家为轻轻碰碰方糖的酒杯：“你最新一篇文章的金句怎么写的来着？成年人的浪费，是浪漫。”

“时间真快呀，眼睛一眨，都五年了。”

高家为还没来得及说话，手机嗡嗡地振动起来。他无奈地指着手机说：“忙得像条狗，这也是五年来的变化。”

“要不是这个变化，今天也没法来这儿吃饭啊。接吧。”

可高家为看都不看一眼，仰头干了杯里的红酒：“公司的麻烦就像跳蚤，找也是那么多，不找也那么多。不管他们了，来都来了，不能这么浪费机会，招牌菜还是要吃的。”说着，他向服务员招招手：“服务员，拿菜单。”

方糖笑了笑：“果然成年人就是贪心，什么都要。”

电话停了，微信又不住地钻进来。趁着方糖兴致勃勃研究菜单的工夫，高家为看了一眼手机，上面有十几条来自晓欧的微信，全部都是同样的内容：“在吗，有事。”

高家为偷偷扫了方糖一眼，快速回了四个字：“忙，回头说。”

晓欧马上不依不饶地又发来一条：“有急事要跟你说。”

“留言，一次说完。”回完这条，高家为直接放下了手机。

加了几道招牌菜之后，餐桌上看起来满满当当的。可方糖和高家为的话却少了，两人都拿着自己的手机，一边吃一边看。高家为尤其烦躁，晓欧的微信一条接一条，他想看又不敢看，急得如坐针毡。终于，来了一条工作微信，他举起手机在方糖眼前一晃，抱怨道："把人烦死算了，电视台录个节目怎么这么麻烦？导演组这些人到底想干什么？定好的方案又要改，齐妙那边的词儿越加越多，脑子瓦特了（坏了）是不是？你看看？"

方糖低头喝了口汤，不紧不慢地回答："越到这时候，越不能急。"

见方糖并未起疑，高家为假装点了下屏幕，说："我打个电话。"但这只是个幌子，他确实想打电话，但不是在这里。片刻后，他招呼服务员过来问道："这儿的信号怎么这么差？"

"平时挺好的，先生。要不您换个地方试试？"服务员陪着笑脸说。

高家为仿佛拿到了通行证，立刻起身对方糖说："我出去试试，马上回来。"

一路走到餐厅门外，高家为找了个角落，一边拨打晓欧的电话，一边不时回望餐厅里的方糖。

电话通了，高家为立马用手捂住话筒，压着火气说："我不是说了有事吗，平时也不见有个微信，今天炸了窝了，你有什么急事？"

"上次你太太要加我的微信，我也找过你，是你不听，还怪我？"

晓欧语气平静，但高家为耐心有限："行了，你说。"

"你要是忙，我就发文字告诉你。"

“我现在不是在接你电话吗？说呀。”

“你在哪里？”晓欧问道，不等高家为回答，她紧接着又补了一句：“你要是骗我，当心收不了场。”

高家为本能地想哄骗过去，可又一想，她加了方糖的微信，现在怕是知道了，于是只好实话实说：“杭州。”

“我也在杭州。”晓欧的回答让高家为大吃一惊，“我在四季酒店。”

高家为下意识地朝方糖看了一眼，背对着他坐的方糖也恰好望向他。高家为挤出了一个不自然的微笑，指了指电话。待方糖转过身，他压低声音说道：“听我说，方糖在我身边。明天我去找你。今天你别闹了！”

晓欧依旧非常平静：“你觉得是闹，我觉得不是。我只是无聊，自己出来散散心。怕你们万一遇着我，圆不了谎，来提醒你一下。”

“你想干什么？晓欧你到底想干什么？”高家为快急疯了。

“我什么都没说，你急什么？等你不忙的时候，咱们聊聊吧。”

晓欧的话还未说完，高家为已经挂断了电话。此刻，他快步走向座位，脑子里飞速地盘算着如何尽快离开这个是非之地。

龙井虾仁已经有点凉了，高家为夹了一筷子，一路颤颤巍巍，快到嘴边，还是掉了。方糖见状递过勺子说：“这太滑了，不好夹，用勺吧。”

可高家为心里明白，和虾仁没关系，是他的手在止不住地颤抖。再这样下去，用不着马晓欧出现，他自己就直接崩溃了。稳住稳住，他在心里强迫自己冷静下来，屏息凝神，又加了一只虾仁，稳稳地送到了自己的餐盘里，然后笑笑对方糖说："能行。"

味同嚼蜡地吃了几口，高家为对早就不动筷子的方糖说："饱了吗？那就出去走走？吃撑了，得走走。"说着，他打开微信的支付页面，冲服务员招呼道："结账，开发票。"

"急什么，还早呢……有什么甜点？"方糖对走过来的服务员问道。

服务员微笑着把点菜 ipad（平板电脑）递到方糖手里，逐一细致地介绍着各色甜品点心。高家为仿佛被架在火上炙烤，他下意识地松松领带，忽然愣住了——不远处，晓欧一个人款款走入餐厅，正在门口和服务员说着什么。

高家为马上站起来，对埋头于菜单的方糖说要去洗手间。也幸亏方糖埋头于菜单，才没看见高家为气喘吁吁地一把拉走了门口的晓欧。

一路走到中餐厅外电梯口的背后，高家为才停下脚步，崩溃地质问晓欧："你要干什么？你是疯了吗？"

"我的手快让你拉断了。"高家为的焦躁让晓欧愈加平静。

"我和谁在一起，我和你说过了。以前你从来不这样，你要干什么？你跑到这儿来弄死我？我死了，你就舒服了？"

"我不知道会这么巧。我是来吃饭的。我想过问你，是你把电话挂了。吃个饭，不用要死要活。"晓欧的口气简直像和领导汇报工作。

而高家为已经从急躁转向了冷酷："是巧吗，马晓欧？我订了这儿的位子，你也订，我住这儿，你也住这儿，你怎么知道我住这儿？”

“我不知道你住在哪儿，我连你在哪儿都不知道。是你之前告诉过我，这家酒店的餐厅你最喜欢，你说过不止三次带我来。你忘了，我没有。你食言，我就自己来。可以吗？”

高家为被噎得没话说。他回头朝餐厅张望了一眼，方糖已经从椅子上站了起来，似乎在四下寻找。他没有退路，只能转过脸来对晓欧好言相劝：“我不管今天是不是巧合，晓欧，你得换个地方……”

看着已经语无伦次的高家为，晓欧努力地插了一句话：“有个重要的事，我必须告诉你……”

可高家为已经什么都听不见了，他一把拉住晓欧的胳膊：“你先听我说！听我说，你换个地方去住，明天，最晚下午，我去找你，明白我的意思吗？你明不明白？”

“我还没说完。”

“先听我说话！说呀，你明不明白？”

高家为感觉头上的血管在突突狂跳，而此时口袋里的电话响了，是方糖。

“你把我胳膊弄疼了。”晓欧眼眶泛红地说，但高家为却丝毫没有放松，一直死死地拽着她，不断地问：“你明白吗？”

晓欧也有点急了，她奋力挣脱高家为的手，不自觉地提高声调说：“你把我胳膊弄疼了！”

啪的一下，高家为把还在振动的手机摔在了地上。他彻底崩溃了，嘶哑地冲晓欧喊道：“弄死我，你高兴了！是吧！弄死我啊！”

远处似乎有人朝他们侧目，晓欧的心劲一下没了。风度翩翩的情人像个无赖，而她自己呢？在外人眼里，也不过就是个撒泼逼宫的小三。一阵悲凉扑面而来，晓欧深吸了一口气，头也不回地离开了。

高家为呆呆地站在原地，他甚至不敢回想刚刚那几分钟是怎么度过的。只有手机还躺在地上执着地振动。

餐桌上，还留了一个布丁。高家为强打精神走过来，把摔碎了屏幕的手机往桌上一放，轻轻说了一句："不小心掉地上了。"

方糖轻轻哦了一声，眼见着高家为这次用勺都没法把布丁安安稳稳地送到嘴里，她体贴地说："你要是太累，就先回房间休息吧。"

回房也不是办法。高家为默默地点了点头，心里还在盘算着下一步的计划。

每周一次，大雨和丈夫蒋宁一起回父母家吃饭。小雨在照片里微笑地望着家人，可自从她走后，这个家里再也没有了笑声。

蒋宁天生寡言，小雨去世那天，是他和大雨一起赶到现场，料理了小雨的后事。他怎么也想不到，强势而笃定的大雨会有小雨这么柔弱的妹妹。他其实不反感大雨的性格，但他更明白这样的性格对眼前家庭的状况没有半点好处。

蒋宁劝不动大雨，他能做的只有陪伴。只要大雨允许，能做的他都做，比如陪她来父母家吃饭，陪岳父喝酒，他觉得这才是走出伤痛的唯一出路。可大雨不这么想，父亲刚干了一小盅酒，她就立刻夺过酒瓶子，命令似的说："一顿最多二两，到了。"

大雨的父亲和女儿一样，是个执着的倔脾气，他红着脸说："到哪了就到了？给我。”

“低压八十正常，高压一百六，再往上一格就要住院了，你要不是高血压，这一瓶都归你。”

“给我！”父亲一拍桌子站了起来，“听见没有？我说话还不好使了！”

蒋宁一看情势不妙，赶紧也站了起来。大雨不慌不忙地剥好一只虾放在他的碗里，说：“你吃你的。”继而，她冷冷地对正要摔杯子发作的父亲说：“砸的时候往你那边儿，别溅到我妈脸上。她现在不知道事儿，也不怕疼，划出血自己都不知道。谢谢。”

大雨的父亲举了一会儿空杯子，还是无力地放下了。大雨的父亲佝偻着背重新坐下，端起一碗饭使劲往嘴里扒拉。那神情似乎和身边已经半痴呆的老伴差不多。

大雨冷静得像个没感情的机器人，一盘子虾被她剥了大半，轮流放在父母和丈夫的碗里。她说话和平日里的齐妙有些相像，利落而有条理：“没事多吃肉蛋鱼虾，每天至少一杯奶，蛋白质对你有好处。别忘了吃药，临睡前多提醒我妈，把这个疗程吃完，我带她去复查。海参是蒋宁给你的，已经提前发好了，冰箱冷冻柜倒数第二层，懒得做饭就化两个扔粥里，营养充足少感冒。我说这么多你能记得住吧？”

父亲埋头在饭碗里，似有若无地应了一声。大雨有点心疼，用稍微缓和的语气又嘱咐了一句：“要是记不住，给我打电话。”

父亲抬起头，碗里的米饭见底了，可大雨给他剥的虾还都剩着。他侧着脸，望向柜子上小女儿的遗像，嘟囔了一句：“小雨从来不骂我。”

大雨噌地一下站了起来，俯视餐桌，父亲又埋头在碗里，母亲像个刚学会吃饭的小孩。大雨的心一阵绞痛，但她依旧站得笔直，冷冷地说：“大半年了，她已经死了。你再念着她，也活不了了。”说完，她离开餐桌，把自己独自关进了卧室。

蒋宁轻轻叹了口气，却什么都没说。他抽了两张纸巾，帮岳母擦了擦油光光的嘴，又帮岳父擦了擦悄悄滑落的眼泪。

大雨坐在卧室的书桌前。这个房间从前她们姐妹俩一起住，后来她结婚搬了出去，再后来小雨和韩潮谈恋爱，也搬了出去。桌上摆着小雨的照片，屋子里收拾得整整齐齐，仿佛房间的主人还住在这里。也许在生命的最后时刻小雨还是想家了吧，否则她怎么会把那本日记端端正正地放在书架上呢？

她是要告诉姐姐，她曾经受尽委屈，而那些人现在还毫发无损地活在世上。大雨抬头望着书架，那上面都是小雨最喜欢的书。大雨出神地看了一会儿，突然起身，从里面抽出了一本齐妙的著作《你为什么是个失败者？》。

这本书小雨一定很喜欢，书皮都被翻旧了。大雨紧紧地攥着，片刻后把书狠狠地扔进了垃圾桶。

从父母家出来，蒋宁跟在大雨身后默不作声。直到小区门口，他才问了一句：“回家，还是？”

“齐妙要录节目，公司有点忙。”大雨有点愧疚地低头答道。

蒋宁不以为意：“忙完了给我打电话，我去接你。”

大雨不置可否，忽然问道：“我爸知道我换工作了，是你告诉他的？”

蒋宁犹豫了一下，还是承认了：“他问，我就说了。”

“蒋宁，言而有信是做人基本的礼貌。你答应过我，这个问题不讨论了。”

“我怕你陷进去。大雨，其实……”

大雨没说话，用行动结束了这场对话。她抬手拦了辆出租车，头也不回地钻了进去。

回到酒店客房，高家为的恍惚并未好转。在楼道里，有个女住客提醒他东西掉了，他吓得差点叫出来。进了房间，也是坐卧难安，拿着遥控器一圈圈地播电视。

方糖意识到了高家为的反常，工作压力大，应该也不至于如此吧？但此刻她不愿深想，好好的假期，她想尽量开心地度过。于是，她拿出房间里的茶叶和茶具，安安静静地泡茶。

但高家为已经在这里待不住了，马晓欧不像是会乖乖离开的样子，看来得他躲出去了。他站在窗边看看时间，尽量平心静气地说：“上次去灵隐寺就是下午，人不多。你非要明天一早去，跟赶集似的，肯定挤。”

“拜佛许愿，都得一早。”方糖头也不抬地答道。

“要不去西湖边上坐坐？酒店里的茶哪能喝呀。”

“不尝尝，怎么知道不能喝？”方糖似乎没有出门的意愿。

高家为越发焦躁了，他叹了口气，抱怨着说：“一下午就在酒店里待着，有意思吗？”

“也就两个半小时。杭州堵车，别赶晚高峰，晚上那家餐厅过了点就不等了。”

两个人似乎在下一盘棋，你越要动，我越想静，谁也不退让。

时间一分一秒地流逝，看着专心于茶艺的方糖，高家为狠下心今晚必须离开这家酒店。

“你觉不觉得这个房间有点小啊？”高家为问道。

“小吗？”

“格局也差，住着怎么这么不舒服。那么多好房间，这不是欺负人吗？我知道湿地里有片别墅不错，要不去那试试？咱们难得来一次，怎么不住个好的？”

方糖抬头看着高家为，思量了一下，说：“算了。钱也付过了，住都住进来了，别折腾了。再说我觉得这儿挺好的，要不是你们公司的晓欧推荐，我还找不着。”

高家为只觉得脑袋嗡了一下，原来这是马晓欧早就挖好的坑，只等着他跳进来摔个粉身碎骨。他拒绝了方糖递过来的茶：“热。我洗把脸。”然后匆匆走进了卫生间。

片刻后，卫生间里传出了高家为气急败坏的喊叫声：“这他妈是什么情况！”

方糖放下茶盏，走进去，看见高家为愤怒地指着洗手池说：“这是五星级吗？不看看？火车站旁边八十块钱一宿的也不至于脏成这样吧？”

方糖没吭声，走过去摸了摸洗手台上那点淡淡的痕迹，小声说：“这没什么吧？”

“方糖你没事吧？”高家为一脸匪夷所思地冲着她喊道，“你这大夫是不是白当了？这么脏的地方，细菌病毒万一有艾滋病怎么办？不行，不住了！”

辗转一番，二人换到了附近的希尔顿酒店。刚把行李箱推进来，高家为就晃了晃碎屏的手机说：“我出去换个屏，晚饭之前肯定回来。”

关门后，房间霎时安静下来。方糖坐在床上，听见自己轻轻叹了口气。

换完手机屏，高家为火速返回了四季酒店。在一堆微信里，他找到了晓欧发来的房间号：906。可到了门口，无论他怎么按门铃，里面就是没人开门。他并不知道，这个委屈又不甘的姑娘，此刻正坐在一家嘈杂的酒吧里。她反复看着手机里的一张照片，最终点击了发送。

随着照片一起发出去的还有四个字：我怀孕了。

高家为呆立在四季酒店的楼道内，他知道自己该走了，可照片上两条红线的验孕棒，让他怎么也迈不动步子。

第　四　章

方糖怎么也想不到，结婚纪念日的夜晚，她会被自己心中的一线怀疑拽着，神神秘秘地去刺探丈夫的行踪。那颗滑溜的、怎么也夹不住的虾仁，那些叮叮咚咚怎么也响不完的微信，还有碎裂成蜘蛛网的手机屏，方糖真的想视而不见，但她已经骗不了自己了。夜色降临之时，她打了辆出租车，向四季酒店赶去。

但方糖还是错过了——在焦急地拨打了二十多次晓欧的电话后，高家为最终等来了晓欧手机关机的提示音。他没法再等了，这会儿已经耽误了晚上预订的餐厅，再不赶回去怕是方糖要起疑心了。对妻子的最后一丝忌惮让他避免了惨烈的提前崩盘。

酒吧里人声鼎沸，晓欧和一帮老同学喝得昏天黑地。手机的嗡嗡声她听得清清楚楚，可她就是不接。她怕接起来两人会再次陷入争吵，更怕自己会抑制不住地继续爱他。

最后一通电话响起，连身边的同学都看不下去了，忍不住问道："电话振动呢，别装听不见了，谁呀？是不是已经秃了的班长？"

晓欧关掉手机，举起酒杯干脆地说了两个字："垃圾！"

高家为在回程的车上接到了方糖的来电，可等他回到酒店时，方糖却没在房间。这有些出乎高家为的意料，但他没有第一时间打电话找人，而是拎着红酒疲惫地瘫软在沙发上。在悬崖边上行走了一天，他实在是累极了。

但方糖没有给他留太多的休息时间，很快门口传来嘀的一声，方糖开门进来了。高家为赶紧调整状态，起身迎过去。

“你怎么出去了？去哪儿了？”

“好不容易来一趟，待在酒店多浪费，出去转了转。”方糖的神色平静，看不出一点异样。

高家为拿起红酒说：“我刚在路上买的，所以回来得晚了。出去来不及的话，要不……”

“先放着吧。”方糖淡淡地拒绝了，“太晚了，你要不要先去洗澡？今天也挺累的。”

高家为愣了一下，点点头，拿起手机进了卫生间。看着他的背影和紧紧攥在手里的手机，方糖迟疑了一下，欲言又止。

一大早开会这种事，在齐妙的公司里并不鲜见。不过，今天会议遇到一个不大不小的麻烦，所以会议室里有点低气压。一开口，齐妙就直截了当地说：“我归纳一下，看是不是这样。有个女性读者，可能平时也看过其他人的文章，当然也看过我的。有一天她跑到我的公众号去留言，求助内容是，男朋友对她始乱终弃。值班编辑以我的名义，摘录了我书里的一段内容，给她公开回复在留言栏里……”

“是《男人为什么不喜欢你》那本书里截的原文，一小段。”一个戴眼镜的女员工适时地插了一句。

齐妙喘了口气继续说道："之后，这个读者可能又经历了一些别的事情，在家里吞了安眠药，自杀未遂。现在她的父母发微博举报抗议，还找了很多网络大V（经微博认证，拥有众多粉丝的用户），让他们转发。到现在已经发布了十六条微博，是不是这样？"

"还截了我们回复的原图。"刚才的女员工再次补充道。

此时，已经有人把截图打在了投影上。只见齐妙公众号的回复栏里有这样一段话："为什么别人的男朋友不劈腿，倒霉的只有你？为什么？多问问自己！你的男朋友为什么会变心？不怪他，怪你！好好检讨你自己！你是不是还和以前一样好？你是不是足够优秀，足够温柔？最完美的那个你去哪里了？你是个失败者。任何问题都是你的问题。连男朋友都留不住，你还能做什么？"

和平时一样，大雨默默地做着会议记录，一言不发。可当看到投影上打出这句话时，她伏在键盘上忙碌的双手却禁不住颤抖了一下。小雨当初是不是也读到了这段话才撒手人寰的？齐妙粉丝成千上万，到底还有多少"小雨"徘徊在生死边缘？大雨抬起眼帘，悄悄看了齐妙一眼。

但这些暗中的注视和诘问，齐妙根本不放在眼里。她转过脸来对会议上的众人交代道："现在最重要的是，怎么在正式录制《相亲大会》之前平息这件事情。二十四小时之内，你们要给我拟个方案出来。无论对方的父母是什么诉求，处理都要快。你们要明白，现在有软肋的是我们，不是他们。

"我的公众号介绍中，一直都挂着'如果你给齐妙写信，意味着你默认同意公开发表你的信件'这句话，把这个截图发到微博上去，找几个粉丝多的博主转一下。我们公开回复评论内容是公众号惯例，不论是谁也会这么干的。至于她看了回复会做什么，上帝都不知道。要是她刚看完德云社的专场，回去吞下安眠药，你能说，这是郭德纲害的吗？”

不得不说，齐妙的话术功力确实高于常人。她一番振振有词的解说已经把会议室里的一众人说得频频点头了。大雨脸色沉静，飞快地敲打键盘把齐妙刚刚说过的话全部记录了下来。

但一个电话打断了齐妙的激情演说，见手机屏幕上显示出“老公”二字，她马上露出做作的微笑：“他不忙上市的破事，天天查我的岗。我倒是想找个小鲜肉，也得有时间吧？等我五分钟，烦死了。”

在众人羡慕的神情中，齐妙举着电话从会议室一路走到了茶水间。反手一关门，刚刚娇嗲幸福的微笑被留在了外面，齐妙换上了一副冷若冰霜的面孔，对着电话不耐烦地小声责问：“又怎么了？你不知道我在开会吗？”

对方的声音也不大，但齐妙根本没耐心听完，急匆匆地打断他说：“我知道了。这几天我没时间，你自己看着定吧。我妈生日的事，你安排就行了，不用问我。定好了地方你告诉大雨，叫她提醒我。”

挂掉电话的同时，齐妙嘴里嘟囔了一句“磨叽”。不过，开门前她又把微笑拿出来挂在脸上——人设就像女人的妆容，不能轻易卸下。

从杭州开往北京的高铁上，方糖抱着一本东野圭吾的《恶意》，似乎看得津津有味。相隔一个过道，高家为则戴着耳机半躺在座位上。他时不时地瞥一眼方糖，然后趁她不注意的时候，飞快地看看手机。

高铁的商务座宽敞舒适，可高家为怎么坐都觉得不得劲。高铁的车厢一眼望不到头，高家为实在担心又像昨天那样，马晓欧就像变戏法一样，突然从某个座位上冒出来。

心里有鬼，人便着了魔，高家为就是活生生的例子。列车停靠在南京南站时，下车活动筋骨的高家为终于发现马晓欧就在商务车厢隔壁的2号车厢。他急匆匆地冲进去，却发现面前不过是个陌生的姑娘。高家为赶紧松开手，一边道歉一边四下张望。明明是大白天，可在高家为眼里晓欧的身影却如鬼魅一般时隐时现。高家为感觉有些窒息，一路退出来，钻进了卫生间。

一碰凉水让他暂时清醒了一些，但镜子中的他显然已经疲惫不堪了。待他从洗手间出来的时候，无意间向2号车厢一看，晓欧的脸又出现了。她站在车厢尾端，死死盯着高家为，任凭高家为怎么揉眼，这个真实存在的人都不会消失了。

此时，火车骤然进入隧道，车厢内陷入了黑暗。晓欧的目光阴冷而哀怨，但又仿佛充满魔力，让毛骨悚然的高家为不自觉地朝她走去。高家为只觉得脚步磕磕绊绊，双腿仿佛有千斤之重。

这时，车厢的另一个方向，方糖的声音传来："家为，你要去哪儿？"

"卫生间。"高家为木然地回答。此时他就站在方糖和晓欧的中间，稍微一动，两人便会四目相对。不能轻举妄动，可下一步该怎么办呢？高家为恨不得找个地缝钻进去，他下意识地低下头，突然觉得自己身上的衣服都消失了，他竟然赤身裸体地站在车厢中间。

唰的一下，火车冲出了黑暗，高家为也仿佛从地狱回到了人间。方糖举着保温杯让他帮忙接点水，他没有拒绝的理由，只能愣愣地往回走。待他拿到杯子再次转身的时候，晓欧已经消失在长长的车厢里了。

北京下雨了，高家为望着模糊而肮脏的车窗，心乱如麻。方糖一路都埋头在小说里，只是从杭州到北京，她手里的书一直停留在第二十七页。

暴雨让北京的交通停滞了，像北京南站这样巨大的交通枢纽出现问题，简直就是一场灾难。晓欧拖着行李箱，一筹莫展地站在通往出租车和私家车停车场的交叉口。手机上的打车软件已经重复呼叫了无数次，但一直都是无人应答。

人流中，高家为搂着方糖走了过来。许是怕手里的热咖啡洒出来，方糖无暇四处张望，因此也没有看到不远处的晓欧。而高家为一手推着行李箱，一手揽着方糖，面无表情地朝停车场走去，仿佛完全没看到晓欧一样。

眼睁睁看着夫妻二人越走越远，晓欧在心中默念："高家为，我什么都不要，只要你现在回头看我一眼，就一眼，我就原谅你，无论如何都不再怪你。"

可高家为始终没有回头，他小心地护着方糖上了车，自己也匆匆钻进了驾驶室，迅速驾车离开。

晓欧站在原地，挤出一丝自嘲的苦笑。绝望吗？不，她早该料到了。

拥挤的地下停车场，汽车根本没有速度优势。但高家为知道晓欧就站在通道里，她稍微跑两步随时可能追上来，所以他在缓慢蠕动的车流里见缝插针，想尽快逃离这个是非之地。可心急火燎之间，他冷不防地走走停停，让方糖手里的咖啡没了准头，噗的一下洒到了裤子上。

“哎呀！纸呢纸呢？”方糖慌乱地摸到车里的纸巾盒，却发现里面已经空了，“有纸吗？”

“回家再说吧。”高家为烦躁地回答。

“那怎么行，一会儿就洗不掉了。你前面靠边停一下，后备厢里有。”

处女座的洁癖，高家为领教过多次了。他无奈地转了方向盘，打着双闪，把车子停在了靠边的地方。方糖急急忙忙地下了车，在后备厢里没翻两下就找到了纸巾——同时也看到了一个 YSL 的包，和自己的那个一模一样。

“这是怎么回事？”

见方糖开门上来，高家为正准备挂挡开车，忽然听见了这么一句话。他下意识看了一眼方糖手里摇摇晃晃的包，刚开始还没反应过来，可当方糖把自己背的那个也拿出来，把两个包摆在一起的时候，高家为愣住了。

“为什么你后备厢里有一个和我这个一样的包？同款，一模一样。”方糖进一步质问道。

“我不知道啊，是不是谁放进去的？我确实不清楚……”两个包就像重影一样摇荡，高家为慌乱得头晕目眩。幸亏后面汹涌的车流不断按喇叭，高家为一边启动车子一边说：“先走，后面车催了。”

一路上，方糖都在仔细地检查着，里里外外，看了又看，摸了又摸，甚至还凑近闻了闻。但她一句话也没说，仿佛只是在玩一个解谜游戏。高家为自然不敢开口，他心神不宁地开着车，几次差点和其他车子别上。

“会不会开车呀？怎么开的！”骂骂咧咧地使劲按喇叭成了高家为唯一发泄的渠道。

方糖反倒十分平静，低声劝慰说：“别急，慢慢开。”

曲曲折折地开到家，车子熄火后，两个人都坐着没有动，车里安静得连呼吸声都仿佛震耳欲聋。方糖一手拿着一个包，转头望向高家为，问道：“想起来了吗？”

“这个包——”到这个时候，高家为才发现原来自己并不擅长骗人，他能想到的理由自己都觉得拙劣，之所以一直没穿帮，大概只能归结为运气好。现在好运气用完了，他只能硬着头皮死不承认：别无他法，“我也不知道是怎么回事，可能是给客户拿礼物的时候放我车上的，后来我也给忘了……”

方糖打断了高家为颠三倒四的发言，又问了一个问题：“我这个，会不会也是你们公司给客户准备的礼物？”

“不不不！”高家为连声否认，真话像一滴润滑油滴进了他已经紧张到锈蚀的脑袋里，他忽然有了灵感：“这个真的是我自己买的，你可以看我刷卡记录。我就是觉得，这个包肯定大家都喜欢，所以就安排公司多买了几个……”

这是谎话，方糖已经识破了。包上有划痕，是使用过的痕迹。如果是公司的礼品，谁敢这么大胆随便用？不过方糖并未拆穿，他撒一个谎就需要更多的谎圆回来，顺着高家为递出来的话头，也许就能找到事情的源头。方糖看了看高家为，继续不满地质问：“这么贵的东西，放在哪里都不知道，你们公司的管理太随意了。这个事情归谁负责？要是和他对对账，说不准还有别的问题。谁呀？”

以为是活路，却不想踏入了十面埋伏，高家为窒息得说不出话来。就在这时，天降救星——邻居小刘的丈夫突然出现在车子外面，而且碰巧也看到了车里的高家为和方糖。房子楼上楼下，车位又在隔壁，不下去打个招呼似乎说不过去。高家为赶紧开门下车，对拖着两个大行李箱的邻居问道：“去哪儿啊，这是？还有东西吗？用不用帮忙？”

小刘的丈夫摆摆手，头也不抬地装车、开门，然后看了看高家为和方糖说：“离了，回见吧。”

谁都知道纸里包不住火，但方糖没想到小刘的火那么快就把纸烧光了。不，烧光的不仅仅是纸，还是一个家。那她的家呢？是不是也已经暗戳戳地烧起来了？

这一晚上，方糖什么心思也没了，就坐在沙发上摆弄那个包。高家为也觉得别扭，让她明天一起去公司，找财务对对账，就能知道包的来历。

“不用那么麻烦，你知道吗，这些奢侈品都有编号的。我带着这个包和它的编号去商场查一下，就知道了。”方糖的话在敲山震虎。

“是吗？那就去查查呗。”高家为轻描淡写地回了一句，转身进了卫生间。当然，随身携带手机。

难道这是女人的第六感制造的一场恶作剧？方糖有些迷惑了，收拾东西、审稿子、写小说，一堆事等着她去做，但她现在什么也干不了。于是，她早早地洗漱上床，可想不到连梦都来欺负人。梦里毛毛偷偷跑了，高家为却顾不上多看一眼，他旁若无人地和另外一个女人热吻，而那个女人肩上还背着 YSL 的包。

从噩梦中挣扎醒来以后，方糖哭了。高家为在旁边不住地安抚她，却没法平息她心中的无助和委屈。梦是假的，那毛毛就真的丢了。可如果梦是真的呢？方糖的眼泪久久无法停住。

高家为彻夜难眠，吃过早饭，他便请假似的告诉方糖，今天要晚回来，针对齐妙他们得有所动作。但事实上，比对付齐妙更紧迫的是安抚晓欧。她如果爆雷，那关于高家为的一切就都结束了。

但晓欧神秘地消失了，电话关机，家里也没人。问了公司人力主管，芳姐说她请了病假。高家为茫然地站在晓欧家的客厅里，一度急得想打 110，但冷静了一会儿还是放弃了——万一报警的事儿被发现，那更麻烦。可现在该怎么办呢？高家为一筹莫展。

而另一边，方糖却有了一些进展。她找到了另外一个摄像头的画面，从这个方向看过去，在毛毛丢失的那天傍晚，高家为牵着狗一路来到小区人流较少的北门，向门外一个戴着渔夫帽遮住大半张脸的年轻女子走去。可不等两人开口说话，毛毛居然先扑到了女子的怀里，亲昵地摇头摆尾，似乎对这人非常熟悉。

女子递给高家为一个大购物袋，转身便要离开。高家为一把拉住了她，又劝又哄。女子挣扎了一番未果，整个人渐渐柔软了下来。高家为机警地朝左右看了看，附在她耳边说了点什么。也就是在这个时候，狗绳从高家为手里松脱了，毛毛被旁边一只流浪猫吸引了过去，跑出了监控范围。

低头沉默良久，方糖才压制住内心的火气。别说是在物业办公室，就算是在自己家里，现在发火也毫无意义。她调整了监控进度条，用手机悄悄拍下了这段画面。

提前预警的“灾难”来了——自杀未遂的女读者的父母来到了齐妙的公司，在门口大声呼喊，引来了不少人围观。

齐妙坐在电脑前镇定自若地听着大雨的汇报，眼皮都没抬一下便问道：“他们要什么？钱还是人？”

“要见你。”大雨言简意赅地答道。

“带没带媒体和记者？”

“没有。”

“那有什么意思？”齐妙挤出一丝嘲讽的笑容，继而吩咐道：“把人带到会议室，说我五分钟就到。每隔五分钟告诉他们一次，我还得五分钟。”

“你的意思是？”大雨揣摩着齐妙的心思。

齐妙抬头看了看大雨：“四十分钟以后我再过去。他们等的时间越长，怒气会越大。不用怕我控制不住场面，我要的就是控制不住。

还有，给他个烟灰缸——如果有人抽烟的话。”

齐妙的招数果然奏效了。在烟灰缸里堆积了七八个烟头之后，女读者的父亲急了：“人到底去哪儿了？几个五分钟了？欺负老实人吗？这他妈到底什么意思？不等了！走！”

正在这时，齐妙出现在了会议室门口：“我是齐妙。真不好意思，有点事情耽搁了，让你们等这么久——”

气鼓鼓的父亲直接打断了齐妙的话：“别扯这些没用的淡，我问你，我姑娘的事情，怎么解决？”

齐妙不急不躁，她诚恳地看了看女读者的父亲，又搀起他怯懦的妻子，十分礼貌地说：“阿姨您先坐，叔叔，我的意思是，有些细节，我还不是特别清楚……”

看上去简简单单的三言两语，其实每一个字的说法语气都是提前设计好的，只等对方挑刺。女读者的父母都是工人出身，自然看不透个中关窍，顺利地上套了。齐妙就是要他们着急发火，他们还真的一点火就着。

“什么叫不清楚？这都几天了还不清楚？你们都是干什么吃的？我姑娘现在工作也没了，天天把自己关在家里哭，叫也叫不出来，告诉你姓齐的，别以为我不知道你在装傻，你什么意思？”女读者父亲的喊叫声整层楼都能听见。

齐妙越发温和，转而对女读者的母亲问道：“叔叔的情绪有些激动，这样，我问问阿姨。我的意思是，我在公众号上提前标明过，所有的来信都可能会被公开回复，提前知情权，我不知道您是不是明白这一点？”

“什么知情权？我不知道你在说什么。”女读者的母亲一脸茫然地嘟囔着。一旁的丈夫听不下去了，上来抢了一句说道：“什么狗屁知情权？我看过你网上的那些屁话，你说的是人话吗？你安的是什么脏心烂肺？”

大雨神色凝重地观察着事情的进展，但她担心的并不是自己的老板齐妙，而是和她家有同样遭遇的这对老夫妻。她恨不得冲上去告诉他们，不要生气，不要骂人，这都是圈套，不要钻。

奈何，当局者迷，老夫妻在齐妙的诱导下，话多错多，越来越急。接着，齐妙使出了最后的杀招：“对你女儿现在的情况我感到非常遗憾，我想说现在有没有什么是我可以做的？比如你们特地跑过来，包括住院费、治疗费，加起来不管花了多少钱，公司出一半。虽然我们在这件事上，其实真的不能说有什么责任，但是出于人道主义，我们可以给你们一些补偿……”

大雨紧张地看着老夫妻同时抬起了头，她知道会议室里有监控，只要他们开口说出一个数额，加上前面的谩骂和争执，这就可以被制造成一场有预谋的敲诈勒索。于情于法，他们都将输得干干净净。

但没想到，一直唯唯诺诺的母亲这次抢先站了起来，她用颤抖的声音一字一句地质问齐妙：“补偿？你能怎么补偿？你以为我们是来要钱的吗？你以为我们是用女儿来要钱吗？你要怎么补偿！”

大雨快要不能呼吸了，这位母亲喊出了她压抑在心底的话。她死死掐住一只手，不断在心中告诫自己：“忍住，忍住，现在还不能出手。”

没有一招制胜，齐妙略微有些失望。但她并不慌张，继续表演着自己的遗憾："您别着急，或者，我可以帮她提供心理治疗。你们看呢？不过说实话，我觉得最大的问题还是家庭的交流。我只是好奇，你们平时和孩子沟通，是不是有些不够，才会导致现在的局面啊？"说着，齐妙站起身，慢慢向女读者的父母身边靠近，烟灰缸就在桌子上，它需要一个起飞的机会。

咣的一声巨响，女读者的父亲把烟灰缸砸到了地板上。紧接着，他上前一把拽住齐妙，大声吼道："你他妈说的是人话吗？啊！"

一旦动手，所有人都要马上冲进来，把场面闹大。这是齐妙之前对众人交代的战术，现在时机已到，大家蜂拥而上，开始执行。哭喊声、呼救声、摔打声不一而足，会议室陷入了混乱。而在保安的护卫下，齐妙已经悄然脱身，神情自若地返回了自己的办公室。

看着齐妙离去的背影，又看看天花板上的摄像头，大雨无力地靠在了墙边。她足足花了十几分钟，才让自己冷静下来。待女读者的父母被带出公司，大雨才来到齐妙的办公室。

齐妙一边对着镜子整理自己被拽乱的衣服，一边吩咐大雨："事情的解决比我想的要慢了十几分钟，下一个会议往后延迟，挪不开就取消，今天的重点都放到《相亲大会》的金句上。"

大雨没有应答，她的注意力被吸引到了齐妙的电脑上，电脑连接着之前会议室的监控录像。画面中，女读者的父母咄咄逼人，动作粗鲁，表情狰狞。而齐妙看上去和他们正好相反，温和有礼，甚至还有一丝谦卑。

没听到大雨的回应，齐妙从镜子里看了她一眼，说道："稳住，等那对夫妻再找过来的时候，让他们看看这段监控。要起诉就让法务去对接，如果他们还不删微博，还要找不管哪来的亲戚朋友去发帖子，告诉他们，这段录像就会出现在网上。他们肯定不在乎自己，但是孩子呢？到那个时候，舆论对她的影响会更大。”

为什么她能把一件性命攸关的事儿说得如此轻描淡写？大雨感觉心快要滴血了，终于忍不住问了一句：“那个女孩，你不怕她出事吗？”

齐妙冷酷地回答道：“我们有多少读者，你比我更清楚。那么多人，每个人看完文章的反应都不一样，我是想替他们怕一怕，怕得过来吗？那些在网上卖假药的都不怕，你觉得呢？记住，我们没做错。公司的会议室被砸了，我才是受害者。”

走出齐妙办公室的时候，大雨心中的信念十分坚定，满心想的都是要暗中帮助女读者和她的父母，揭开齐妙的画皮。齐妙是把女性推入深渊的黑手，是全天下女人的公敌。

然而齐妙人如其名，总是会做出一些让人感觉奇妙的事。下午去视频网站做直播，大雨破天荒地迟到了。当她紧张地给司机指挥行车路线以期准时到达的时候，齐妙不仅没有责备，反而扔给她一件礼物。

“你来公司一年了，从来没耽误过什么事，天天跟着我没日没夜的，也辛苦了。上回在金融街，我记得你很喜欢这个包。带子可以换，要是不喜欢，随时去柜台上换就行。不用谢我，这是我应该谢你的。天天这么跟着我，累了也眯一会儿吧。”

齐妙说完便靠在后座上闭目养神。大雨看了她一眼，也慢慢转过身子。一个包还不至于让她动摇，可这份细心和体谅呢？她没跟别人说起过喜欢这个包，不过是逛街的时候拿起来多看了一会儿。几秒钟的事儿，齐妙就记在心上了。她在之前的公司，哪怕迟到三分钟，领导也要连骂带扣钱。可今天她迟到了将近半小时，还耽误了老板的行程，结果却是收到了礼物。

之所以迟到，是因为大雨下午去找女读者的父母了解情况，她在资料本上记录了好几页齐妙的恶行。可此刻齐妙就坐在她身后，和本子上的女魔头判若两人。

等待齐妙的那段时间，大雨一直有点恍惚。总觉得脑子里有条小鱼，上下翻腾，把澄清的思绪搅得一团混浊，直到她接到了女读者母亲的电话——她的女儿再一次服药自杀了。

大雨赶到医院的时候，女读者还在抢救室洗胃，而她的父母呆坐在楼道里，没有愤怒，只有茫然和憔悴。大雨惊醒了。

“你现在有点儿情绪失控，需要冷静。你丈夫不要这个家、不要孩子是你的逻辑，不是他的决定。你表述了出轨，可有句话叫捉奸在床，对不起，你根本没有证据，只是怀疑。我觉得你得找点事情做，出门，不能老待在家里胡思乱想，你要下楼，工作，购物，随便干点什么，我的意思是，如果我是你丈夫，就算之前不想离，现在可能也有了想法。你逼的。”

方糖坐在沙发上，看着眼前的齐妙慷慨陈词。不是对她说，而是站在电视里，对一档情感调解节目的女嘉宾说。尽管如此，齐妙的话还是像一把锤子，句句都锤在了方糖的心上。

“万一你是冤枉了他呢？这世上的巧合，还少吗？”面对电视里的齐妙，方糖竟然有些不知所措了。她关掉电视，逃进书房里。想打开电脑，写点儿什么，可一看到自己小说的标题《妻子自保手册》，她就感到了莫大的讽刺。努力再三，她还是放弃了，直接拿起手机，约了孙小美出去喝下午茶。

不愧是十几年的铁杆闺蜜，一见面孙小美就觉察出了方糖不对劲。方糖实在憋不住了，把这段时间发生的种种事情一股脑儿地告诉了孙小美。

"我也觉得可能是我多疑，可他为什么不跟我说实话啊？毛毛的事儿，杭州的事儿，再加上那个不清不楚的包，这些连在一起，我真不敢细想……"

孙小美握住方糖的手，紧紧攥了一下，送上了一个安抚的眼神和一个方糖从来没想过的问题："你别慌，先冷静冷静。我问你，如果，我是说如果，他真的有外遇了，你会怎么办？"

闺蜜的问题像一盆当头浇下来的凉水，让方糖忍不住一激灵。"我会怎么办？我该怎么办？"方糖在心中默默对自己问道。

高家为感觉一天什么都没做，一直在找马晓欧，而马晓欧终于出现了，又是在他最不想见到她的时间和地点——傍晚，在他家楼下。

晓欧从地库的一根柱子后面闪身走出来的时候，高家为感觉浑身的汗毛都竖起来了。他不顾一切地把晓欧拉到车上，开车便往外走。正是下班时间，小区的地库门口也有点堵，还不时有放学的小孩和买完菜的主妇从中穿行。高家为扫了一眼副驾驶上的晓欧，忽然想到，如果这时候方糖出现在这里……再想下去就是八点档家庭伦理剧的情节了，高家为克制住自己的胡思乱想的冲动，趁晓欧望向窗外，悄悄给方糖发了一条微信：“在哪儿？”

此时，晓欧幽幽地说道：“我不想你再找我。又不知道为什么非要想找你。回来以后我一直都在这儿，在小区门口，在停车场，在你家楼底下。”

高家为听着晓欧的诉说，紧紧攥着手机，焦急地等待着方糖的回音。而他身旁的晓欧并未注意到这些，依旧沉浸在自己的思绪中：“我看着你家的窗户，我想象着你和你老婆在家里的生活，你们会说什么，会做什么，你会怎么圆你说过的谎，你什么时候会出来。我想在这里直接见你，哪怕遇见你们两个人。但我又不知道遇见以后会怎么样，无数次我都想上去，想去敲门，想把这个烂事说个清楚，想把咱们全都解脱出来，可我就是不敢上去。”

晓欧的话仿佛一记重锤打在高家为的身上，他眉头紧锁，不是为晓欧的痛苦而自责，而是因为担心方糖突然出现而紧张得胃疼。这时，已经被攥湿的手机突然振动了两下，高家为飞快地看了一眼，是方糖的回信：“在小美这儿。”

又一次死里逃生，高家为松了一口气。紧接着，他心中便升起了怒火，尤其在胃疼还没有完全缓解的情况下，晓欧更显得面目可憎了。

“我跟你说了多少次，别来我家里。上次就是因为你来，把狗也丢了，到现在都没找着。我还不能说是怎么丢的，弄得找都找不到。上次就跟你说过了，不要再来，不要再来！你想见我在哪儿不能见？干吗非要追到这里来啊？你自己的日子不想过，我还想过呢！”

发完火，高家为觉得舒服点了。他顾不上晓欧即将夺眶而出的泪水，开车把她送回了家。

街上车辆见少的时候，高家为才离开晓欧家。许下大天，好话说尽，晓欧竟然不同意做流产。“我不会按照你的安排生活，我要按照自己的选择和决定生活。”什么选择，什么决定，到了这个地步不过都是要价的筹码。高家为舍得花钱，可马晓欧却一意孤行地要打碎他生钱的金饭碗。他不能接受，绝对不能接受。

回到家，方糖不仅没睡，而且还在清理书架。电视剧光盘、书，还有早年买的 CD，都乱糟糟地铺在地上。

“大半夜的，怎么想起收拾书柜来了？”高家为走过去问道。

“书太多了，我最近准备收拾一些卖给二手网站。你要是忙就别管我。”方糖带着橡胶手套边收拾边说。高家为打量了一圈，正准备离开，忽然听见方糖在背后又说：“哎，这是装什么的？”

方糖的手里举着一个购物袋子——监控里，遮住脸的神秘女人把这个袋子交给了高家为，而回家后，方糖在书柜的隐蔽处找到了这个袋子。“一个破袋子，藏在书柜里干什么？”问完这句话，方糖随手把袋子扔到了高家为的脚底下。

高家为当然知道袋子的来历，但他能说什么呢？

“这什么东西？是不是你拿它装过书，顺手带过来的？”

“是吗？”方糖背对着高家为随口应了一句：“你要是用不着，就扔了吧。”

高家为捡起袋子往垃圾桶里一塞，转身快步离开。方糖的一言一行都透着怀疑和试探，在他们共同的家里，二人走上了相背而行的路。

第　五　章

录制《相亲大会》的前夜，齐妙冒着黑眼圈和脸肿的风险，在一部电视剧的拍摄现场忙活了半宿。导演是她朋友，找她过来跟几场戏，根据情节发展在剧本中加点金句。用导演的话说，现在的观众没人喝温水，说出来的话必须得沸。

有爆点的金句是齐妙的强项，可这部戏的内容跟她的路子不太相符，媳妇杀老公，他们也不怕烫着观众吗？可导演说了，电视剧的观众绝大多数是女性，所以他们就得在片子里讲女权，就得变着法地讨好女性观众。“没办法，现在女权是潮流。”

影视剧暂时还不是齐妙的主战场，所以她也没反驳什么。不过说女权是潮流，她心里不免呵呵一笑，想想自己全网几百万的粉丝，还有线下的付费会员，女权想弯道超车还为时尚早吧。

后半夜回到家，齐妙赶紧敷了个急救面膜。睡了四个小时后，她没搭理特意给她做早饭的丈夫，匆忙出门直接赶往节目录制场地。车上，她一边在手机里跟公司的下属沟通，一边听大雨汇报：“主持人衣服的颜色暂时还不知道，没确认的原因是他自己也在犹豫。我们准备了两套衣服和两双鞋，到时候看情况再确定。”

齐妙冲大雨点点头，又想起一件事，赶忙对电话里说："节目组给的票，十张给公司的人，十张给老学员，挑听课时间最久的学员，一定要忠诚。要注意度，别起反效果。还有，零食盒要给到现场的每一个工作人员，包括保安和场工。写着我名字的感谢便签也要贴得牢靠点，务必让他们知道这是我发的。"

挂了电话，见大雨一副欲言又止的样子，齐妙问道："还有事儿？"

"那个女读者，又吃安眠药了。"大雨小声说。

但齐妙的心思都在即将录制的节目上，一时竟没想起来大雨说的是谁。

"她父母找过你的那个。"大雨补充道，见齐妙愣了一下，她又接着说，"她被送到医院洗了胃，刚脱离危险。"

齐妙下意识地吐了口气，靠在后座上，双目微闭，喃喃说道："好，我再眯一会儿，睡不够觉，影响大脑反应速度。"

意料之中的反应。大雨看了看齐妙轻松的表情，脸色渐渐沉了下来。

高家为也在为录制做着最后的准备，不过围绕在他身边的危机不仅没有解除，反而一个接一个地朝他袭来。

前一天没搞定马晓欧让他心烦意乱，情绪的干扰明显降低了他背台词的速度，但背了一会儿，他忽然感觉不对劲："女人和男人的区别，你去看看动物就知道了。雌狮子的耐心是配偶的十倍。女人在辛辛苦苦怀孕、生孩子、做家务的时候，男人在干什么？在追逐别的母狮子。男人的动物本性让他们在婚姻的忠诚度方面天然就有缺陷……”这种词从他嘴里说出去，那他高家为岂不成了渣男的代言人?

高家为气急败坏地冲出办公室，质问稿子是谁改的。众人面面相觑，沉默了片刻，一个女员工有点胆怯地回答:“方糖姐改的，发到公司邮箱里了。”

一句话把高家为的怒火硬生生噎了回去，也把方糖召唤了过来。可一进门，她没来得及打招呼便放下包，抓起前台的一包纸巾，直接冲向卫生间。

方糖的 YSL 包高傲地出现在前台，仿佛在悄悄审视公司里的每一个人。高家为愣了一会儿，马上冲到前台一把拿起了那个包。方糖这一系列突如其来的行动肯定不是凑巧，但现在他没时间分析，能做的只有躲藏。

电视台的唐总已经把电话打了过来，高家为一边信誓旦旦地打包票，一边焦头烂额地想把方糖的包藏起来。手机信号因为他左转右转变得有点不稳定，但当他弯腰想把包放进前台柜子里的时候，两双高跟鞋却清楚地出现在他视线中——方糖和晓欧都来了。

高家为像遭了雷劈一般，他站起身，却谁都不敢看，只能埋头于电话之中:“每个字都听见了唐总，我明白利害，主嘉宾也是您给的机会，今天的录制您看我的。”

两个女人没搭理高家为，晓欧在打卡机前刷卡，方糖则接过包径直向高家为办公室走去。挂断电话，高家为不敢看晓欧，追着方糖的脚步跟了过去。在通往高家为办公室的过道上，三个人走成了一个列队。方糖打头阵，背着 YSL 包，仔细观察着周围每个人的神色表情。高家为夹在中间，勉强应承着员工们恭敬的招呼。他几次想超过去，要挤到方糖的身边，却被方糖拦住了路。而晓欧不紧不慢地走在队尾，目光越过高家为，一直盯着方糖肩上背的 YSL 包。

走进办公室，方糖把包一放，饶有兴趣地走到鱼缸旁边看了起来。高家为假装不经意地问道："你怎么想起一大早过来了。"

"回我妈家，路过你这儿肚子叫唤，上来借个厕所。"

"哦。"高家为心不在焉地应了一声，又问道，"你怎么看起鱼来了？"

"没有，就是喜欢，看看。不看它，养它干吗？我看网上说，别说鱼了，就算是花花草草，也能感觉到你对它是不是关心。你关心它，它就长得好。你不看它，它就长不好。"

又是话里有话，高家为不想接这个话题："唯心主义。我天天看着它，也比不上给它勤换水喂鱼食管用。行了，《相亲大会》今天正式录第一期，我得出发了。"

"嗯，好。"方糖答应了一声，直接坐在高家为的椅子上，又问："晚上用不用等你回家吃饭？"

"你不走吗？"高家为感觉到苗头不对。

方糖靠在椅背上懒懒地回答："不是说了嘛，肚子不舒服，不想动。"

"再不走该晚了。那边专门挪到北京来录国庆特别档，要命的一期呀。"高家为有些急躁，声调也跟着提高了一点。

方糖看了他一眼，问道："你走你的，我在这儿待会儿再走，可以吗？要是不合适，我现在就走。”

“我这不是说能捎你一段儿吗？”高家为摁住了正要起身的方糖，这是试探的圈套，他不能跳下去：“我录完尽快回家。”

但是光稳住方糖是不够的，一走出办公室，高家为就开始寻觅晓欧的踪影。见工位上空空如也，他迅速发了一条微信：“马上下楼，停车场见。跟我去录节目。现在。”

但高家为坐在车上等了半天，来的不是晓欧，而是电视台唐总的电话。他没时间了，只能开车赶往录制现场。

这时，晓欧从公司洗手间走了出来。她刚刚化完妆，方糖在，她不想被比下去，虽然除了她自己，并没有人把她俩放在一起比较。但晓欧没想到方糖自己找上门了。她坐在晓欧的工位上，笑眯眯地说：“正找你呢。现在有空吗？问你点事儿。”

晓欧怔了一下，温顺地跟着方糖走进了高家为的办公室，并随手把手机调成了静音。

录影棚的化妆间里，齐妙一走进来就收到了众人热情的招呼。好几个工作人员举起手中的咖啡和零食对她说：“谢谢妙妙姐！”

高家为还没到，几个造型师都围在齐妙的身边。齐妙扫了一眼身边高家为的座椅，轻轻地问道：“高老师怎么还没来？平常那么准时，这可不像他。”

一个化妆师拿着眉笔扫过齐妙的眉毛，又端详了一下，说：“正好多给您做几套妆发。”

齐妙对着镜子欣赏了一下妆容，夸赞道："我平时画眉毛，老是不行。人和人就是不一样，打死我也画不了像你这么好。"

化妆师笑着恭维道："老师别这么说，哪有。您眉毛本来就生得好。"

说说笑笑地换了好几套造型，终于在齐妙做好妆发，起身离开后，高家为才姗姗来迟，脸色看上去异常阴沉。造型师上前来跟他打招呼，他也低着头没搭理。因为一直联系不到晓欧，刚刚在路上，他给前台打了个电话。结果最不想看到的事情还是发生了，方糖没离开公司，还把晓欧叫进了办公室聊天。

高家为不知道自己怎么开到录影棚的。方糖每天疑神疑鬼地试探，晓欧时刻准备和他玉石俱焚。现在两人同处一室，随便聊出两句火星子，都可以把他烧个精光。高家为低头看着手机，仿佛在盯防洪水猛兽。

"老师，麻烦您抬头看前面。"一直在用纸巾给高家为吸汗的化妆师轻声说道。

但高家为的眼睛一刻也不敢离开手机，他不耐烦地回了一句："哎呀，就随便化化得了。"

化妆师没再说话，和身边的助理对视了一下，悄悄换了一个深色号的粉底液。

高家为坐上嘉宾席的时候，录影马上就要开始了。主持人正在和现场观众做暖场互动，高家为看了一眼，发现自己的衬衫和主持人的服装撞色了。但他没发现的是，深色粉底液让他的脸色显得更加黝黑，伴着他焦灼的神色整个人看上去灰头土脸。衬托着身旁的齐妙更加神采奕奕。

不仅开始这样，录制正式开始后，高家为的精神状态也和齐妙天差地别。只要镜头转过来，齐妙总能适时接上话，不论是与嘉宾还是主持人接话，她与之即兴沟通都频频出彩，而高家为却乱了方寸，到场太晚导致他没来得及和齐妙对词。开场后，主持人几次把话题抛过来，他都没太接住。至于早前商量好的辩论，不知道是不是齐妙故意为之，她递过来的梗也都和脚本上安排的不一样。

聚光灯下，齐妙的发言自信又坚定："温柔是上天给女人的礼物，你没有，你就不是个女人。别和我说男女一样，都一样，你让男人生孩子好了。各位别再自欺欺人了。不温柔是你根本就做不到，假装什么自强自立？你就是嫉妒。网络调查的数据说明一切，人气高的女嘉宾都是温柔的。是吧，高老师？"

高家为则接得慌里慌张："数据是把双刃剑，不可不信，也不可全信……也不可全不信——你不能因为网络调查说温柔的女人好，就要女人低三下四，谁知道那些投票的人是男的女的？"

"温柔和低三下四可完全是两回事，高老师，难道您把女性的温柔都视为低三下四吗？您这么说，可见心中已对男女分了尊卑。在我看来，这才是对女性的歧视。"齐妙的进攻让高家为猝不及防，他张口结舌，完全接不上话了。主持人见状，马上机敏地接了一句："齐妙老师刚刚就现场向我们展示了什么叫以柔克刚。"

台下的观众爆发出一阵笑声。高家为佝偻着背，妆面已经被汗水浸泡得有点花了。他努力集中精神，尴尬地挤出一丝笑容，硬着头皮接着说："齐妙老师的话一向都这么武断，请注意，是武断，这就是我和她观点不一致的原因。”

“那您到底是什么观点？”齐妙再次抢了一句。

“我，我的观点你还不知道吗？你到底……”眼看高家为就要情绪失控，现场导演在一旁大喊了一声：“停——全场休息十分钟，谢谢各位嘉宾观众！”

高家为徐徐松了口气，可很快现场导演便走到了他的跟前，蹲下来客气地说：“不好意思高老师，今天棚里可能太热了，您出汗有点多，先补个妆吧。”

高家为下意识地用手背按了按额头，一团灰黄色的粉底蹭到了手背上。他没吭声，起身向化妆间走去。只不过没走两步，唐总的微信就过来了，只有一行字：你今天怎么了？

说是补妆，一堆化妆师都围在齐妙身边。只有一个助理拿了一沓吸油纸递给高家为：“老师吸吸汗。”

齐妙从化妆师的缝隙中朝高家为看了一眼，也问了同样的问题：“高老师，今天这是怎么了？有点不在状态啊？”

听到齐妙这么说，刚刚回完唐总微信的高家为沉着脸问道：“你怎么不按稿子说？”

齐妙一脸莫名其妙：“你说发的流程吗？这种综艺都是乱的，你不知道啊？主持人一上来就从中间问问题，我只能顺着他说。”

“没人跟我说过啊。你乱了我不就跟着乱了吗？都不照词儿来，发稿子有什么用？”高家为的眉头拧成了一个疙瘩。

齐妙对着面前的化妆镜露出一个职业微笑，继而安抚高家为说：“别急呀。一会儿我顺着你说。”

高家为没再理会齐妙，他用吸油纸在脸上胡乱按了几下。又拿起手机看了看，依旧没有方糖和晓欧的任何消息。

下半场的录制，高家为的状态没有丝毫改观。跟齐妙的较量完全落了下风，跟不上节奏，插不上话。主持人努力递梗，他不仅接不住，还频出昏招。舞台顶上的大灯越来越热，高家为也越来越崩溃。终于在他脱口而出一句“开车怎么能相信女司机”之后，全场都寂静了。

“是不是说反了？是吗？”高家为、齐妙和主持人的耳机里同时传来了现场导演的问话。

镜头都对准了高家为，观众的目光也都看向了高家为。一瞬间，高家为心里的防线崩塌了。他慢慢站起来，脸色蜡黄地对现场所有人深深鞠了个躬：“对不起，我身体非常不舒服。对不起大家。”随后，他摇摇晃晃地走出了录影棚，跟谁都没打招呼，独自开车回了公司。

宝马车一路疾驰，到了写字楼下，高家为靠着路边随便一停，冲下车子便朝着大厦飞奔而去。节目录制已经废了，绝不能再让后院起火。

“不是要录节目吗？这么快就完了？”方糖完全没想到高家为这么早回来。

而高家为的第一反应并不是回答问题，而是环顾办公室，见只有方糖一人，才气喘吁吁地上前问道：“你，不是回妈家吗？怎么？”

“一聊聊高兴了，都忘了回了。晚上你要没事，咱们一起回去。”方糖笑呵呵地答道，看上去聊得舒心又尽兴。

但这样的反应更让高家为不安，他倒了杯水，一边喝一边假装不在意地问道：“跟谁呀？”

“马晓欧。”

这三个字已经成了高家为心里的敏感词，他一听到立刻脱口而出：“你跟一个打工的有什么可聊的？”

方糖的表情僵住了，似乎没料到眼前的局面。高家为瞥了她一眼，突然意识到不对，猛一回头才发现，晓欧正端着一杯热咖啡站在办公室门口。她停了一下，未发一言，把咖啡放到方糖面前的桌子上，头也不回地走了出去。

录影棚内，观众已经全部退场。齐妙一边往外走，一边向留在最后收拾的工作人员一一道谢：“谢谢各位老师，今天真的辛苦了。”

大雨等在棚外，见齐妙走出来，急忙迎上去小声说道：“导播台，监控室，现场，电视台所有的人都在说，你赢了。”

齐妙听了这话不禁满面春风，但仅仅高兴了几步路，她便看见了不远处的唐总。他手机贴在脸上，眉毛拧在一起。齐妙快步走过去，很有分寸地停在唐总身后有一段距离的地方，既方便一会儿打招呼，又刚好听不见电话里的声音。

等唐总接完电话，齐妙小心地走过去，柔声问了一句：“哥，没事儿吧？”

唐总看了看齐妙，黑着脸问：“高家为呢？”

齐妙朝大雨看了一眼，大雨默契地和齐妙一起摇了摇头，表示自己一无所知。齐妙趁势说道：“要不要晚上一起吃个饭，把他也叫上？”

唐总叹了口气，看看表说：“也别吃饭了，你找个喝茶的地方，晚上八点。他今天是怎么了，忘记吃药了是不是？”

“成，定好了我给您发位置。”齐妙爽快地答应下来。没过半小时，大雨就把事情安排妥当了。齐妙给高家为发了信息，她想了想，把时间写成了八点半。

并肩走出写字楼，高家为和方糖都看到了车窗上贴着的罚单。这是显而易见的违章停车，对罚单没什么异议，但为什么把车停在这么明显的违章区域，两人似乎也心照不宣了。

路上意外的顺畅，但车里的气氛却压抑不堪。高家为想探方糖的口风，看看她和晓欧聊了什么，方糖则避而不谈。中间接到齐妙的微信，约晚上喝茶。方糖问高家为是不是节目录得不顺利，高家为亦不想多说。更要命的是，齐妙竟然发了一条语音微信直接问高家为，是不是那边出事了。高家为慌忙掩盖了两句，心中暗想，齐妙这是怕他不出事啊。

也因为这火烧眉毛的形势，高家为在方糖父母家基本就是一出一进，寒暄几句，饭也没怎么吃，便借口有事离开了。不过，方糖的父母依旧敏感地觉察出了女儿和女婿微妙的异样。高家为走后，母亲小心地问了两句。方糖嘴上自然说没事，但其实有一刹那她的心理防线差点被委屈冲破。因为一直闷头吃饭的父亲告诉她：“你们要是闹点小别扭，没什么。要是你真遇到什么事，你就告诉我和你妈。在我这儿，出多大事都没关系。我给你兜着。”

“能有多大事？小事。”方糖最终还是克制住了自己的情绪。不光是怕父母担心，更主要的是父亲的话给她吃了定心丸——有这么坚实的后盾，一切都是小事。

昆仑饭店弋酒廊的包间里，齐妙平心静气地给唐总添茶倒水，但唐总却频频看表，八点一刻了，他已经等得有些不耐烦了。“又不是周末，北京的三环有这么堵吗？”

齐妙莞尔一笑，没说话。两个男人被她挑拨得气急败坏，这种感觉让她相当受用。唐总举起茶盅一饮而尽，接着问道：“高家为最近的状态怎么这么差？像是变了个人。脑子是不是坏掉了？嗯？”

齐妙续上水，看了唐总一眼，却什么都没说。这一招无声胜有声立刻让唐总会意了：“他出什么事儿了？”

齐妙看了看窗外，似乎欲言又止：“背后说人，不好吧？”

唐总也是老狐狸，跨过这个欲擒故纵的问题，直接问道：“哪方面的？”

水到渠成，齐妙小声说：“事业有成，年富力强，周围一丛丛的花骨朵围着，我要是他，也得出事。”

唐总愣了一下，单刀直入地问：“要离了？”

“据说。”齐妙拿捏着每个字眼儿，“不过，还没到去法院的那一步，我也是昨天才知道的。”

唐总抬手看了看时间，八点二十一分。他把面前的茶一饮而尽，起身说道：“我九点还约了人，推不掉的人——就这样吧。”

齐妙马上随着起身恭送，氛围已经差不多了，可她想要的那句话呢？此时，唐总的一只手已经握住了包间的门把手，开门之前，他转头对齐妙说："万一——万一要是不行，你当主嘉宾。"

齐妙心花怒放，马上又给唐总来了一剂强心针："万一——万一他连副嘉宾也当不好，我自己一个人也可以救场。"

唐总看了齐妙一眼，不置可否地走出了包间。目送他走进电梯，齐妙的脸上终于露出了得意而振奋的笑容。

高家为踩着八点半的点冲进了包间。他满头大汗、气喘吁吁，不仅仅是因为路上赶得急，更因为他终于打通了马晓欧的电话，和她吵了一路。但吵也是白吵，晓欧和方糖一样，对于上午的聊天内容就一句话，没说什么。

高家为直到踏进昆仑饭店才挂断电话，此时他嗓子都快冒烟了。所以见包间里只有齐妙一人，他顾不得形象，端起一杯凉透的茶水就喝了起来，喝完又喘匀了两口气，才说："总算没迟到。老板几点来？"

"有点别的事，不来了。"齐妙依然平心静气地给他添着茶。

高家为一愣，然后丧气地抱怨道："早知道就别折腾我跑这趟了。我饭都没吃，从五环外飞过来的我……"

"越有事，越不要急。你教我的。"齐妙似乎话里有话。

这也提醒了高家为："哎，你以后给我发微信的时候注意点，今天差点都露馅了！"

齐妙戏谑地一笑："我怎么知道你和方糖时时刻刻都在一起。老夫老妻，还这么腻。还好我没多说，以后注意。"

齐妙的软语让高家为一直紧绷的弦终于松了下来，他叹了口气说：“今天跟遇上鬼似的，现场那灯一烤，我脑子里都是空白的。下一场，你就是主嘉宾，恭喜了。”

齐妙没接茬，她的关注点还在上一件事上：“谎圆不上了？”

高家为难得有个可以说实话的人，直接不打自招：“那个破包。”

齐妙知道原委，马上像安慰自己的读者一样，果断地说：“一个包说明不了什么。没抓现形，打死都不要承认。只要她没有直接证据，相信我，时间是块抹布，这一页很快就翻过去了。”

多日来一直焦头烂额的高家为终于找到了一个发泄的口子，他长长地叹了口气说：“都他妈的赶一块儿了。”

这是真烦恼啊，齐妙心中一动，追问了一句：“不会是，那一位来真的了吧？”见高家为低头不语，她马上拿出了自己百试不爽的话术：“有些女孩就是一只小狗。人家在街上流浪得好好的，路过了蹲下逗逗就算了。真要让它觉得你成了主人，就麻烦了。你可别让它瞧见，要不就往身上扑，打都打不走——你可别让它跟你回家呀。”

这段话像一把粗粝的盐端端正正撒在了高家为的伤口上。他不知如何应答，便迅速起身说：“我还有事，先走了。就这个事儿，你知我知啊。”

“你把我当什么人了？”齐妙一脸认真地回答。高家为比她想象得还要傻，这种智商不怕以后拿不住他。正在这时，手机响了一下，一个额外之喜送到了齐妙的跟前——方糖要约她吃饭。

回程的车上，齐妙向大雨问起明天的行程，然后吩咐她说：“四点多的那项往后推一个小时，我要和方糖见个面。”

大雨有些意外："高家为的太太？她见你是为了高老师和《相亲大会》？"

齐妙笑着揶揄道："要是因为高老师事业上的麻烦，就不用找我了。"

片刻的释放让高家为一到家就觉得饿了，见方糖窝在沙发上看电视，丝毫没有起身给他做饭的意思，他便拿了一碗方便面随便解决了一顿。

"肚子好点了吗？"路过电视旁边，高家为问了一句。

"好了。"方糖似乎沉浸在电视剧里，回话的时候，看都没看他一眼。

高家为收拾完碗筷，一边往卫生间走，一边说："今天有点累，我冲个澡，早点睡吧。"

"好。"

方糖话音未落，高家为便关上了卫生间的门。他怕再不赶紧进去，方糖又会听到他手机的嗡嗡声。那是来自晓欧的文字微信："方便吗？"

"不方便，明天再说。"高家为秒回了一行字，想了想又补了一条："勿回。"

晓欧似乎不死心："确定？"

"今天晚上别再发了！"高家为决绝地回了一条，然后把这些聊天记录都删光，拧开沐浴喷头开始洗澡。

马晓欧同时收到了两个人的微信，除了高家为冰冷的拒绝，还有方糖上午在办公室没聊完的问题："上午没来得及问你，你知道他最近遇到什么事了吗？我觉得他好像有什么事瞒着我。"

晓欧紧紧攥着手机，回想着上午和方糖聊天的场景。方糖的感觉十分准确，能想到的她也都问到了，换一个人问，恐怕此时她已经猜到真相了。非说方糖有什么失误的话，那她和晓欧一样，信错了人。一股强烈的冲动让晓欧在对话框里输入了几个字：是我。那个人就是我。

卫生间的水声一直没停，方糖也窝在沙发上一直没动。只不过她的注意力并不是在电视上，而是在手机上。和马晓欧的对话页面，几次显示对方正在输入，但最后发来的消息还是让她失望了：我不知道。

卫生间的水声停了。方糖想了想，把手机的解锁密码换了。

第二天，齐妙赶早来到与方糖约好的漫咖啡，先在柜台买了两杯，然后拿着等餐的小熊走上了二楼。没想到方糖来得更早，在角落的一张桌子上，也放了一只等餐的小熊。

"我没迟到吧？"齐妙笑笑说。

方糖看看齐妙手里的小熊说："我也给你买了咖啡。"

"下午的事我全推了，咱们慢慢聊，两杯要是不够，还得买。"齐妙把两只小熊并排摆好，看着方糖问道："有事儿啊？"

方糖犹豫了一下，开口讲起了这段时间的经历，只不过故事的主人公被她换成了自己的一个朋友。

对求助者来说，齐妙真的是一位很好的参谋。她能耐心地倾听，之后马上有针对性地给出明确的建议。当然，这些建议都是基于她一贯的思路和话术。

“不行，绝对不能怀疑。我就一句话，有直接的证据吗？只凭一个包就觉得丈夫出轨了？谁告诉你不说实话就等于和别的女人上床？亲爱的，男人在外面需要应酬。吃一顿饭，见不同的人要说不同的话，拍拍肩膀拉拉手，有的场合还需要假模假式地拥抱一下，很多话都是客套话，都是很微妙的。这些事情，你应该知道的呀。”

见齐妙端起咖啡，方糖赶紧插话说：“这些我当然明白，我朋友也不是那种把老公看得紧紧的人。但是，如果没有鬼，有什么不能直说的？为什么要撒谎？”

齐妙拿起桌上的两个空杯，一边来回换位置一边问道：“这是你，这是你丈夫。我只是举个例子。你今天来见我，会告诉高家为吗？”

方糖沉默了，现在她和高家为都改了手机密码，这已经说明一切了。齐妙见状立刻接着说：“道理是一样的，方糖。你以为所有的婚姻都像你和高家为的一样牢固吗？听我说，没有完美的婚姻，只有相对完美。别说但是，我就问你一句话，你朋友想离婚吗？”

方糖再次哑口无言。

“要是不想离，就别死缠着不放，难为的是自己。”

此时，方糖突然抬起头，语气平静地问：“对了，既然说到高家为，关于他，你是不是知道什么？”

“什么？”齐妙下意识地说。

“你知道我的意思。”

四目相对，两人似乎已经心照不宣。

喝光了所有的咖啡，方糖在咖啡馆门口与齐妙挥手道别。她转身离开，没走出多远，在一个小路口突然遇到了大雨。

“齐妙在那边……”方糖转身朝背后指过去。

却不想大雨开门见山地打断了她：“我不等她，我在等你。”她向前一步，走到方糖正对面，直截了当地说：“不管刚才她对你说了什么，都别信她。”

“你这是什么意思？”

“给我十分钟，有件事要告诉你。”

两人兜兜转转来到一家茶餐厅，在一个角落的卡座里，大雨拿出了一张照片。

“是不是和我很像？其实她是我妹妹。曾经，她也是齐妙最忠实的粉丝，听了她的话，坚定地走她指的路，到现在，她已经不在了。”

方糖不禁倒吸一口凉气：“不在了？你是说……”

“对，她自杀了。”大雨望着照片，一股脑讲出了小雨的故事：“我们俩是双胞胎，她比我晚出生三分钟。从小到大，她是我最好的也是唯一的朋友。上大学的时候我遇到车祸，Rh 阴性血，是她的血救了我。直到今天，我的血管里还流着我妹妹的血液。

“给我输血的时候，我父母都吓哭了，可小雨一点没害怕，一直鼓励我，还给我讲笑话。所有人都觉得她心大，但只有我知道，她的性格其实非常软弱，这一点和我正相反。她有个未婚夫叫韩潮，在两人恋爱过程中，反复出轨，而且毫不掩饰。可我妹妹深信齐妙的女德理论，希望以无止境的退让和服从换来韩潮的回头。但这些根本唤醒不了人渣的良知。

“在最痛苦无助的时候，小雨选择求助齐妙。她买齐妙的书，上齐妙的课，还给齐妙写信，倾诉困境。可这一切换来的只是齐妙在微博上公开的批判和苛责，而且在她的引导下，留言区有上万条评论都是对我妹妹的嘲讽和谩骂。本来以为抓住了一根救命稻草，却不想这根稻草最终压死了骆驼。

“当时我和我丈夫在国外，感觉小雨状态不对，便火速往回赶。可是因为订错了机票，晚到了一天，就在那天夜里，小雨跳楼了。从那天起，我们全家人都崩溃了。可是那些把小雨推向深渊的人呢？她的未婚夫韩潮，甚至连小雨的葬礼都没参加。他继续上班，继续一个接一个地换女朋友，没有受到任何谴责和惩罚。

“还有齐妙，你也看到了，她还是那个风光无限的情感专家，家庭幸福美满，事业蒸蒸日上。而且更可怕的是，她还在继续贩卖着她的那套理论：男人出轨，女人要从自身找原因，要下贱，要忍让，要当瞎子，装作什么都不知道。她还在继续害人啊！就在两天前，一个刚刚二十岁的姑娘，和小雨一样听了齐妙的话，也差点把命搭进去，现在人还在医院。”

方糖无比震惊地看着大雨，小心地推断着她的目的：“所以，你……”

大雨丝毫不想隐瞒：“我希望同样的悲剧，别再发生在其他女性的身上。齐妙是公众人物，她的一言一行，会影响成千上万的人。我到了她的公司，目的就是要击垮她。至于今天跟你说这些——你是不是因为怀疑高家为而去找的齐妙？”

突如其来的问题，让方糖一时不知如何作答。即便在齐妙面前，她也没有正面承认她对高家为的怀疑。

见方糖犹豫不决，大雨接着说：“我不知道具体的情况，但齐妙跟我说，高家为现在有问题。这个问题，就是出轨的意思。”

虽然怀疑了这么久，但当“高家为出轨”这几个字直愣愣地冲到她面前的时候，方糖还是有些难以接受。她望着大雨问道：“什么叫‘是出轨的意思’，是有还是没有？你亲眼看见了吗？”

大雨冷冷一笑：“这些话是不是刚才齐妙跟你说的？”

“我问你，你有什么证据？”方糖坚决地追问道。

大雨停了停说：“我没有证据，但女人的直觉是最准的。你在找齐妙之前，心里已经知道答案了，不是吗？”

方糖眼圈红了一下，她低下头，压抑良久，才对大雨说：“再多的猜测也只是猜测，我不能凭别人的三言两语就认定自己的丈夫出了问题。”

“如果事情已经发生了，只要你有心查，就一定能发现。只是看你想不想面对它！”

方糖没再说话，起身快步走出了茶餐厅。她沿着眼前的路，茫然地走出去很久。一阵风吹过，眼泪不小心掉了下来。她拿起手机，给孙小美发了条微信：“能出来一下吗？想见见你。”

接到齐妙的电话时，高家为的车正堵在朝阳医院门口的小路上。他一早去找晓欧，可对方坚持要来这里孕检。

看见齐妙的名字，高家为悄悄把通话音量调到最低，才接起来。

“你说话方便吧？”齐妙开门见山地问。

高家为扫了一眼身旁的晓欧，硬着头皮回道：“有事吗？”

没等他再组织别的语言，齐妙的话已经像子弹一样地打了出来：“跟你说方糖刚才找过我，足足四十六分钟，你的事情她可都知道了，除了不知道三儿是谁，剩下的……”

高家为嗯嗯啊啊地答应着，把电话声音直接关掉，然后挂了电话。前面已经空出了位置，他开车过去停好，在晓欧即将下车的时候说：“那个，我在这儿等你吧。有几个特别重要的电话，电视台的，我得等一下，要不……”

没等他说完，晓欧已经摔门而去。

产科候诊区永远人满为患，因为每个来检查的孕妇一般都跟着一两个家属，只有晓欧是孤零零的一个人。她甚至都不知道进来后第一步该做什么，只能站在楼道口茫然地拿出手机，却不知道该打给谁。

这时，一个年轻的男医生从步行梯走上来，经过晓欧身边时，无意间扫了一眼，马上停住了：“马晓欧！”

晓欧一愣，笑着说：“王维，你怎么在这儿啊？”

此时，高家为正好从另一侧楼梯上来。他远远看见晓欧和一个男医生有说有笑的，心中不免生出醋意，停了几秒钟，又转身下楼了。

回程的路上，高家为假装不经意地问：“你刚才在医院碰见的那个大夫，是你熟人？”

“你进去了？”

“接完电话就去找你了。还没到跟前，一看你和大夫挺熟，看来不需要我了，我就没上去。”

晓欧瞥了高家为一眼，轻描淡写地说：“我同学。”

高家为立刻追问道：“高中的，还是小学的？以前也没听你说过有这么个同学，是吧？”

晓欧目视前方，坦然答道：“我有几百个同学，通讯录都在家里。你要是感兴趣，上去自己翻吧。”

“别总跟吃了枪药似的，嗯？”说话间，车已经进了晓欧家的小区。高家为停好车，忍不住问起了他最关心的问题：“你找这大夫，是打算在他这儿做？”

“做什么？”

“孩子。”

“我要把这个孩子生下来。还有别的事儿吗？我先上楼了。”

高家为一把拉住了晓欧：“闹闹就算了，别拿这种事开玩笑。”

“我没有开玩笑。”

“你是不是疯了。晓欧，别闹，别犯傻。”

晓欧掰开高家为的手，清楚地说：“我唯一犯过的傻就是和你在一起。”说完，便摔门而去。

医院附近的一家咖啡厅里，方糖把这些日子的经历全都告诉了孙小美。说完她看着身旁的 YSL 包自嘲地总结了一句：“一个破包引起的血案。”

小美心疼地看着方糖，问道：“你现在怎么想？”

方糖摇摇头：“不知道，脑子一团乱。有时候跟自己说，直接去问他吧，问他到底怎么回事。有时候又跟自己说，不要疑神疑鬼。潜意识告诉我，他就是有问题，但心里又在对自己说不可能，他不是这种人。”

小美想了想说：“我记得你曾经告诉过我，痛苦分为五个阶段，第一个阶段，就是否认。”

“然后是愤怒、迷茫、消极和接受。”方糖接着说道：“当初为了给他写稿子，我也是查的。我自己现在，还在前三个阶段来回转换。”

“婚姻的事，尤其是这种事，你知道，别人不好插嘴，因为自己的日子只有自己知道——”小美看看方糖：“这是高家为文章里的话，可能还是你自己写的。那些文章我都看过，你老公出没出轨我不知道，但那些文章，话说得没错。”

方糖叹了口气：“是我写的，但我写的时候没有经历过，也没有想过自己会经历这些。”

“所以我现在跟你说这些其实没什么意义，因为你自己的感受别人是体会不了的，但我还是想用你写过的话告诉你，婚姻中的选择取决于自己到底要什么。想清楚自己想要的生活才能清楚该怎么做。你明白我的意思吗？”

这是方糖写在自己小说里的话，她看着小美问：“你也在追我的连载？”

“是啊。”小美笑笑说，“你是推理小说作者，别总是纸上谈兵，实战一下，试试看。还有，虽然我理解你现在情绪不好，但是你连载的小说最好还是坚持写下去。我去看过你的留言区，读者也不少。毕竟你现在刚刚开始写出点名气，如果现在就断更，读者很快就散了，可惜了。再说，要有自己的收入，才会更有底气。任何时候有任何需要，随时找我。”

看着小美真诚的眼神，方糖又想起那晚父亲的话：“不管多大的事，我给你兜着。”

是啊，有那么多人爱她、支持她，怕什么？

走出咖啡厅，天色渐晚，路上的车也多了起来。走出去没几步，方糖便看到一起剐蹭事故。也就过了十几秒，后面的路便被堵了个水泄不通。可两个司机还站在路中间，喋喋不休地互相指责。

其中一个车主气呼呼地说道：“报警呗，警察来了看我车上的行车记录仪，咱一句废话都别说了，明白吗？”

方糖听见这句话，思路一下通了。高家为的车上有行车记录仪，翻翻记录，事情就真相大白了。

高家为停车的时候，刚巧遇见邻居小刘的丈夫。他打开车窗，探头招呼着：“于哥，回来了？”

于哥见是他，点点头。待车子停好，非要拉着高家为一起去小区门口喝两杯。“成，那我回家换个衣服，一会儿老边饺子馆见。”

所以，当方糖急匆匆地赶回来时，家里空无一人，只有高家为的车钥匙静静地躺在餐桌上。

饺子馆里，于哥喝得有些上头了，他拉着高家为说：“你送我那本书我真看了。你说百分之百忠贞的婚姻是不存在的。所谓忠诚，是背叛的筹码太低了。你看我还记着你的话。这个道理我懂，但这个事儿不能让我知道，这不行。”

高家为拍拍于哥的肩膀："都说你仗义，还给媳妇留了套房子。"

"屁！都他妈谣言，我一根毛都不给丫留。哎，你说我要是在外头也有人，我要是三心二意，我要是对这家无所谓，那也算了，这些年我对她、对这个家怎么样？这他妈还是个人吗？跟你说，这次我绝对不忍着，我一定让她身败名裂，一无所有，去你妈的！"

于哥骂得痛快，高家为却感到后背寒凉，有一瞬间，他甚至觉得坐在他对面的不是于哥，而是方糖。那么即将身败名裂、一无所有的不就是他自己吗？

高家为心有余悸，端起酒杯问道："你，是怎么知道的？"

于哥冷笑一声："一张床上躺了那么多年，你说呢？"

一段与他无关的绯闻让高家为听得心惊肉跳。回家的路上，他仿佛突然在小路上看到了毛毛的身影。高家为急忙扑过去，才发现那是别人家养的金毛，并不是毛毛。他颓然地坐在小区的一个长椅上，拿出手机，拨通了齐妙的电话："齐妙，现在只有你能帮我了。"

方糖坐在车子的副驾驶座上，深吸一口气，打开了行车记录仪。监控摄像头一闪一闪的，已经开启了自动录制。她按了几个按键，找到了回放功能。晓欧家楼下的那一幕清晰地展现在她眼前。

"我要把孩子生下来。"

"闹闹就算了，别拿这种事开玩笑。"

"我没有开玩笑。"

"你是不是疯了，晓欧，别犯傻。"

"我唯一做过的傻事，就是和你在一起。"

……

方糖甚至不知道自己是怎么一步步走回家里的。她坐在书房的电脑前，看着写了一半的《妻子自保手册》，又想起了之前和晓欧的对话。

“高家为，你怎么看他？”

“挺好的。”

“太浅啦，说深点儿。”

“高总挺勤奋的，有工作能力，有韧劲，也有才华，能扛压力，而且也挺顾家，反正优点挺多。”

“缺点呢？”

“太顾家！”

直到这时，方糖才明白晓欧嘴里“太顾家”三个字的真实含义。她深吸一口气，在小说标题下打出了一行字：这一天，妻子终于知晓了秘密。

第 六 章

方糖昏昏沉沉地在家里待了一天，和高家为过往的岁月在她脑海中来回翻滚。说起来，方糖简直可以算作高家为的贵人。彼时，高家为虽然出了几本书，但水花寥寥，更谈不上名气。齐妙的母亲在民航总医院动手术，当时还在医院工作的方糖大胆地把高家为的书送到了齐妙跟前，让高家为搭上了齐妙这趟快车。

短短数年，从一个寂寂无名的小作者逐步成为齐妙手下的得力干将，再到独立运营自己的公司，高家为的职业道路平步青云。而一直在背后默默付出的方糖却渐渐落了下风。她在高家为的央求下，放弃了前途大好的医生工作。虽然家里的钱越来越多，但她的内心也如家里的房子一样——越来越大却越来越空洞。

傍晚时分，高家为回来了。方糖在书房里听到那句熟悉又陌生的“我回来了”，决定再给他最后一次机会。

晚饭时，没有试探，没有套路，方糖直接开口了：“家为，我想了很多的话，但又觉得没意思。干脆，我就直接问好了。你，是不是，和别人好了？”

“没有！”高家为脱口而出，态度斩钉截铁。他强忍着内心的惶恐，看着方糖的眼睛，好让自己显得不那么心虚。

略略停顿了一会儿，方糖也克制着自己的情绪，微微颤抖着说："家为，你也知道我，我不是那种对自己丈夫不信任、天天疑神疑鬼的妻子。你做了这么久情感专家，我们看了那么多婚姻故事，我能够理解和接受婚姻中会出现的一些问题，甚至是一些别人可能不能接受的问题……但只要你说出来，如果你愿意，我们可以一起面对。"

高家为的目光已经撑不住了，方糖的确付出了最大的诚恳和坦率，这让他不敢面对。但嘴上，他依旧不肯承认："你在说什么呀？这都什么跟什么，你为什么……"

方糖打断了高家为的语无伦次："不说其他的，家为。我只问你，你有没有跟别人好？你只回答这个问题。在开口前你一定要想好，我可以接受任何答案，但我希望你告诉我的答案，是真的。"

方糖的眼圈红了，整个家里陷入了死一般的寂静。在这焦灼的煎熬中，高家为低着头，挤出了三个字："我没有。"

方糖心碎了，她知道自己和高家为再也回不去了，一切都结束了。所以当高家为试图再辩解的时候，她直接打断了他："不说了，你回答了就好，这个话题到此为止。我吃好了，我先收拾。"

没有吵闹，没有纠缠，方糖冷静得让高家为有些手足无措。可他并不知道，厨房里的方糖早已泪流满面。她第一次发觉，一直陪在枕边的丈夫，其实根本不是自己以为的那个人。

当天晚上，方糖以追剧为由，让高家为一个人先去睡了。其实，她已经决定在书房待一整夜。第二天早上醒来，方糖做的第一件事，就是给孙小美发了一条微信："我能不能去你家住几天？"

高家为前脚一走，方糖后脚就收拾了随身物品出了家门。在常见面的咖啡厅看到孙小美后，方糖的委屈、心痛再也抑制不住了，眼泪霎时喷薄而出。

“出什么事儿了？和高家为吵翻了？”小美轻抚着方糖的背，安慰着她说：“不说了。今天就去我那儿住，住多久都行。我把这几天的假都请了，咱们吃好吃的去，你想吃什么？哎，你不用忍着，好好哭，排毒养颜，哭出来就好了。”

在这个寻常的早晨，方糖结结实实地哭了一场。就像孙小美说的，她要把这些乌七八糟的毒素用眼泪全部冲刷掉。而在她渐渐冷静下来之后，小美开始帮她梳理思路：“你到我那儿住，没问题，住多久都行。但是一旦这么做，就等于跟高家为摊牌。摊牌之前，你得想好下一步。”

方糖的脸上还挂着泪痕，心里也还堵着气：“我不知道。我就是没法跟他再生活在一起了，更没法睡在一张床上，我觉得恶心。”

“但是高家为还不知道你已经发现了。你还记得吗，上次我问你，要是他真的出轨了，你怎么办？离婚。任何一个女人的第一反应都是要离婚。但是方糖，如果真的要离婚，对你公平吗？想想看，这么多年你为高家为，为这个家做了多少贡献？可到头来你连家里有多少钱都不知道，你明白我的意思吗？”

方糖这时才从一团乱麻的脑袋中理出了点头绪。是啊，她付出了全部才建设起来的家，难道要在没有任何过错的情况下，拱手让人？

小美接着说道：“既然他还在否认，起码说明他没打算和你摊牌。你现在搬出去，如果他真的有什么心思，再顺水推舟，被动的就会是你。别意气用事。现在，还不能着急。”

离开咖啡厅，方糖拎着行李回了自己家。她把行李里装的随身用品小心地恢复原状，然后对着镜子精心打扮起来。

此时，小美的话又在耳边回响起来：“你如果能控制住自己的情绪，最好是想办法找到他出轨的证据。不管你最后打算怎么办，主动权都在你手里。敌明我暗，现在对你是最有利的时机。记住，错在他们，你怎么做都是对的。”

上妆完毕，镜子里的方糖脱胎换骨。从这一刻起，她必须冷静、从容、心思缜密，她要捍卫自己的尊严和利益，拿回所有属于自己的东西。

方糖最后看了一眼镜子，深吸一口气，背着包起身出门。只不过这次，那个 YSL 包被扔在了柜子的角落里。

“女人就是一口缸，先得砸碎自己。”

“没有被挑中是女嘉宾的耻辱，男人为什么不挑你，是因为你最差。”

“不惜一切代价的代价就是女人自己。”

“女性为什么不可以被比喻成商品？只有垃圾才没有价格！”

……

一堆挑动人们神经的金句，横七竖八地写在齐妙身后的白板上。这是员工们努力了两天的结果，只是齐妙并不满意。

“《相亲大会》第二次节目的录制时间还没出来，但是不会超过今天。不管什么时候录，嘉宾发言从现场到后期，都会有倾斜。十有八九会以我为主，这些金句远远不够，要翻倍，下班之前给我。原则是我要被骂，越狠越好。温温吞吞的鸡汤就不要交了，就这样。干活！”

众人迅速散去，大雨一边接过齐妙手里的资料，一边问道：“上期节目高家为没录好，现在家里又是一团乱，很难收心。你看，要不要主动去帮帮忙？既能抓把柄，又能揽点感激。于进于退，都不吃亏。”

齐妙笑了，大雨的想法最对她的路子，不过这回是对方先等不及了：“不用我主动，高老师已经求过我了——不过现在我积极点，更好。”说着，她拨通了高家为的电话：“昨天你和我说的那个事，什么时候碰碰？”

大雨在一边默默收拾东西，在自己包里，早已准备好了一个录音笔。

高家为正在给唐总写道歉邮件，见齐妙敲门进来，他马上把页面最小化，然后对着齐妙颓然地说了一句：“什么都不说了，欠你个大恩。”

看着高家为一脸憔悴的样子，齐妙试探着问：“至于吗，像是渡了场劫。方糖不是没有抓着现行吗？她那天来问我的时候，我可帮你说了不少好话。我看她当时，应该是听进去了。”

“她直接来问你的？”

“那倒没有。她说，‘我有一个朋友’。”

高家为苦笑了一下：“昨天晚上她也不知道怎么想的，直接来问我了。”

“你怎么说？”

“我能怎么说，肯定咬死不能认啊。她倒是没再说什么，但是看她那个态度，我总觉得，她是知道了什么。”

“没准是诈你呢。女人在感情中要使起手段，可多了。你没打算离婚吧？”齐妙故意轻描淡写地随口提起这个问题，又瞥了高家为一眼，想要看看他是个什么表情。

“当然没有。怎么可能离婚呢？”高家为语气十分坚定。

“那你打死不认就完了。最近也收敛点，起码最近这一阵，别再让她抓到什么新的把柄。”

高家为叹了口气：“我知道，问题是现在——那边怀孕了。”

这个惊天大雷把齐妙也震了一下子，她站起身来刚要说话，外面突然传来了敲门声。屋里二人都微微一震，齐妙马上坐回沙发，高家为也挺直身子调整了一下，才说：“进。”

门开了，大雨拿着一个红色的保温杯进来，轻轻地说：“不好意思。”说着她把保温杯递到齐妙手里，然后悄无声息地退了出去。

齐妙稍稍松了口气，对高家为举了举杯子：“最近睡眠不怎么好。开了点中药，到点就得喝。”

“喝着感觉怎么样？我觉得我也得开点药……”

趁着这两句闲话的工夫，大雨已经走到了办公室门口。就在转身出门的瞬间，她把那个小小的录音笔放到了门口桌上一个纸巾盒的背后，然后从外面轻轻关上了门。

大雨出去后，高家为再次瘫软在椅子上。此时，他已经顾不上形象了，焦头烂额地怨天尤人：“倒霉。就是倒霉的事。那么多男的女的，那么多事，偏巧就我出了事？”

齐妙看了一眼外面，小声问道：“验孕棒你见过吗？会不会是她说气话吓唬你？”

高家为摆摆手，懊恼地说：“我了解她。人和人不一样，要是换了方糖也许会是气话，她不会。世上怎么会有这么巧的事？我结婚这么多年，方糖都没意外怀过孕。不瞒你说，方糖想要孩子都两年了，费死劲还要不上。”

“能一样吗？和老婆一个月才几次？”

高家为此刻只能默默承受这样的揶揄，他叹了口气对齐妙说：“这事得烂你肚子里。我只跟你一个人说了，就是指着你救命呢。”

齐妙心下一动：“我能怎么救？”

“劝劝她，把孩子拿掉。”

“孩子不要了，大人呢？还要不要？”

“先把眼前的事解决了再说吧。”

齐妙假装一脸不解地问：“我是个外人，她怎么会听我的？你没跟她说吗？”

“我当然说了，但是女人你还不了解吗？越到这时候看我越烦。我不说话反倒还好，现在只要面对面，这口气能赌到十个月预产期以后。一说就翻脸，一个字都没法谈了。你不是情感专家吗？姐，你一路带我出道，你是我老师，是我亲姐！这会儿就是我最需要你的时候，也只有你才行！”

齐妙思量了一下，反问道：“你觉得方糖知道这件事吗？”

“不会吧？”虽然只是猜想，但高家为还是紧张得汗毛倒竖，他努力回忆着昨天的情景，摇摇头说：“不可能。她要是知道了，昨天肯定直接就跟我撕了，怎么会问一句就算了？”

“倒也是。这种事，谁都忍不了。但是，你得把可能性都想在前头。万一哪天方糖知道了，两边撕破脸，你得未雨绸缪。”

“所以呀，我现在经不起闹。方糖要是知道了这事，闹不好真的要跟我离。真到了那天，财产怎么分？公司也跟着垮了。你得帮帮我，我的脚都在池子里了，踩着泥，不能动。你不拉我一把，我就陷进去，全完了。”

齐妙耳聪目明，听着高家为不自觉地把话越说越深，她立刻随口问道：“智库投你的 B 轮融资，什么时候到？”

这么明显的问题，让高家为警醒了一下，他模棱两可地回答道：“不管什么时候，也不能出事啊。”

“是。”齐妙附和着点点头，又问：“孩子不要了，大人呢？还要不要？”

高家为没吭声，这事儿他还确实没下定决心。思量了片刻，他才说：“先把眼前的事解决了再说吧。”

事业家庭都挤兑到了一起，高家为越说越心浮气躁。他起身走到门口，抽了几张纸巾。心急的高家为连抽纸都用力过猛，纸巾盒被带了一下，把后面的录音笔碰到了地毯上。

一声轻响，高家为疑惑地探头看去。就在他马上就能看到缝隙中的录音笔时，身后的齐妙发话了：“这种事情，必须面谈。”

高家为立刻转身应和：“是得面谈。具体怎么说，你是我师父。拜托了。”

“唉，我试试吧，不敢保证啊。”

高家为早已忘了探究刚才的声响，双手合十，对着齐妙拜了好几拜。

“她人呢，现在在哪里？”

“刚给她打过电话，在家。”

大雨端着一杯水来到高家为办公室门外，时间差不多了，她得把录音笔偷偷拿出来。可没等她敲门，齐妙就和高家为一起走出来了。见她端着水，齐妙淡淡地说：“不用了，我们聊完了，走吧。”

大雨愣了一下，往纸巾盒后面扫了一眼，发现录音笔已经不见了。此时，齐妙见她没跟过来，又喊了一声：“大雨，走了。”

大雨机警地两手一颤，然后蹲下身子，一边翻找一边说：“抱歉，我把水洒了。”

“放那儿吧，一会儿叫保洁来收拾。”高家为在一旁说道。

大雨没有继续留下来的理由，只好起身跟上齐妙的脚步。不过，她去茶水间拿包的时候，迅速发了一条微信。

走到高家为公司楼下，方糖收到了大雨的微信：“高办公室，纸巾盒附近，录音笔。”看完消息，方糖迅速朝大厦内走去。两部电梯交错而行，高家为跟着齐妙上了电梯，关门的瞬间正好看到方糖从另一部电梯里出来向公司走去。

高家为一下慌了神，可电梯门已经来不及打开了，他赶紧按了下层，还是没来得及，连着按了两三层，电梯才算停住。顶着电梯里陌生人的白眼，高家为急匆匆地跑了出去。而身后的齐妙冷眼旁观，一脸看好戏的表情。

一口气爬了三层楼，高家为累得上气不接下气。一把推开办公室的门，却见方糖正用手持吸尘器吸地面。见他进来，她不动声色地抱怨道："茶水洒了一地也没人管，你都没个助理吗？"

高家为赶紧过去把吸尘器接到手里："我说刚才把什么给洒地上了——你什么时候来的？"

"刚到，给你送药。"方糖起身来到桌子旁边，拿出一个药盒的同时，把大雨留下的录音笔悄悄塞进了包里。

看着方糖的背影，高家为似乎有点难以置信，但他还是略带歉意地说："我这脑子这几天老是不灵光。出门前我就觉得好像忘了什么。"

方糖拿着药盒走到他跟前，一格一格地指着说："第一格药是给前列腺消炎的，一天三次。第二格药治便秘，其他的上面都有小字，维生素和钙片。以后都装这个盒子里，省得老得丁零当啷拿一堆，换了谁也得糊涂也得忘。"说着，她拎起包："就这事，没别的我先回去了。"

高家为没想到方糖说完就走，尴尬得留也不是，送也不是。倒是方糖走到门口，忽然转身半开玩笑地问道："你是不是以为我是来查你的？"

高家为重重地点点头，故意很认真地说："是呀，吓死我了。"

这一出小喜剧，两人配合默契，说完便都笑了。"光天化日，这么大个公司，有什么好查的。你说你没骗我，我要是不信你，这日子还怎么往下过，是不是？”

说完，方糖带着笑容转身走了，而高家为的笑却都僵在了脸上。

为了帮高家为“排雷”，齐妙可谓是大费周章，时间表调了又调，最后还得带上大雨，在车里一起过合同。

而高家为小三怀孕的八卦，也让大雨吃了一惊：“孩子——是他自己说的吗？”

齐妙瞥了一眼前面的司机，拿出手机，找出了一段音频，虽然没有播放，但内容已经不言自明。

“您录下来了？”大雨着实没想到。

齐妙轻轻点了点头：“你知道新中国为什么一定要造原子弹吗？”齐妙微微晃了晃手机，“核武器就是这样，你没有，别人就会欺负你。你手里必须有，不一定要炸别人，起码能保证自己的安全。往后是敌是友，要攻要守，全看他了。”

虽然知道齐妙一直防着高家为，但大雨还是没想到她的心思如此之深。知道他的秘密都不算什么，关键手里还攥着证据，高家为根本不是齐妙的对手啊。

坐在晓欧面前，齐妙的姿态落落大方，两手握着自己的保温杯，仿佛要听一个其他人的故事。给上万人做过咨询，她的声音和情绪早已训练有素，轻柔而诚恳，让人听起来如沐春风。

“女性很多时候都要面临一道门。走进去，是一种人生；退出来，是另一种。我不是说哪种就一定好，我的意思是，你可以跳出来，当个观众，再看看这个故事会走到哪步。这道门就在这儿。你有钥匙，可里面也能反锁。晓欧，我们这么说，你打算和他结婚吗？你觉得他会离婚吗？如果他不肯离，你能把这道门拆下来吗？”

几句话下来，晓欧的呼吸渐渐沉重起来。这个细节自然逃不过齐妙的眼睛，话术开始起效了，她把椅子往晓欧身边拉近了一些，接着说道：“现在是三个人的问题，但最重要的问题还是你自己。我和你一样是个女人，站在女人的角度，你现在是最麻烦的。如果你是我妹妹，亲妹妹，我现在恨不得抽你。你这样的傻孩子，我见过太多了。你爱他，你觉得你比任何人都爱他，你从来都不拿这件事去要挟他，你只是觉得委屈，你就想让他和你一起面对。可那个人㞞了，当逃兵了！”

这段话百分之百击中了晓欧，齐妙有十足的把握，所以晓欧虽然没有泪，但她还是把纸巾递了过去，顺势坐到了晓欧的身边：“这道门还在这儿。咱豁出去了，什么都不管了，去他妈的仁义道德，我就是要嫁给他，谁拦谁劝都不行，谁的话我都不听，我把一切都豁出去，然后呢？然后，他不肯离婚。高家为和方糖，还是一对人人艳羡的伉俪。你就变成了一个破坏者，之前那些劝过你的人，他们会怎么想？这道门容易进，想出来就难了。进不进，你要考虑清楚。”

齐妙说完，静静地看着晓欧的神色，仿佛在等待魔法的效果。

而晓欧在沉默了片刻之后，忽然轻轻地问道：“让我考虑清楚的，是你，还是他？”

“只要能解决掉麻烦，谁说的有区别吗？这话残忍，但是实情。女人，尤其是怀孕的女人天生弱势。留着这个孩子，你翻不了身，他也翻不了身，你们俩全都完了。”

晓欧的心沉了下去，齐妙也好，高家为也罢，他们的狐狸尾巴还是露出来了。什么爱情、道德、家庭，他们在乎的只有自己和自己的利益。晓欧冷冷地问道：“说完了吗？”

“最后一句。你还有很多门可以进，这道回不了头的门的钥匙就在你手里，开不开，随你。”

“如果我非要进呢？”

“千夫所指，一团乱麻。”

晓欧终于忍不住冷笑起来：“你这套在电台里、在讲座中、在书上、在公众号上说服过很多人的说辞，先引诱后威逼，也许换一个人就听了。齐总，你知道吗，《相亲大会》上高家为反驳你的台词定稿，是我写的。其实，上次去医院，本来就是要预约流产。但我没想到这么胆小的高家为，为了甩掉这个麻烦，都不怕别人知道，连你都请来了。也许心一乱，人就会变笨。我如果是他，这个事，一定不会告诉你。”

齐妙看着晓欧，欲言又止，心中不仅暗想：方糖、马晓欧，如此灵透的女人，高家为真是何德何能啊？

此时，晓欧已经起身开门，并最后对齐妙说：“麻烦你转告他，孩子，我一定要生下来。”

在晓欧家楼下，大雨一脸焦急。不是因为齐妙，而是因为她一直打不通方糖的电话。没想到高家为的瓜这么刺激，她一个外人听得都直瞪眼，方糖听了肯定气炸了。哪个女人能忍得了这些？可要是她直接去找高家为闹，那大雨一直以来的计划，恐怕就要泡汤了。

大雨还在不停地拨打着方糖的电话，一遍又一遍，终于电话接通了。果不其然，方糖听不进任何规劝，只有坚决的一句话："我听完录音了，我现在就去找他对质，立刻，马上！"

电话挂断了，齐妙也走了过来。大雨收起手机迎上去问道："顺利吗？"

齐妙不阴不阳地歪歪嘴："本人是尽力了。姑娘执拗，天生死倔，我也没办法。爱莫能助啊，高总麻烦了。"

方糖怒不可遏地冲到高家为公司楼下。一路上，她的手机一直在嗡嗡作响，但她一眼都没看。愤怒像一团火在她胸中燃烧，理智的浪花已经无法浇灭它了。没想到，不等她走到电梯间，高家为突然冲了过来。他手里讲着电话，一见到方糖，便火急火燎地先开口问道："去哪儿了你？怎么电话也不接！跟我走！"

方糖一把将他的手甩开："放开我！你干什么！"

"你妈摔了！"

怒火没有熄灭，却被更凶的火苗盖住了。

虽然打了120，但因为没有电梯，只能是救护车上的护工用担架把方糖的母亲生抬下去。人手不够，高家为自然义不容辞。他时高时低地抬着担架，没几步就累得满头大汗。

跟着救护车开到最近的朝阳医院，高家为依旧不轻松。方糖和父亲早已惊慌失措，只有高家为一个人跑前跑后，挂号排队缴费，忙到飞起。

而此时，另一辆救护车排在后面开了进来。王维等在急诊室门口，见护士扶着晓欧从车上下来，便马上走了过去。原来，齐妙离开后，晓欧突然感觉肚子疼。开始她以为是愤怒导致动了胎气，可休息了一会儿，疼痛不仅没有缓解，反而越来越重。她连走路的力气都没有了，只好给王维打了求助电话。

方糖的母亲已经被推进了手术室，高家为拿着一沓急诊化验单跑过来，急急忙忙地递进手术室。还没顾得上和方糖说一句话，忽然听见身后有人喊他的名字："家为？"

方糖和高家为不约而同地看过去，竟是母亲的主刀大夫。高家为一愣，长出一口气，赶忙迎上去，回头对方糖和岳父介绍道："爸，这是神经外科路主任，脑出血领域一把手——方糖，快，片子。"

方糖一刻也不敢耽搁，赶紧把CT片子递了过去。路主任接过片子对高家为嘱咐了两句，便进了手术室。而高家为又开始跑前跑后，去取各种化验单据。

望着高家为远去的背影，方糖一时百感交集。父亲在旁边幽幽说道："我和你妈就生了你一个。你也没个兄弟姐妹，要不是家为，今天咱家就出大事了。"

方糖的眼泪抑制不住地流下来，对丈夫的愤怒，对婚姻的绝望，对母亲的担心，对父亲的隐瞒，无数的情绪混杂在一起，像一股凶猛的泥石流彻底冲破了她的精神防线。她知道当着父亲的面不该哭，可是眼泪却越擦越多。

晓欧的情况也十分凶险，刚刚做完检查，王维便飞快地开出了住院单，语气沉重地对她说：“宫外孕，情况不是很稳定，得马上手术。”

晓欧呆坐在病床上。来的路上，她已经给高家为发了微信，此时，她收到了回信：“岳母手术，我在医院，别给我打电话了。”

手术室的灯亮了，高家为一路跑回来，把一摞缴费单和检查单递到岳父面前，两人拿着医保卡，逐一核对。方糖看着高家为满头大汗的样子，心中五味杂陈，眼圈不禁又红了。高家为抬头看了她一眼，安抚着说：“咱们找的是‘一把刀’，放心吧。”

这时手机响了，还是那个熟悉而没有名字的号码。方糖在旁边，高家为不能不接，他站起身，一按下接听键便马上说：“我在医院，有急事，再忙也得回头说……”

可不等他挂断电话，便听到晓欧虚弱的声音：“我也在医院，也要做手术。你帮我签个字，别的不会麻烦你。谢谢。”

高家为蒙了，正不知如何是好之际，手术室的灯灭了，一个护士探出头来喊道：“206 病房，家属开电梯门儿！”

紧接着，方糖的母亲被推了出来。高家为赶紧举着电话，往电梯门跑去，同时对着手机小声说：“等我一小会儿。”

病床上，母亲还在麻药的作用下沉沉睡着。高家为拎着暖壶进来，对守在床头的方糖说：“我给爸叫了个车，让他先回去歇会儿。你也松口气，我去打点水。”

看着监护器一切正常，方糖稍稍松了口气。她拿起手机，查看未接来电和微信，又顺手翻了翻朋友圈，忽然看到最上面晓欧发的：祝自己平安。文字下面配了一张照片，病床下一双孤零零的拖鞋。仔细看去，照片上的病房背景、被子和床尾，和方糖眼前的病房一模一样。

方糖一下子站了起来，她走出病房，看到不远处的开水箱旁边，高家为正焦急地打着电话，而热水早已溢出了暖壶。方糖几步走过去，关上了水龙头，看着高家为问道："怎么还没打好？"

丘母的病床前，又成了高家为的炼狱。得知晓欧宫外孕，他紧张得不行，当时便答应马上过去。可回到病房他找了好几个理由，买巧克力，找路主任问情况，甚至出去上厕所，竟然都被方糖合情合理地驳回了。

最后他不得不编排起朋友来："读品文化的老王病了，你说巧不巧，也在这个医院，他助理刚发来的消息——好几套书都得在他那儿出，都知道我也在医院，不去打个招呼说不过去。"

看着高家为挖空心思撒谎的狼狈相，方糖心里忽然升起了一丝厌倦，一丝对歇斯底里的厌倦。她转头看向母亲，黯然地说了一句："去吧。"

高家为点点头，立刻冲了出去。

过了许久，高家为才拎着几袋麦当劳甜点回到病房。他看着方糖阴沉的脸色，本以为是疲惫和担忧所致，却不知道刚才他帮晓欧签字并送她进手术室的一幕，已经被跟在后面的方糖尽数看见了。此时，一个女人正在手术台上因他流血，一个携带着他基因的生命还未成型便丧失了活下去的机会。而高家为却像什么都没发生过一样，对方糖说："趁热，垫巴一口吧。"

"不饿。"方糖冷冷地说，这已经是她能表现出来的最和蔼的态度了。

高家为抓起一个汉堡，边吃边说："你这是饿过劲儿了，不然你先回去吧，给自己弄点吃的，睡一觉，歇够了再来换我。妈这边不是一两天的事，持久战，别把这些人都熬倒。换换班，我先守着。你说呢？"

方糖坐在凳子上一动没动，依旧冷冷地说："我不放心。"

"我在这儿，你有什么不放心的？"

"什么都不放心。"

高家为被这话说得有些急躁，他放下汉堡，走到方糖跟前："专家也找了，手术也做了，你怎么老这么固执，我说什么都不听呢？咱俩都耗在这儿，再把你也累倒了，咱们都倒了，你妈醒了怎么办？要不你先守着。我先回家，晚上来替你。"

"你要是走，就再也别回来了。"

高家为一下愣住了，这怎么会是方糖能说出来的话呢？那么冰冷决绝，还带着威胁，难道她都知道了？高家为立时魂不守舍，站在原地进退两难。

病房里只有监护器的嘀嘀声，不知过了多久。方糖才缓缓开口说："我可能是太累了。我先回家，就这样吧。"说完，她拎起包，起身走出了病房。而不等走出医院大门，她便给孙小美发了一条微信：

“我决定了，离。”

第二天在去医院换班之前，方糖和大雨在一家茶馆见了个面。直到这时，大雨才知道，早在拿到录音笔之前，方糖就已经知道了高家为出轨的全部真相。

大雨有些吃惊地问道：“那……你来公司是？”

“我想见见马晓欧，那个第三者。”

“你要跟他们摊牌吗？”

方糖苦笑了一下：“之前也许是，但是听了录音以后，倒不着急了。你知道我最生气的是什么吗？不是他出轨，而是他从头到尾竟然想的都是公司、融资、形象和财产分割。我以为他出轨是我最不能接受的事，没想到，我猜错了。”

大雨也不禁叹息一声：“就算是两口子，不遇到事情，可能也永远不知道对方是什么人。”

方糖语气坚定地说：“我希望，你能帮帮我。”

“如果决定离婚，你现在需要的是详细的计划。比如，在马晓欧还不知道你已经对这件事这么清楚之前……”

“从她那儿拿证据？”方糖接过大雨的话，可随即又摇摇头，“我不是警察，不是那些冷血的侦探，让我装作不知情继续和她见面，我做不到。”

“那就先抓钱。家里谁管钱？有多少存款，理财，基金和外汇？有没有保险？那些定期存款什么时候到期？他们俩之间有没有经济往来？高家为公司的经营情况你知道多少？”

这些东西，方糖只有摇头的份："我没想把他攥得那么紧。除了每个月的生活费，家里的大件也不需要我开销。其他的，我都没有特别清楚地问过。公司的经营情况我也只知道大概，因为我从来没想过我们会出问题。"

大雨皱了皱眉，为难地告诉方糖："现在能掌握高家为财产具体情况的唯一渠道，只有马晓欧。只有通过她你才能摸清楚。我知道这很难，但这是最快的方法。"

方糖沉默了一会儿，给了大雨肯定的回答："行，我自己犯的错误，自己来改正。"

查完房，王维抽空来晓欧的病床边坐了一会儿。

"我刚看了你的病例，手术挺成功。我看你精神也比昨晚好多了。"王维鼓励地对晓欧说。

晓欧笑着点点头，她自己也感觉到，伤痛比想象中恢复得快很多。昨天晚上，她还孤独地躺在病床上暗自垂泪，以为自己的人生全都毁了。可当早晨的阳光照进病房，当王维来到身边，嘻嘻哈哈地跟她说着老同学的八卦时，她真的感觉自己又活过来了。

东拉西扯了一会儿，王维临走时对晓欧说："这个手术……你要是没人照顾，就随时找我。要是怕我一个男的不方便，我叫我表妹过来陪你也行，她什么都不会问的。总之，你别有顾虑，也别害怕。咱们是老同学，都在北京，有事随叫随到。"

晓欧笑着点点头，可眼泪紧跟着就掉了下来。王维走过来，拍拍她的背，轻轻地说着："没事，都过去了。"

而病房外，高家为把这一幕都清楚地看在了眼里。他停留了片刻，悄悄地转身离开。

傍晚时分，齐妙疲惫地推开家门。她把包随便一甩，颓唐地坐在了沙发上。下午，她推了一个采访会议，专门腾出半天的时间来陪唐总喝茶。本以为对方主动发消息和她单独见面，是要敲定她做主嘉宾甚至单独嘉宾的问题。谁知道唐总这老油条一顿山呼海侃，最后竟然对她说："高家为的问题不是小事儿，私生活爆雷，电视台会重伤，广告商会死，所以肯定是不能再用他了。可这些广告商又是死脑筋，非要坚持男的当主嘉宾，毕竟节目主体收视观众是女性嘛。所以，你们两位暂时就不能合作了。抱歉啦。"

齐妙想起刚敲定录节目的时候，高家为曾对她说："以后咱们就是踹不开的铁搭档了。"那时，齐妙还在心中嗤笑，想着甩开高家为还不是分分钟的事儿。可没想到一语成谶，他俩真的被绑定锁死了。明里暗里一通操作，最后自己成了小丑。

齐妙越想越气，忍不住一拳打在了沙发上。听到动静，丈夫大康从屋里走了出来。与齐妙口中的形象不同，大康既不是青年，也称不上才俊，他就是个普普通通的中年男人，平淡得让人很容易就忘记他。

见齐妙坐在沙发上，他放下了手里的书，轻声说了一句："回来了？"

齐妙对丈夫的出现似乎有些意外，她看着大康的神情，敏感地问道："怎么还没睡？你是在等我吗？"

“吃过饭了吗？你要不要先吃口东西？”

齐妙已经没耐心继续这种温吞的对话了，不耐烦地甩出三个字：“有事说。”

大康确实有事，他慢吞吞地拿出一份离婚协议书，递到齐妙面前：“我自己简单拟的，也没什么特别要说的，都在里面了。”

齐妙接过协议没好气地扔在沙发上：“我今天心情特别不好，没空废话。”说完她起身向卧室走去。

但大康并未放弃，他看着齐妙的背影继续说道：“协议离婚，总比去法院要好。房子和钱都留给你。我一分都不要。离婚是我提的，我自己走。”

齐妙停下脚步，猛然回头问道：“外头有人了吗？”

“你把我想得太脏了。”

“连这个也不是，那为什么？”

“该聊的以前都聊过，老生常谈，不聊了。这个事情我已经想好了，麻烦你签个字，大家都省事。去法院，想必你会更不愿意。就这个星期，找个你不忙的时候，民政局我已经预约了——就这样吧。”

这次轮到大康起身走向卧室了，而且他比齐妙先一步关上了房门。

床前的孤灯下，齐妙看着离婚协议。丈夫的态度不能更坚决了，他甚至已经把自己的名字——石康，提前签好了。齐妙长长地叹了口气，一头倒在了床上。

因为齐妙单独行动，大雨今天早早下班回到了父母家。今天是母亲的生日，虽然妹妹去世后，母亲已经有些不认人了，可她还是买好了蛋糕，和蒋宁一起陪着父母热热闹闹地吃了一顿饭。烛光映照着母亲的脸，在生日歌声中，有那么一刻大雨甚至以为欢乐又回到了家里。可当蜡烛熄灭，重新打开电灯的时候，墙上小雨的照片又把她拉回了残酷的现实。妹妹已经没了，妈妈从某种意义上说也已经走了。留下她和父亲，亦不能对彼此敞开心扉。大雨再次意识到，大仇得报之前，一切都是虚假的强颜欢笑。

所以晚饭结束之后，当蒋宁为她打开车门的时候，大雨再一次拒绝了。

"还要回公司加班吗？我开车送你吧。"蒋宁一如既往，没有半句埋怨。

大雨低下头，满含歉意地说："你明天出差得早起，别折腾了，我已经叫车了。"

蒋宁看看她，关切地叮嘱道："那你争取早点下班。"

"这世上也有蒋宁这样的好人，怎么小雨就没遇到呢？现在把他留给我，又有什么用呢？"大雨在心中痛苦地挣扎，看着蒋宁即将开车离去，她终于鼓足勇气喊道："蒋宁？"

蒋宁立刻望向大雨，眼神中微微泛起一丝期待。

大雨走过去，低着头，慢慢说道："如果——如果你觉得我这个样子，没法照顾家，如果你有什么想法，随时告诉我。我的意思是，你别有任何思想负担，是我不好。你提出任何要求，我都可以接受。"

蒋宁沉默良久，最终只是淡淡说了一句："我没有要求，快去吧。"

两个人就这样面对面站着，都憋了一肚子话，却最终什么都没说。

远处的阳台上，大雨的父亲看着女儿和女婿默默无言地分别，痛心又无奈地叹了口气。

深夜，方糖回到家。她打开《妻子自保手册》的文档，敲击键盘，写下了最新一章的开头：在铁一般的证据前，她毫不犹豫地做出了决定：对她出轨的丈夫实施一起完美谋杀。

第 七 章

辗转了一夜，齐妙一大早起床做了一桌自认为丰盛的早餐，牛奶、面包、白粥、水果，还有一碟豆腐乳和煎蛋。在大康诧异的眼神中，她神色平静自然，丝毫看不出昨晚争吵过的痕迹。

如果说齐妙有什么过人之处的话，那眼前就是最好的事例。她知道自己要什么，而且为了达到目的能屈能伸。不管温吞的大康多么被她瞧不起，但现在她就是需要他这个丈夫来维持自己的人设，那么为了留住他放低身段，就没什么大不了。

不仅如此，她还拿出了比早餐更诱人的条件——一份夫妻协定。齐妙一边给大康盛粥，一边冷静地解释道："离婚协议我看过了，重点是协议，不是离婚。坦白说，目前是我的事业上升期，离婚对我没有任何好处。从家庭的角度，如果你不是因为有了别人要和我离婚，我觉得我们也没有到必须马上就离的程度。"

大康看看眼前的粥，正想说话，可嘴还没张开，又被齐妙截住了。"我知道你要说什么。作为妻子，我不称职，平时太忙了，今天我也想向你道个歉，确实是我的问题。协议能解决的，就用它解决。协议解决不了的，离婚一样解决不了。"

这些话确实是齐妙真实的想法，加上她训练有素的诚挚眼神，大康有些动容了。接着，齐妙又拿出了一串钥匙，推到大康面前："妈妈把你带大不容易，你想把她接来养老，天经地义。以前我只是觉得咱们生活在一起不方便，也没有别的意思。我在咱们小区六号楼租了一个一居室，里面的东西都是全的，现在就可以搬进去。"

"什么时候租的？"

"昨天晚上。"虽然大康对她这雷厉风行的速度感到吃惊，但对于每天都在解决问题的齐妙来说，这只是常规操作，"以后每个星期，我都会陪她吃顿午饭。如果你能休假，下个月底我去三亚开会，你可以带着她和我一起去。如果你同意，咱们就这么办了。我也向你保证，以后尽量多花点时间在家里，你看呢？"

大康喝了一口粥，有点含混地点了点头。虽然不是非常热烈的回应，但齐妙感觉他已经心动了。

方糖站在卫生间的水池旁边，把一捧凉水狠狠打在脸上。因为接下来，她需要拿出自己前三十五年从未有过的勇气和镇定，去把自己曾经犯下的错误一点点修正过来，从而拿回属于自己的东西。

化好妆，搭配好衣服，她拎起装满小米粥的保温桶。不同于早餐店买的勾兑淀粉粥，这是她亲手用山西黄金小米熬制的，一开盖绝对满屋飘香，任谁闻都是幸福的味道。

朝阳医院产科病房的护士站外，方糖客气地向护士问道："麻烦你，马晓欧在哪个病房？昨天做的手术。"

护士看了看这位温柔美丽的姐姐，想都没想便说出了晓欧的病房:“502。”

方糖笑着道谢，然后迈着坚定的步伐朝病房走去。其实，大雨之前曾经告诉她，不要去见晓欧，更不要让高家为和晓欧意识到她已经什么都知道了。可方糖想了一宿，还是否定了这个想法。确实，很多女人毁在不冷静上，但冷静不是装作不知道。真正的冷静，是要把主动权掌握在自己手上。她一定要去见见晓欧，更要让晓欧看到，她现在依旧沉稳自如。

“晓欧，你怎么在这儿?”推开病房门，方糖故作惊讶地走进来。

披头散发的晓欧自然比方糖更震惊也更慌张，她下意识地往外看了看，还没反应过来，方糖已经坐到了她的床边，就像真的偶遇一样，嘘寒问暖起来:“你怎么了?”

“我……你这是……”晓欧慌乱地一时语塞。

方糖看看手里的保温桶，大方地说:“我妈妈也在这儿住院，有点脑出血。刚电梯挤不进去，我走步梯路过这儿，怎么会这么巧?”

“哦。”虚弱和紧张让晓欧的反应和语速都比较慢，“阿姨，她还好吗?”

“好多了，家为给我的这边神经外科的主任亲自主刀。你呢?”说着方糖朝门口看了看，“这是妇科病房吧?你是做手术了还是怎么了?”

晓欧的脸上已经快挂不住了，嘴唇都在微微颤抖，但方糖却没再深问，而是话锋一转:“我家楼上有个邻居，她女儿还没你大呢，青春期，卵巢囊肿，上个月才切的。没事，不要紧。”

有一瞬间，晓欧的眼圈都红了，但她点点头，努力压了下去。方糖一直看着她的脸，回想起那天在办公室里，晓欧和和气气地向她讲述高家为如何好如何成功，那张脸跟现在真是判若两人。但方糖更惊讶于自己的镇定，她要把提前想好的话，都说出来，一句也不落。

“只有你一个人吗？”方糖往四下看了看问道。

“今天我就出院了。”

“高家为知道吗？”

“知道吧。”晓欧的声音小得快听不到了。

“他就在上面陪我妈呢。一晚上了，也没下来看看你？”见晓欧轻轻摇头，方糖半开玩笑地说，“你要是不好意思，我跟他说。平时那么辛苦，这几天可不许他扣你的奖金。”

“谢谢。”晓欧浅浅一笑。

方糖再次环顾四周：“没人陪你吗？那不然喝点粥吧，我早晨才熬的，给我妈准备的。”

盖子一开，真的满屋飘香。方糖不顾晓欧一再拒绝，麻利地盛了一碗塞进她手里。这时，病房门开了，穿着白大褂的王维走了进来。见晓欧脸色不好，他直接走过来摸摸额头，问道：“不舒服吗？”然后，他又转头看着方糖问道，“您是？”

“我是晓欧的朋友。”方糖爽朗地答道。然后立刻看向晓欧，小声问道：“你男朋友啊？那你们先聊，我先上去了。有事你就打电话，嗯？”

走出产科病区，方糖才慢慢收起笑容。最难的第一步她已经走出去了，后面便没什么难得倒她了。

大雨一脸憔悴地从医院睡眠门诊走了出来。她已经好几个晚上夜不能寐了，但医生却拒绝给她开安眠药。原因很简单，心理测试显示她已经有很严重的焦虑症，而心理性失眠要先解决心理问题，依靠药物只能适得其反。

这个结果有些出乎大雨的意料，她吃助眠药物已经有一段时间了，跟着齐妙连轴转，随时提供解决方案，这样的工作强度齐妙自己恐怕也会失眠的。但今天这个检查结果让她浑身一激灵，她不是累，而是在逃避。小雨的死让她太痛苦了，她摆脱不了，只能用复仇这种方式来推着自己继续跑。但现在看来，跑也是徒劳无功，她只是在黑暗中原地打转。

医生给她推荐了一个心理疗程，但大雨以暂时没时间为由拒绝了。她知道一旦开始这个疗程，她就要把心中的黑暗通通倾倒出来，到那时恐怕就没有机会再给小雨报仇了。大雨纠结着走出医院，心情沉重地上了一辆出租车。通往光明的大门就在前方，可小雨怎么办呢？就这样把她丢在遗忘的隧道里，自己离开吗？

出租车停在一个十字路口，大雨漫无目的地朝窗外看了一眼，骤然发现并排停下的吉普车上的司机竟是韩潮。他开的还是当年小雨买给他的那辆车，而副驾驶上早已坐上了新的女孩。

大雨一个激灵，她什么都忘了，立刻指示司机改变路线跟住韩潮的吉普车。吉普车开得不算快，因为一路上，副驾驶座上的女孩一会儿给韩潮喂水，一会儿递零食，还时不时靠在他胳膊上说说笑笑。大雨紧张地盯着车里的一切，有一瞬间她甚至感觉，车上的女孩就是小雨。直到车子停在路边，女孩下车依依不舍地和韩潮告别时，她才猛地缓过神来。

“女士，您脸色不太好，还跟吗？”司机看出了大雨的异样，关切地问了一句。

“跟。”大雨像着了魔一般，车子一直跟到韩潮公司的楼下。就在韩潮即将刷卡进去的时候，大雨大喊一声拦住了他。

“韩潮！你躲什么！”

大雨的喊声引得周围人纷纷侧目。刚刚还兴致高昂的韩潮一见是大雨，立马沉下脸，把她拉到一边，压低声音质问道：“你要干什么？你再来我报警了。”

大雨一把甩开他的手问道：“你又交女朋友了？”

“犯法吗？”韩潮不耐烦地反问。

“不犯法。但那辆车是我妹妹的车，你把它还给我！”大雨一字一顿地说。

可韩潮只是轻蔑地一笑：“你没事吧？你去看看行车本，车主是谁？”

“车主是写的你，但你要知道，这是我妹妹贷款买的车，是她用她的全部收入买的车，她去世的时候贷款都没有还完，是我还的！”这些话对韩潮没有任何作用，他听都没听完便翻了白眼朝外面走去。大雨不死心，她追着韩潮继续责问道：“你现在每天上班下班、吃饭、看电影，还带着新交的女朋友去坐那辆车。你觉得安心吗？你忘了是谁送你的这辆车了？你跟别的女人在这辆车上亲热的时候，不觉得对不起我妹妹吗？”

“你还有完没完！”韩潮停住脚步，不耐烦地打断她说：“你这么跟踪我，就为了这辆车？啰啰唆唆还小家子气，小雨怎么有你这么个姐姐？”

“你再提我妹妹试试！”一听到小雨的名字从这个人渣嘴里说出来，大雨就气得咬牙切齿。

可韩潮不以为意，他指着大雨说：“不是你提的吗，大姐？这都多久了，你还跟个神经病似的天天追着我，给我公司投诉，打电话，发邮件。我都换了三家公司了，你又追过来要车。下次你还会想出什么来？差不多得了，你再这样，我真报警了。”

“报，现在就报，我等着警察来。”

韩潮不屑地冷笑一下，指着脑袋说：“去医院查查吧，我看你这儿也有问题。你们家人都不正常。”

大雨像中弹一般，呆呆地看着韩潮大步走远。医生拒绝给她开安眠药，韩潮拒绝道歉，大雨下意识地扫视四周，那些经过的陌生人仿佛也都向她投来了怀疑的目光。是这个世界病了，还是她病了？大雨颤抖着逃出了大楼。

高家为开车到了晓欧家楼下。早上方糖带着小米粥来换班，对他的态度明显有所改观，在医院里这几天总算没有白辛苦。而晓欧这边，孩子已经解决了，而且还自己不声不响地出院了，拿点钱，让她休养一阵子，应该问题也不大。可是《相亲大会》那边……

正思量着，高家为接到了齐妙的电话，一上来就告诉了他一个坏消息：“《相亲大会》把咱俩都开了。”

高家为一愣：“谁说的？我给唐总打个电话，我问问他……”

“事情已经黄了！”齐妙毫不客气地打断了高家为，“知道为什么吗？你的状态不好，传言很多。我要是他也不敢用你。你别说话，听我说，现在还有万分之一的机会。你要不要？”

“我当然要，你有多大把握？”高家为急切地问。

“我没把握，就是赌一把。虽然电视台开了你，但我有确切消息，他们还没有找到合适的男嘉宾。我给唐总那边打了包票，可以帮你找回状态。我赌的就是你。”

高家为沉默了片刻，对齐妙他一直有所忌惮，但现在的形势他已经别无选择。“说吧，我要怎么做？”

齐妙比高家为果断得多，听到对方的答允，她马上说：“你必须马上改变自己。对外，调整状态，对内，当机立断。你现在人在哪儿？”

这个问题又把高家为问住了，正当他犹豫着该怎么回答的时候，齐妙抢先说道：“我和你现在拴在一根绳子上。你要我帮你，就别瞒我。”

“我在外面呢。”高家为最终给出了一个模棱两可的答案。

“好，你听我说，现在马上行动，必须要快！”

高家为的车开出了晓欧家的小区，他没上楼，而是按照齐妙的部署开始了紧锣密鼓的行动。

用齐妙的话说，他出轨的事儿方糖已经百分之九十九知道了，但只要还没摊牌，那就还剩下百分之一的希望。高家为要做的就是把车开到洗车店，做一个360度无死角的清理。无论是行车记录仪，还是座椅缝里的一根头发丝，全部都要清除干净。

除此之外，还有他的手机也需要处理。等着洗车的时候，高家为把手机记录也删了个干干净净，除了他之前注意的通话记录和微信聊天记录，还有淘宝、京东的购物记录，外卖记录，专车叫车，预订酒店记录，机票预订，大众点评团购，优惠券，高德地图搜索等，所有可能暴露行程的蛛丝马迹都要删除干净。

但这些只是第一步，接下来高家为去了一家花店。他对比着方糖微博上发的一些鲜花照片，按照她的喜好买了一束鲜花。这是齐妙让他做的第二步，哄老婆。不怕手段俗腻，越恶心女人越受用。

当然，万里有一，他还要做好最坏的打算。如果方糖坚持要离婚，那也得有准备预案。他得让公众相信，他们的婚姻一年前就出现了问题，是妻子先提出了分居。而他作为被抛弃的一方，自然可以获得公众和舆论的同情。所以为了保险起见，高家为检查了自己过去一年多的微博，把类似“幸福婚姻”的内容全部删掉了。按照齐妙的说法，这些事必须做得滴水不漏。他要尽最大努力把方糖拉回到第一条路上，然后加倍对她好。只要方糖留在他身边，那他的人设就永远不会崩塌。

这些事，高家为自认为能够百分之百完成。但齐妙的最后一条要求，他犹豫了。“立刻和马晓欧分手，干干净净，一了百了。”说这句话的时候，齐妙特意交代，说这是最重要的一条。可高家为看了看身旁的副驾驶，心里有些犹豫不决。副驾驶上放着两束花，除了给方糖买的那束，还有一束是他买给晓欧的。这个他喜欢过的女孩，刚刚为他动了手术，哪怕是道义上，也应该再去看看她。

于是，在处理完一切之后，高家为最终还是来到了晓欧家。拿着花下车的时候，他竟有些伤感。这个熟悉的地库，以后不知道还有没有机会开进来，而这束花能让晓欧心甘情愿地放过自己吗？

晓欧把家门的密码换了，高家为连续听了两次密码有误的提示音，这才反应过来。此时，屋里传来晓欧的声音："谁啊？"

"我。"高家为随口答道。很快门开了，但站在高家为面前的不是晓欧，而是她的医生同学王维。高家为抱着一束花，顿时显得有些尴尬。

王维大方地和高家为打了个招呼，便直接往外走了。临走时，还嘱咐晓欧，有事随时给他打电话。晓欧点头答应，目送王维离开后，像没看见高家为似的直接进了屋。就在这时，高家为的手机振动了起来，方糖来电。

高家为下意识地看了一眼晓欧，她早已经进屋，而且大门快要自动关闭了。高家为只能把包夹在门缝里，然后快步走到楼道一侧，小心地接起了电话。

"到家了吗？"方糖问道。

"刚才回了趟公司，正回呢。"

"哦，快到了吧？"

高家为一听到方糖的问话就本能地开始紧张，他含混地应了一声，接着问："有事吗？"

"我带错银行卡了，回去你帮我找找招行那张卡扔哪里了。"

高家为赶紧嗯嗯地答应，匆忙把电话挂了，捡起地上的包，走进了晓欧家。

一场手术让晓欧憔悴不堪，她坐在沙发上，看着高家为手里的花，冷冷说道：“破天荒啊，这是你第一次给我买花。”

高家为正不知道该说什么好，于是顺势问道：“花瓶在哪儿？我给你插起来。”

“搁着吧，等会儿我自己来。”晓欧说话的语气还是冷冷的，但高家为这才意识到，她可能真的是没有气力了。身体和心理的双重打击一下子落在这个姑娘身上，高家为仿佛又看到了那个雨天里瘦弱而无助的身影。她甚至比那时更瘦弱，也更绝望。

“好点了吗？”见晓欧一直不说话，高家为开口了，“我给你找了个阿姨。起码能熬个汤，做点你爱吃的菜。你给人力发个邮件，就说家里有点私事，抄送我一下，先休息三周吧。”

晓欧一直默不作声，高家为的这些话充其量显得他也就是个爱护员工的领导，但他们的关系早已不是这么简单。她在等着高家为以爱人的身份，说出他该说的话，但高家为再一次让她失望了，他没说话，而是掏出了一个厚厚的信封。里面装着一沓沓钞票，看起来有三四万的样子。

晓欧心凉了，她看着信封，嘲讽地问道：“现金？你也真不嫌麻烦。是怕留下转账记录吗？”

“上午正好去销了个户，顺路。”

“这算什么，营养费？还是补偿？”

这话高家为没法接，他难堪地沉默着，不知如何是好。这时手机里闯进了齐妙催促的微信：谈得怎么样？不等高家为回复，齐妙又飞快地跟了两条：当机立断。名利双收，身败名裂，二选一！

心烦意乱之间，高家为忽然想起了晓欧的同学。他冷不丁地冒出一句：“刚才那个大夫，什么时候来的？朝阳医院那么忙，难得他能把时间挤出来。”

“你也忙，想来的时候，你也能挤出时间来。”晓欧说着身体蜷缩得更紧了。情绪的波动引起了身体的反应，她的肚子越来越疼。

“这么说，我和他一样了。”

“不一样。要不是他，我就死了。”说完这句话一下歪倒在了沙发上，她没有力气再和高家为辩驳了。

突如其来的状况让高家为有些手忙脚乱，他把晓欧搀扶到床上，慌张地问：“光是疼吗？有没有别的？这是正常的吗？要不要去医院？”

但晓欧已经疼得完全说不出话了，高家为拿起晓欧的手机，着急地问道：“你手机密码多少？我给那大夫打个电话！”

几乎快要晕厥的晓欧断断续续地念出了王维的号码，高家为顾不上太多，直接用自己的手机拨了过去。可是，漫长的等待后，电话自动挂断了，没人接。

高家为焦急地拉住晓欧的手问道：“好点了吗？”

半晌，晓欧半睁开眼轻轻说了一句：“死不了。”

看着蜷缩成一团的晓欧，高家为心疼了。他终于低下头，轻轻说了一句：“对不起。”

晓欧的心理防线被这句对不起摧毁了，她一把抓住高家为的肩膀，放声大哭，仿佛要把所有的疼痛哭出来似的。

高家为也肝肠寸断，他搂住晓欧的肩膀，挂断了手机上方糖的来电。

大雨又迟到了，会议快结束的时候，她才匆忙走进来，一坐定就开始记录齐妙说的每一句话。

会议的议题有两个，其一就是继续处理自杀未遂女读者的问题。虽然之前的热搜已经降下来了，但有几个大 V 不停艾特官媒，让这件事还不能完全平息；其二就是帮助高家为巩固人设，而且这件事是目前全公司的首要任务。既然《相亲大会》这块蛋糕非得两个人一起吃，那就赶紧给他找双筷子。

至于那个寻死觅活的女读者，齐妙根本没在怕。随便找二十个营销号，把那天她父亲大闹会议室的视频发出去，不怕舆情不反转。

会议结束后，大雨冲进卫生间，用凉水使劲拍打自己的脸颊。她终于意识到，现在去围堵韩潮根本没有意义。她现在要做的就是控制情绪，搜集证据，一步步冷静行事，这样才能击垮齐妙和韩潮，为小雨讨回公道。

所以，从洗手间出来，她直奔齐妙的办公室，为自己的请假和迟到道歉。

“一次请假没什么，不用道歉。这个给你，你看看，签个字。”齐妙一点没有介意，反而再次送上大礼，比上次的包更贵重——公司股份，并涨薪 10%。

看着大雨吃惊的表情，齐妙笑了笑，诚恳地说：“不用这么看着我，这是你应得的。你知道吗，刚才开会你不在，好几件事我都说得磕磕绊绊。所以，不光是我需要你，这个公司也需要你。希望你能一直陪着我，到公司并购和上市，或者解散和倒闭。还有，我再说一次，该休假就休，我不会绑架你的。你刚才想说什么？”说着，她看看手表：“时间很紧，感谢的客套话就别说了。”

大雨的脑子乱了，一边是无辜殒命的小雨，一边是真心器重她的上司。到底该怎么选择？抛开利益，齐妙到底知不知道自己对千千万万的读者会产生什么影响？

想到这里，大雨鼓足勇气问道：“妙妙姐，你知不知道那些为情所困的人，她们有多需要你？你的一句话，就能左右她们的人生？”

“你遇着什么事了？需要我怎么帮忙？”大雨的话让齐妙有些摸不着头脑。但不等她再开口，高家为的电话打进来了。大雨和齐妙对视了一下，立刻会意地退了出去。

“分没分手？”接起电话，齐妙直截了当地问道。

“你旁边有人吗？方便吗？”高家为有些吞吞吐吐。

“方便，你说。”

“嗯，算是分了吧。”高家为的话像糨糊似的糊得齐妙直恶心。可能他自己也意识到这个答案不能让齐妙满意，所以说完又马上补了一句：“这个事情不会再有麻烦了，你放心。”

齐妙无奈地摇摇头，一边收拾东西，带着大雨出门，一边回答说：“这是你的事情，不用让我放心。接下来还有很多事情要办，我说你听着，都要记住了。微博热搜和知乎我会帮你上，最近你微博和公众号的标题都要稳，不要急，不要为了搏出位说一些过激出格的话。另外，找个理由给电视台的女陈总打电话，尽快上门拜访，她儿子今年要中考，偏科，语文不行，作文尤其差，你去辅导一下，这是最好的礼物。坦白说吧，高层里只有她对你印象还不错。”

“这件事，要不要和唐总说一下？”高家为对这个大胆的计划有些犹豫。

“万一他不同意呢？就算是越级，也要干。你我现在已经是植物人了，就当是死了。只要能活过来，还管是哪个大夫救的？就按我说的办。家为，咱俩现在在一个锅里吃饭，你要相信我，就饿不死，明白我的意思吗？”

高家为已经没有退路了，在齐妙面前，他只有点头同意的份。听完全盘计划，他疲惫地感慨道：“你要是我老婆，我倒省心了。”

已经坐到车里的齐妙嗤笑着说：“你要是我丈夫，死了都不知道往哪儿埋。你这种智商也就骗骗方糖了。处理完晓欧那边，赶快好好讨好老婆。你现在两边都得托住。哪边没安抚好，都是万丈深渊，粉身碎骨。”

挂断电话，齐妙无奈地叹了口气。她让大雨推掉了一个活动，今天她要早点回家给丈夫做饭。不仅高家为的人设要维护，她自己也一样。除此之外，她还安排大雨去找设计师，她想把房子重新装修一下，换换风格，也能让人的心境改变。

但大雨提出了不同意见：“装修时间太长，不算设计和搬家，装修之后还得晾至少三个月，需要做一个比较久的规划。”当然大雨马上给出了替代方案，“如果只是想让家里变变样子，可以找一个整理师。通过断舍离和重新布置家居软装，一样可以让家里焕然一新，而且不影响居住，几天就可以完成。”

虽然第一次听说整理师，但基于对大雨的信任，齐妙欣然接受了她的建议。

透过手机屏幕，方糖看着高家为在家里的一举一动。他抱着一束花走进来，找出方糖最喜欢的花瓶仔细地插了起来。然后，扫视了一圈，把柜子上一张二人的合影拿下来，和花一起放在了餐桌醒目的位置。

如果没看到这个准备过程，方糖一进门也许真的会感动。但可惜，她偷偷安装在家里的隐藏摄像头如实地记录下了高家为自鸣得意的手段。就像听相声，提前看出了包袱埋在哪儿，再怎么演观众也笑不出来了。

摆完花，高家为又去书房打开电脑，登录网银，一笔一笔地删除了银行账户的转账记录。因为距离和遮挡，方糖没能从镜头里看清网银密码。删除完毕，高家为突然转身望向书架。方糖开始以为他发现了藏匿在缝隙中的摄像头，但很快她便发现高家为从书架里找的只是那个曾经出现在马晓欧手里的购物袋。他没舍得扔，并且再一次把它藏了起来。

之后，高家为穿戴整齐出了门。方糖心想，如果高家为从家里直奔医院，那晚上他应该会安排节目。

果不其然，在听说晚上医院这边不用陪护之后，高家为提出和方糖去外面吃饭。地点显然是精心挑选过的，是他们以前经常去的一家西餐厅。看样子，他还是要打怀旧牌。

和上次在杭州一样，高家为再次复刻了当年二人的必点菜单："沙拉只敢点蔬菜的，汤也没要，正餐除了鸡翅、薯条就是土豆泥，当然牛排咱们也点了，打折的。”

方糖淡淡一笑：“你还记这么清楚。”此时，高家为卖力地讨好，在方糖这里没有感动，只有强忍着不拆穿的讽刺。

高家为无知无觉，他夸张地应和道：“那能忘吗？”

“今天怎么想起来这儿吃了？”

“家里你摆的那个合影。记得吗，就是咱俩在这家吃饭的时候拍的。”

确实，方糖想起了被刻意拿到花瓶旁边的照片，也不禁感慨道：“那会儿多好啊，年轻，觉得一切都是好的。吃顿好吃的，就高兴得不得了。那时我就想，什么时候，我能到这儿来想吃就吃。当时还以为实现不了，没想到现在，嗯？”

“别说这家了，就算再贵的，你想吃，随时吃。”

看着高家为挥斥方遒的样子，方糖一时间有些失神。他是不是靠着这种大方的掌控迷倒了晓欧呢？然后又凭空许下了无数美丽如泡沫的诺言，让晓欧无法自拔？

“想什么呢，方糖？”见方糖愣神，高家为问道。

方糖回过神来，轻轻答道：“想过去，咱们刚认识的时候。时间太快了。”

“日子过得顺，就会觉得快。”说着，高家为掏出一张银行卡，推到方糖面前：“最近股市行情一般，线放到了头，鱼咱不钓了。我清了几只不好的仓，下午刚刚到的账，你拿着吧。之前不是做了脸吗？打了什么针还是什么来着，我也记不清这个。我看你挺高兴，我听齐妙说，现在医美很发达，效果很好，就是得常做。”

吃饭、送花带给钱，高家为果真下了血本，看来他是真舍不得自己的人设啊，方糖在心中冷笑，嘴上却装作不明白地问：“好端端的，给我钱干什么？发奖金吗？”

“你就当是奖金吧。天天家里家外这么辛苦，当然得发一大笔。公司的风投马上就到，钱也没那么紧。你辛苦这么久，也该犒劳一下。”说着，高家为叉起一块切好的牛排，放到方糖的盘子里：“密码就是你的生日。”

方糖恍然想起下午在摄像头里看到的情景，顺势问道：“你其他卡的密码，也是我的生日吗？”

“不一直都是吗，懒得改。”高家为说着故意投去一个宠你的眼神。方糖笑笑低下了头。

高家为的包袱还没抖完。酒足饭饱之后，他又回忆起从前和方糖一起去旅行的事情，还说等方糖妈妈恢复了，全家一起去日本。“说实话，这次你妈一病，我就觉得好些事情，轻重缓急，其实应该重新排排序……”

可惜这段动人的畅想被一通电话打断了，高家为看着陌生的号码有点发怵，可在方糖的注视下又不能不接。

电话接通，对方率先开口：“您好，哪位刚才打我电话了？”

“你是？”高家为下意识反问道。

“王维，朝阳医院，刚下手术台，你是？”

高家为马上想起了下午慌乱中那个未接通的电话，他本能地想否认，可又怕一时之间圆不上谎，赶紧搪塞着说：“没事了，你先忙，回头咱们再联系啊。”说完不等对方回应就把电话挂了。

方糖听到了电话里朝阳医院四个字，但依旧不动声色地问道：“谁啊？”

“一个朋友，出版社的。本来有点事找他，早就解决了。”高家为小心地应付着。

方糖没有继续追问，而是把话题东拉西扯，一会儿问高家为刚刚说的怎么排序，一会儿又说不知道现在日本汇率怎么样。高家为明显没有了刚才的从容，王维的电话让他惦记着晓欧那边的状况，生怕这时候出什么纰漏。而方糖眼看着高家为眼神开始飘忽，假装不经意地突然问道：“咱家现在到底有多少钱啊？”

高家为被问了个措手不及，他粗略想了想答道：“你要说现金，都在刚才那张卡上了。别的我还真得算算，有些和公司的钱混在一起，有的押在投资上头，回头我问问财务。”

方糖把这些话都暗暗记下了，表面上却不经意地打断他说：“我吃好了，你呢？”

高家为愣了一下，点点头，然后拿出一张信用卡，招呼服务员过来：“结账，没密码。”

方糖看着服务员手中的 POS 机打出账单，不动声色地记下了那张卡的样子。

回去的路上，高家为总是想着王维的那通电话。他之后一定会给晓欧打电话，说不定还会再去晓欧家里探望。一想到这些，高家为心里就越发烦躁，所以一停车他就急忙往家里赶，他要找机会问问晓欧的情况。但也因为如此，他完全没注意到方糖在下车前，在副驾驶座下面安了一个微型的 GPS 跟踪器。

晓欧对着一碗刚煮好的面拍了张照片，发了朋友圈并配了一行文字：“山盟海誓，不如一碗热汤面。”

面是王维煮的，而高家为点来的高档外卖则通通进了王维的肚子。他一边狼吞虎咽一边问晓欧：“这么好的菜，真一口不吃啊？不吃干吗点啊？”

“不是我点的。”晓欧挑了根面条淡淡地说。

“谁点的也别浪费，四台手术一口饭没吃，我不和你客气了啊。”王维是真饿了，整条的大海参来不及细品便一口塞进了嘴里。埋头吃了一会儿，他才提起下午高家为的那个电话。

“你公司那老板，下午给我打电话了，是吧？我一看有个未接来电，就给他回过去了。他没说什么就挂了……”

“孩子是他的。”晓欧用筷子一下捅破了荷包蛋，突然轻轻地说了一句：“我是不是特傻逼？”

王维好像没听见这句话似的，依旧边吃边说：“给我点榨菜，有点淡。行，还没傻透。”

两人都埋头在自己的饭里，吃着吃着都笑了。

吃饱喝足，王维嘱咐了晓欧几句，便拎着垃圾走了。晓欧窝在床上，打开手机，高家为和方糖都发来了微信。高家为的更早，看起来也更着急：“好同学又去看你了？”除此之外，还有两条一串问号。

方糖的微信非常客气：“我下午去看你，大夫说你已经出院了。怎么样，好点了没有？”

晓欧想了想，没有搭理高家为的问号，给方糖回了消息：“好多了，谢谢。”

很快方糖又回复道：“给我留个地址，我知道一家特别好的参鸡汤，明天给你闪送过去。”

没等晓欧回复，高家为的微信又挤了进来，还是一串问号。晓欧点都没点开，依旧停在和方糖的对话页，字斟句酌地掂量着如何回复这条信息。

没有消息就是好消息，没有等来晓欧回信的高家为只能这样安慰自己，他现在得把重心放在方糖这边。刚才在书房急着联系晓欧时，方糖问他喝不喝银耳羹，他拒绝了。现在想来，当时语气可能有些不耐烦，他必须马上找补回来。

可精心梳洗一番的高家为，刚一靠近，方糖就在床上坐直了。她手里拿着一本《双食记》，仿佛读得正起劲。

“看什么呢？”

“小说。”方糖说着拿书下了床，现在和高家为共处一室她都觉得难受，更别提亲密动作了，她站起来说：“我现在还不太困。你先睡吧，我去书房，别影响你。”

“明天再看呗，不早了，先睡吧。”高家为腻乎乎地挽留着。

要想让拒绝看上去不那么生硬，唯一的办法就是让对方先放弃。方糖话锋一转提起了晓欧。

“对了，我今天在医院遇见马晓欧了，她也穿着病号服在那儿住院。什么病啊？”

高家为果然不再纠缠方糖回来睡觉的事儿，他搓搓脸，恨不得马上钻进被子里："是吗？我不太清楚。"

"她说你知道啊。"方糖的语气就像闲聊一样自然。

高家为一下子警惕起来，这句话里雷太多了，他必须小心应对："我确实不清楚她是什么问题。可能她请假了就以为我知道了。公司那么多人，谁请假我都记得啊？"

方糖点点头："我还碰见一个看她的男大夫，我看像是她男朋友，是吗？"

"我哪知道，你可真够八卦的。"

方糖看着高家为打了个哈欠，仿佛意兴阑珊但实则小心警惕的样子，心中暗自冷笑："困了就睡吧，我去书房。"

望着妻子的背影，高家为小心地拿出手机，又点开了晓欧的微信，还是没有回信。他想再发点什么，可想到方糖还清醒地待在书房，最终还是放弃了。

齐妙的甜蜜计划失败了。

晚餐的主菜红烧鱼，被她烧成了焦炭。而大康游泳回来后，明确拒绝了母亲搬来同住的建议，理由是老人不习惯，自己不愿来。

齐妙不死心地在睡前换上了薄纱睡衣，蹭到大康身边，让他帮忙按摩。大康没有拒绝，但按摩结束后，他却封住了齐妙的退路："妙妙，其实，不用这么勉强。"

齐妙没有继续坚持，她有手段，但也有底线。

大雨的计划成功了。她说服齐妙用整理师替代装修，并且成功把一位名叫刘佳的整理师推荐给了齐妙。很快刘佳就可以走进齐妙的家里，这是大雨一直没机会踏入的禁地。那里应该藏着更多关于齐妙的秘密。

然而，躺在临时租住的房子里，大雨怎么也睡不着。她想起下班前齐妙对她说的话："早点回家吧，别像我一样，只有工作，没有生活。"

昏黄的台灯下，大雨的电脑上显示着和妹妹的合影，旁边放着两瓶她服用多日的抗焦虑药物。

第 八 章

"在铁一般的证据面前，妻子毫不犹豫地做出了决定，对出轨的丈夫实施一起完美谋杀。她决定，从一日三餐开始。家里的饭菜从来都是她来负责，这个精明的主妇给丈夫做的第一顿有问题的饭，便是红烧羊肉和老鸭汤……"

高家为坐在饭桌前，一边吃饭一边看手机里的连载小说，等待多日的《妻子自保手册》终于更新了。不过，新更的情节多少有点悬乎，食物杀人，这也太……高家为不以为然地吃了口菜忽然愣住了，他骤然想起方糖夜以继日在追的小说《双食记》，再看看方糖给他准备的菜，正是小说里写到的红烧羊肉和老鸭汤。

鲜嫩的羊肉含在嘴里，高家为咽也不是，吐也不是。

然而，方糖做饭的热情却越发高涨，连第二天的早点都是亲手准备的。这是已经很久没发生的事了。高家为看着丰盛的餐桌，颇有些忌惮，他端详了一会儿，只拿起一个梨，浅浅啃了一口。

"吃呀？怎么了？"方糖一边喝粥一边问道："黑眼圈这么厉害，昨天没睡好？"

"公司的事儿太多，闹心。"

“还是《相亲大会》的事儿？之前不是挺顺利吗？”

“甲方哪有靠谱的时候？现在是背水一战，搞好了鸡犬升天，我和齐妙一荣俱荣，搞不好双双滚蛋。”高家为说着敷衍地喝了口牛奶，拿着梨起身离席。

“这么多东西，你不吃了？”

“来不及了。”高家为快步走出了家门。到了楼下，他看了看分类垃圾桶，把手里的半个梨扔了进去。走出去几步，他停了停，又回身把嘴里的半口梨渣吐进了垃圾桶。

方糖看着手机上的定位软件，根据副驾驶座下的 GPS 报告，高家为的车子已经出了小区，但他行驶的方向并不是公司——他刚才心急火燎地说，上午有四个会等着开，看来高家为还有比开会更紧迫的事情。

方糖拿着手机走进书房，从口袋里掏出一张磨旧的交通银行卡。这是刚才高家为洗漱的时候，方糖悄悄从他钱包里拿出来的。对照着摄像头之前拍下的影像，方糖试出了银行卡的网银密码。关于高家为财务状况的调查，就要从这张卡开始。

此时，大雨发来一条微信：“进展如何？”

方糖迅速回复：“只欠东风。”

大雨收起方糖的微信，她在茶水间接了满满一杯咖啡，边喝边等着在微波炉里加热的早餐。这时，法务部的同事匆匆走进来，急急忙忙地接咖啡。大雨见她拎着包，随口问道：“这么早就出去啊？”

法务哀叹一声：“自杀的那家人，真把公司给告了。你说说，赢又赢不了，搞什么搞？”

大雨哦了一声，待法务走远后，她掏出手机拨打了女读者父亲的电话，然而几声等待音之后，电话里却传来了“对不起，您所拨打的电话正在通话中，请稍后再拨”的提示，电话被对方挂断了。

这个举动让大雨有些着急，之前她一直安抚老夫妻，要把手里的证据砸实后再进行下一步。现在这样操之过急，只能掉进齐妙的圈套。而且，只怕案件败诉后，他们家的不幸遭遇也不能成为齐妙害人的佐证了。

正当大雨犹豫着要不要再打一次电话时，收到了一条来自整理师刘佳的微信：“中午十二点，咖啡店见。”

大雨没想到这么快就有进展了，她拿起早餐和咖啡不动声色地走出了茶水间。

高家为坐在晓欧家的客厅里，看着对面的晓欧缓缓地把草莓酱抹到面包片上。今天是晓欧去医院复查的日子，高家为不忍心不来。可他也是真着急，又不敢催，越不敢催就越着急。

晓欧看透了高家为的心思，淡淡地说：“你要是忙就先走。”

高家为立马顺坡下来了：“实话说，今天我得开七八个会。下午还得去机场接个人，电视台的。但再忙也得陪你复查完，这是大事。我就是想说，实在不行和你那同学打个招呼，加个塞呗。”

“好啊。你不是给他打过电话吗？号码也有。”晓欧依旧不紧不慢地边吃边说。

高家为又被噎住了，他无奈地抬起手腕，看着时间在表盘上飞速流逝。这时，晓欧又开口了：“方糖不是诈你，她在医院真的见着我了。”

“昨天你怎么没告诉过我？”高家为紧张地问道。

晓欧抬头看了他一眼，淡淡地回答：“可能麻药劲还没过，忘了。”

高家为已经顾不上晓欧的语气和态度了，他连珠炮似的慌忙问道：“你们说什么了？她怎么能遇着你呢？在哪里？在楼道还是大厅？你不是都出院了吗？几点的事？”

一阵手机铃声打断了高家为的问题，二人的目光一齐投到晓欧的手机上，同时看到了方糖的名字。这个来电让他们都吃了一惊，双双呆住了。然而手机铃声催命似的连绵不绝，晓欧沉了一口气，接起电话轻轻喂了一声。

高家为示意晓欧开免提，可晓欧却把身子转向一边，继续对着电话说道：“我在家，嗯，今天还行，不难受——你来我家？”

本来以为只是礼貌的问候，但后半句突然炸出来让二人都紧张地一激灵。本来还算比较平静的晓欧也站了起来，不住地说：“不用了，不用了……”

然而，此时，方糖已经站在了晓欧家的楼道里。晓欧发来的地址和高家为车上的GPS互相印证，让她轻松找到了这里。电话里，晓欧已经语无伦次，难以推脱。方糖干脆挂断电话，上前几步，敲响了晓欧家的房门。

“本来是想叫个闪送。后来一想，我在家也是闲着，反正也没事，有什么需要帮忙的，我也能搭把手。”方糖站在晓欧家的餐桌旁，一边打开保温桶盛粥，一边说道："来，刚熬好的，喝点这个，胃里比吃你这干面包舒服，快来。"

晓欧拿着一个小勺，动作机械地坐到餐桌旁，看着眼前的热粥心惊胆战地说："谢谢，太谢谢了。"

方糖四下扫视了一圈，熟络地像在自己家里。这是个一室一厅的房子，统共就这么大点地方，高家为会藏在哪儿呢？卫生间，厨房还是卧室？这三间屋子的门都关着。

不过，方糖并不着急破案。她坐到沙发上，一边招呼晓欧趁热喝粥，一边又聊起上次的话题："昨天其实还想和你再聊聊，再过去才知道你已经出院了。上次和你聊的那个事，还是个疙瘩，一直没解开。心里像钻了一只猫，挠得我心烦。怀疑就像一把锁，开了就关不上。你怀疑过别人吗？"

晓欧摇了摇头，不敢看方糖的目光。

方糖淡然一笑："这些话我也只能和你说说。你吃你的。上次在公司，我问你的那个事情，你是不是知道什么，怕我受不了，一直没告诉我？其实没关系，说出来，反倒可能更好，你说是不是？"

晓欧的神经快要绷断了，她心想干脆破釜沉舟，都说出来吧，最坏还能怎样呢？可就在她即将开口的一刹那，阳台上一阵轻响，两人几乎同时把头转了过去。

"可能是窗户没关好。没事，是风。"晓欧下意识地说道。

方糖立刻站了起来："哦，我帮你关。"说着她快步走向阳台，猛地推开门，只见里面空无一人，只有窗户摇摇晃晃，确实是风。

待她从阳台走回来，晓欧已经站起身，把保温桶也扣好了。方糖看出她坚决送客的态度，很自然地拿起保温桶说："不打扰了，我去趟家为公司，改天再来看你。"

"我送你。"晓欧的口气没有半点客气和谦让。

方糖往外走了两步，快到门口的时候，突然停住问道："能借一下卫生间吗？"

"里头有些乱。"突然的要求让晓欧眼中闪过一丝慌乱，"你要是不介意，没问题。"

"谢谢。"方糖把保温桶放在门口的柜子上，转身走进了卫生间。和阳台一样，这里也是空无一人。方糖站在镜子前，整理了一下头发。然后看了看洗手台上的洗漱用品——高家为同款男士牙刷，同款电动剃须刀，方糖拿起来看了看，刀片已经不那么锋利了。这里真的是高家为的第二居所啊。

在下决心报复高家为之后，大雨和孙小美都问过方糖，是不是真的决定这么做了？方糖的回答都十分确定，但她心里最隐秘的角落，还残存着一点点侥幸，会不会某一个细节，某一个事，会轻轻拦她一下，让她心里有那么一点点不舍？没有，走到现在一个都没有。每一件事，每一个点，都在推着她往前走，并且坚定地告诉她："继续，你做得对。"

轻轻放下剃须刀，方糖摁下了马桶的冲水键，出门离开了晓欧家。

直到看着方糖的身影消失在小区门口，晓欧才缓缓坐回沙发，缓了缓神对屋里喊道："人走了。"

高家为满脸汗水地从卧室里走出来，有些迟疑地往门口看了看，问：“走多久了？”

“你要是声音高点，她也许还能听得见。”

高家为连忙压低声音问道：“走的时候她还说什么了？”

“说要去公司找你。”

一听这话，高家为慌张地看看手表，没时间慢慢安抚了，他从包里快速拿出一摞需要签字的代办公司注销工作室合同，递到晓欧面前：“她怎么会知道你住在这儿？你们昨天到底聊了些什么？我是说，一会儿等我回了公司，有没有什么要注意的，能说不能说的？”

晓欧没有被高家为的顾左右而言他所迷惑，她盯着这份合同，直接问道：“你今天来，是要找我签字吗？”

“我给你叫个专车，我先回去一趟，看看她要干什么。只要能走开，我就去接你。”高家为依然避重就轻，他掏出一支签字笔，瞥了晓欧一眼接着说：“最近不是都在查税吗？咱们这个工作室这阵子也没走什么业务。我问过了，先注销掉，别赶着这个风口再让人查出什么问题来。以后需要了，重新再注册一个。”

晓欧没有接那支笔，她一页页细细地过着合同的条款，逐字逐句地看着：“法人负责，这个是什么意思？”

“这就是，是个……我也不知道它是什么意思，肯定没问题。法务的孙姐给找的人。”高家为已经掩饰不住内心的焦躁，语无伦次起来。

“你怎么知道孙姐找的什么人？”

“有问题我负责，好吧。”

“你能负什么责？”

“这也不是什么大事，说白了就是走个流程。之前工作室的事你不是也从来没管过，我也没管过，哪次出问题了？”

“之前不管，是因为我不想参与你这些事情。我就是不想让你觉得我是为了钱才和你在一起的，当初你非要给我弄个工作室，我是不同意的，这些事情现在又……”

“晓欧，晓欧！”高家为没时间再展开一场辩论，方糖就在去公司的路上，刚才藏着的时候，他还挂了齐妙的一个电话，每一件事都可能是致命的，所以他急切地打断了晓欧的话，他要快速解决眼前这一局：“你听我说，现在咱们没时间翻旧账，我知道你是为了帮我。我也是好意，对不对？肯定没问题，签吧。”

晓欧没表态，齐妙的电话又打进来了。高家为正在犹豫之际，看见晓欧把合同放下了，直接心烦意乱地挂断了电话。

“先放这儿吧，我看看再说。”

高家为忍着最后的一口气问道：“你是信不过孙姐，还是信不过我？”

“都信不过。”

高家为放弃了，不仅放弃了让晓欧快速签字，而且也放弃了迫切地恳求。他冷冷地甩了一句：“行，你慢慢看，不行再找个律师，咨询好了再说。”说着便转身离开了晓欧家。

一下楼，高家为便往公司前台打了个电话：“我太太到公司了吗？你听着，一会儿她要是到了，就说我在楼底下咖啡厅谈事。把我的办公室门开开，马上。”

但方糖的动作似乎比他想象得要慢。高家为火急火燎冲进办公室的时候，坐在那里等他的女人是齐妙。

“我太太还没来？”高家为稍稍松了口气，向正在给齐妙倒水的前台问道。

“没有。”前台答了一句，礼貌地退了出去。高家为走到门口，亲自确认把办公室门关好，这才回头看一直在等他话的齐妙，压低声音说：“方糖刚才去晓欧家了。”

“撕破脸了？”这消息让齐妙也颇感意外。

“暂时还没有。按说可能是个巧合……”

“你相信巧合吗？”齐妙飞快地打断了高家为，“方糖怎么会知道晓欧住在哪儿？你说的，还是她查的？当时你在哪儿？”

高家为犹豫着不知如何作答，但他的举动已经把答案告诉了齐妙。

“方糖去之前，你在晓欧家里，是吗？”齐妙异常严肃地质问道，“你和她到底断没断？”

“断了，早断了啊。”高家为语气挺坚决，但眼神却在躲闪。

“高家为，你看着我。”齐妙沉声说道：“如果没有《相亲大会》，你就是再找十个女人也和我没关系。咱们现在都站在悬崖边上，你唯一能抓的只有我的手，你要是不想上岸，就赶紧松手，别把我也带下去。”

“我懂我懂，要是连这个都不明白，我也别混了。真的断了。”高家为着急地解释着。

齐妙最终还是相信了高家为的说法。她想了想，开始猜测起方糖的动机：“她为什么会去找晓欧？以她的性格好像不会这样。是不是她知道了什么？”

高家为很坚定地摇摇头：“最多是怀疑，她没证据。”

“那要这么说，原因就只有一个，巧合。”

“你刚才不是说不信巧合吗？”高家为被齐妙说得有点迷糊。

但齐妙丝毫不觉得自己的判断自相矛盾：“我是问你信不信巧合。如果心里没鬼，你就要大大方方地说出来，我信。你自己都发虚，怎么让别人信你？刚才问你的人如果不是我，如果是方糖，是她父母，不管任何人，你都应该斩钉截铁。生活里的巧合难道还少吗？方糖如果真的知道你和晓欧有问题，你觉得她忍得了吗？她为什么不去踢开卧室的门，把你的脸上挠出花来？”

“是啊，为什么？”高家为下意识地问了一句。

“因为她不确定。她又不是我的粉丝，她忍不了——家为，现在你面临的是你这辈子最重要一道选择题，你可要选对。它不是高考，万一错了，你连复读的机会都没有。”

齐妙气场强大，语气坚定，可越是这样，高家为心里越是嘀咕。他想起了这几天家里那些貌似巧合的饭菜，犹豫着要不要告诉齐妙。正在这时，办公室门开了，方糖拎着饭盒热情地说：“妙姐？你们谈事儿呢？”

齐妙反应飞快，她拿起手边一摞稿子——《相亲大会》第二次录影点评嘉宾方案第七稿——递给高家为，转而对方糖说：“嗯，背水一战啦。全国大学生辩论决赛那天也没这么紧张过。”

方糖放下饭盒，走到齐妙跟前十分诚恳地说：“等这事忙完了，我们一定请你吃个饭。要不是有你，他早就被淘汰了。”

“你要是这么说，我就没法接啦。”说完她笑着看看方糖拿来的饭盒：“送什么好吃的来了？”

“我炒了俩菜，他天天在外头吃，体检脂肪肝，再不控制就麻烦了。”

齐妙笑着看向高家为：“真让人羡慕，神仙眷侣也就这样了吧？行，我先走了，你们聊。”

望着齐妙转身出门，方糖掏出那张早晨从包里拿走的交通银行卡。她已经查明白了资金的来龙去脉，卡可以物归原主了。他递给高家为说：“送饭是顺道，主要是给你送卡。跟你说了多少次，卡用完了放包里。加上今天早晨，这是洗衣机第四回差点吞卡了。”

“以后再犯，罚款。”高家为挤出一丝微笑，看着方糖转身要走，接着说：“这就走了？对了，今天晚上我加班，晚饭就别等我了。”

“知道了，别忘了伺候好你的鱼。”

直到方糖的脚步声渐远，高家为才坐在椅子上，长长地松了口气。饭盒就在他的手边，还隐隐泛着热气。高家为没有马上打开，而是在电脑上敲击几下，打开了《妻子自保手册》，更新的最后一行，是下一章的预告：双食记。

高家为再次想起方糖看的那本书，马上上网搜索起来——《双食记》，一个讲述妻子和情人联手通过食物让出轨的男人中毒的故事。百度百科上，除了内容简介，还把一系列相克的食谱列成了表格。高家为慢慢打开饭盒，发现今天的两个菜，正好位列表格的第一行：烧鲇鱼和菠菜猪肝汤。

中午十二点，大雨准时来到和刘佳约定的咖啡馆。几分钟后，刘佳也走了进来。一落座，大雨便对她说："给你点了香草拿铁。"刘佳会心一笑，这是她最喜欢的咖啡口味，小雨知道，大雨也知道。

上过咖啡后，二人马上进入正题。刘佳把在齐妙家的所见所闻全部告诉了大雨。

"你意思是，她和丈夫分居了？"

刘佳点点头："应该是的，而且平时几乎也没什么来往。因为有一些夫妻分房是因为睡眠不好，怕互相影响，但生活还是在一起。但是齐妙和她丈夫各自房间的东西都是完全分开的，这说明他们的日常生活几乎没什么交集，跟合租室友差不多吧。"

"见到她丈夫了吗？"大雨追问道。

"没有，家里也没有摆任何照片。但她丈夫的工作应该是和医学有关，家里有不少与医学相关的书。"

大雨冷笑一声："丈夫是金融精英，夫妻甜蜜恩爱，都是人设、谎言。"说着，她握住刘佳的手："佳佳，谢谢。我替小雨也谢谢你。是我没保护好她。"

刘佳也握住了大雨的手，可她的眼神中却透出一丝忧虑："姐，我和小雨是十几年的朋友，这个忙我肯定会帮。但我也要真的和你说一句，很多事你不能一直这样想。小雨是个成年人，她的人生是她自己的。她的选择当然是个悲剧，韩潮是最对不起她的人，齐妙是压垮她的最后一根稻草。可这些不是你的错，你不能一直背着这件事往前走。"

大雨一阵心慌，她松开刘佳的手，喝了一口咖啡，缓缓说道："如果他们没有付出代价，小雨才会难过。我得回公司了，有任何消息给我发微信。"

望着大雨孤独的背影，刘佳轻轻叹了口气。

傍晚，齐妙坐在车里，赶往机场，去接风投公司的蔡老板。晚高峰，车子走走停停。齐妙在后排闭目养神，对司机问道："还有多久？"

司机看了眼导航："不好说，要不我问问大雨？"

提到大雨，齐妙突然想起，出门前，她在茶水间看见大雨在偷偷摸摸地吃药。本来今晚的行程，大雨答应一起跟过来。可一转头又说自己不舒服，不来了。齐妙当然不好勉强，但她看得真切，大雨是接到了一个消息后，才突然改口的。

想到这里，她随口对司机问道："你有没有觉得大雨最近有点，怪怪的？"

司机想了想说："前天我看她在吃药。"

"什么药？"

"不清楚。"

齐妙睁开眼，望着窗外，有些感慨地说："干媒体的全这样，内分泌紊乱，更年期都提前了。别问她了，几点到了几点算吧。"

齐妙看得不错，大雨确实收到了一条消息，来自韩潮："有时间见面吗？把话说清楚，以后别再骚扰了。"

对于大雨来说，所有和韩潮有关的消息都像一针强效的致幻剂，不论何时何地都会让她抛下所有，不顾一切地冲过去。所以，她能推掉齐妙布置的工作，也能对方糖一遍遍打来的电话置若罔闻。她像个隐秘的刺客，开着车，一路跟踪着韩潮。

和上次一样，韩潮从公司出来，先接上了之前那个女孩。很快，大雨又收到了他的消息："一会儿见。"紧接着，一阵轰鸣的油门声，吉普车飞速开了出去。大雨的车则在后面紧随不舍。

大雨的脑袋要爆炸了，视线中，坐在韩潮身边的女孩仿佛又变成了小雨。她依偎着韩潮，那么亲昵，那么甜蜜。大雨知道这是幻觉，但她控制不了自己，只能在心里不住地对自己说："救她！一定要救她！"

韩潮的车一路开到闹市区的一个路口。见他下车径直走进了路边的派出所，大雨一刻不停地也下了车，几乎是小跑着走到吉普车旁边，拉开副驾驶的车门，坚定而飞快地对车上的女孩说："你听我说，我妹妹是韩潮的前女友，这辆车就是她送给韩潮的。我不知道你是怎么认识他的，相信我，这个男的会伤害你。我发誓。"

女孩面无表情地望着大雨，仿佛早就知道她要说什么。但此时大雨已经顾不上这些了，她情绪越来越激动，语速更加飞快："我知道你现在不明白我在说什么，你也可以不相信我的话。听我一句劝告，别把自己全交给他。给自己留一步退路，我问你，他是不是经常打击和羞辱你的自尊心？是不是天天骂你，嘲笑你，是不是？这是 PUA（搭讪艺术家），你明白吗？"

见女孩依旧无动于衷，大雨不甘心地一把拉住她的胳膊："就算你不信我，也别信他。你好好想想他是怎么对你的，只要觉得不对劲，你可以随时找我，你听我说。”

大雨的举动让女孩有些害怕了，她一边使劲挣脱，一边大声喊道：“韩潮！韩潮！”

此时，一只手突然从背后猛地拽了一把，大雨一个趔趄倒在了地上。路过的行人纷纷侧目，而女孩则高喊道：“她是个疯子！疯子！”

大雨一阵眩晕，女孩仿佛变成了小雨，决绝地呼喊：“不用你管我！”大雨紧闭双眼急促地喘息着，良久过后，她睁开眼睛，发现两个民警正并排站在她跟前。

女孩躲在韩潮身后，指着大雨说道：“警察同志，你看，就是这个疯女人。天天缠着我男朋友，要不是我给她发短信，怎么能把她骗到这里来。她这算不算犯法？你们得把她控制起来吧？”

大雨感到前所未有的孤独。没有人站在她这一边，包括警察，包括到派出所来接她的蒋宁。所有人都在指责她，说她已经走到了违法的边缘，非常危险，需要立刻悬崖勒马。

但韩潮的罪行呢？无人谴责，甚至无人过问。于是，当方糖出现的时候，大雨再也控制不住自己痛苦的泪水。

“蒋宁说，法院判不了他死刑。家不像家，人不像人，他不愿让我再这样下去了。是，他说的没错，韩潮没犯法，但不犯法就没有罪吗？小雨死了一年了，他一点没受影响，开着小雨买的车，女朋友换了一个又一个。他还是从前的他，可小雨永远回不来了。方糖，这不公平，世界不应该这样。”

大雨的话久久回荡在方糖耳边。深夜她坐在电脑前，心中像被什么东西塞住了。全身心地爱一个人不是很幸福的事吗？当然是，但你要能承受失去他的痛苦。方糖长叹一声，写下了小说最新章节的开头：“爱情和背叛，难道真的是双胞胎吗？”

第二天一早，齐妙就收到了一个坏消息。公关部的小李发来一张截图，在高家为的一条微博下面，有个不知名的小号评论道：“是吗？可惜大家看不到真实的你，言行不一。”

不仅如此，这句评论被一个网友截图转发，还点评了一句：“话里有话，瓜上有瓜。”尽管这个网友的粉丝量不多，评论和转发都是个位数，但也不乏有人跟着评论：“是不是高家为有什么八卦？”

齐妙马上警惕起来，她立刻转到高家为微博的页面上，看到这条留言已经删除了。但她还是立刻给公关部的小李打去电话：“原评论已经删除了。你马上联系那个转发的网友，以高家为公司法务部的名义给他戴帽子，诽谤造谣，就说要发律师函，要起诉。还有，马上通知高家为公司的人。连这个都监控不到，我要是老板，他们今天全辞职吧。”

挂了电话，齐妙还是不放心。现在是敏感时期，悬崖边走路，容不得半点闪失。她冲着屋里喊道：“刘佳！”

“怎么了？”刘佳应声从屋里走出来。

“我有点事马上要去趟公司，今天就到这儿吧。不好意思。”

“但是我好多东西刚清理了一半，正堆了一屋子，现在走来不及收拾。”

齐妙顺着刘佳手指的方向一看，房间里确实堆满了整理出来的东西。这样摊着，她晚上回来没法休息。齐妙有些犹豫不决，她思量了几秒钟说：“我打个电话，马上会有人来接替我。你还是按照原计划做就行，专业方面我相信你。”

说完，齐妙在通讯录里翻出了大康的号码。

和刘佳预想的一样，大康拒绝了齐妙把二人卧室合二为一的方案。这正好让刘佳腾出时间，更加仔细地检查齐妙房间的各个角落。果然，当刘佳打开衣柜最里面的一扇门时，一堆合同文件裹在杂物中掉了出来……

顶着宿醉的脑袋，高家为一进公司就收到了噩耗。看着助理递过来的手机截图，他感觉太阳穴剧烈跳动了一下，马上紧张地问道：“什么人发的？删除了没有？”

这时，火速从家里赶来的齐妙没顾上回公司，便直接冲到了高家为的办公室：“查到人了吗？”

高家为没想到齐妙这么快就杀到了跟前，慌张得一时语塞。助理见形势不妙，马上识趣地退了出去。齐妙不等高家为开口，便继续追问道：“留言的这个人是谁？是不是马晓欧？”

高家为心虚地看了看办公室门口，不置可否地回答：“我也不知道。我去找人，把这个转发的微博删干净，不会有什么事的。”

“已经删了。”齐妙强压怒火看着高家为说，“你不用谢我，我也是为了自己。可这次正好是我看见了，下次呢？微博的发酵有多快，你是知道的。哪怕只闪一秒钟，只要被人截了图，根本删不干净。不能再拖了，你得往前迈一步。”

“什么意思？”高家为不解地问。

“想办法，让电视台和节目组确认，尽快官宣你的嘉宾身份。”

高家为被齐妙激进的方案逼到了墙角，慌张地大摇其头：“我要是有这个本事，咱们还用费这劲吗？台领导的孩子补作文也才不到一礼拜，我没法催呀。”

但齐妙的气势却一点没减：“你直接去找唐总，跟他说，别的平台有好几个节目都等着你签约，你因为这边定不下来把别人都推了。跟他们说有个节目追得急，你可能马上要签合同了，问他们时间上错不错得开。”

“这不是逼人家吗？”

“不逼，就都在这儿耗着。后院的火都快把房子烧塌了，你还怕前院的卫生不干净？左手不行，右手也不行，你到底哪儿行？”

“你行你上，要找你找去，你天天使唤我干吗？”

“我现在是在帮谁？名利场就是一部电梯。你说的。电梯现在摇摇欲坠，你再不按往上的按钮，它就要带着你去地下室了，你还不明白吗？”

“现在是我在按电梯吗？是你啊！我想去哪层，我说了算吗？不是一直你在说吗？”

“我要不是跟你一起站在电梯里，你以为我是闲的吗？你的事情要是干得漂亮，还用我天天给你灭火？”

“着了吗？不还没着吗？老这么控制我，老替我做主，我是你老公也受不了你！”

一场化解危机的协商，最终还是演变成了争吵。齐妙气愤地拂袖而去，高家为公司的人见她走出来，齐刷刷地低下了头。

拦不住齐妙，高家为只能气急败坏地给晓欧打电话：“那微博下面的评论是怎么回事，是你发的吗？”

这个电话，晓欧等了整整一夜。她昨天晚上用小号发了评论，一直猜想高家为什么时候会看见，看见了会不会想到她，想到她又会是什么反应。可惜，现实中的结果，比她想象得还要坏一万倍。在高家为的眼中，她现在真的只是一块多余的绊脚石了。

晓欧一句话也没说，在高家为气喘吁吁的愤怒中，直接挂断了电话。

方糖约小美逛街，一进商场大门就直奔一家高档美容仪专柜。挑选了一番，直接买了两台最新款。

“一人一个。”刷完卡，她大方地对小美说。

小美有点吃惊地看着方糖说：“你这是要把高家为的钱都偷出来，全花光吗？”

“小看人！这是我的钱。”方糖故意瞪了瞪眼睛，然后笑着告诉小美，“我的小说和网站签约了。收入比我想的要多，三倍。”

听了这个消息，小美就像上学时一样，举起手，和方糖来了个默契的击掌。“这太棒了，方糖，这得好好庆祝一下。”

方糖很久没有如此开心过了，她笑意盈盈地看着美容仪，好像是胜利的奖品。“越是现在，越要对自己好一点。还有，就是对你也要好一点，毕竟你说了将来我不行，你会养我的。”

“我看这趋势，还是你养我的可能性更大一点。”

高家为再一次倒掉了方糖为他精心准备的晚餐，然后一头扎进了书房，点开了《妻子自保手册》的连载。“妻子找到了一本小说，当成她的参考书……”小说中的情节与方糖的做法如出一辙，高家为的脸色越发凝重。他匆匆看完小说，开始在电脑上查看方糖的上网痕迹，意外地发现方糖就是“方块七”。

高家为觉得后背一阵冰凉，他呆呆地看着电脑，完全没注意到方糖已经悄悄站在了他的背后。

“给你做的饭，怎么不吃，全倒了？”

方糖在背后突然发话，让高家为禁不住一激灵。看着电脑屏幕上的“方块七”，方糖故意露出吃惊的表情：“这么快就被你发现了，我还想找个机会再告诉你。”

高家为努力克制着内心的惊讶和紧张，轻描淡写地问道：“什么时候开始写的？我一点也不知道。”

“本来就是写着玩的，没想到还有不少人看。后来见你也在看，我倒有点不好意思了。”方糖看着高家为问道：“说说，作为一个读者，你怎么看？”

“挺好的。悬念挺足的。尤其做菜那部分，挺吸引人的。”

方糖听到这儿，起身从书架上拿下一本《双食记》：“这就是女主人公的参考书。其实都是假的，我也照着这里的菜谱做过，还吃过，一点事都没有。什么食物相生相克，找个噱头而已。”

“是吗？看着还挺唬人的。”高家为犹疑不定地答道。

方糖心中暗笑，这点小伎俩就被吓住了，恐怕他也难做什么大事了。她看着高家为突然半真半假地问道："你不会以为我在给你下毒吧？所以你不吃晚饭？"

高家为一下被戳中了，他一愣，又担心被识破，只能学着方糖的样子，半真半假地说："是啊，我就怕你和女主人公一样，把我毒瘫了，再找个小狼狗。"

"你要是真的出了问题，警察第一个怀疑的就会是我。就算我有那个心，也不会这么傻吧，你说呢？"

高家为用一阵夸张的大笑掩藏着内心的震颤："后边呢？你打算怎么写？"

"我正想听听男读者的意见呢。"方糖笑着，一语双关地问道："你说这个妻子，到底要不要杀她丈夫呢？"

经过刘佳的整理，齐妙的房间焕然一新——尽管没能按照她的计划与丈夫的房间合二为一。她没责问刘佳，找大康回来的时候，她就知道自己的计划实施不了了。但没办法，事关事业生死，她只能弃小保大。

但齐妙放弃的只是整理房间这一件小事，婚姻她不会放弃的。所以当大康再次表现出冷淡和拒绝的时候，齐妙不急不恼，用一贯冷静的口气说："你还是想离婚，是吗？你完全可以和我实话实说。如果你真的有别的想法，不管精神上还是生理上，哪怕是出轨了，只要我们好好谈，我可能都可以接受。我说的这些不是气话，我是认真的。"

然而，大康却被这种自私的冷静激怒了："你知道你现在在说什么吗？"

“当然。我在和你沟通，解决我们婚姻的问题。”

“什么问题？我出轨的问题吗？”

“包括这个在内的一切问题。”

大康失望地摇摇头：“齐妙，我提出离婚的原因你很清楚。我们像两个合租房子的室友。不，我们连室友都不如，室友见面也会说几句话。可我和你，要不是因为离婚的话题，连面都见不到。当然我也有问题，但不管是谁的问题，我不想再过这样的日子了。”说着，他拿出一张磨旧的会员卡：“我已经健身四年了，你不知道而已。”

大康背起角落里的旧健身包，朝门外走去。他的脚步一刻不停，好像根本没听见齐妙的话：“我不能离婚。”

深夜，难以入睡的大雨在出租屋里整理齐妙作恶的证据。除了一张张齐妙公司的账目和合同之外，还有齐妙在公司群里发言的对话截图，以及一段段视频。这其中便有之前开会处理女读者自杀事件时齐妙的讲话：“我就是要出位，就是要有话题性。别说是自杀未遂，如果这个女孩子真的自杀，关注度反而更高。法律的归法律，营销的归营销，我巴不得再多几个这样的事件，明白我的意思吗？”

虽然每天跟在齐妙身边，但听到她这样说的时候，大雨还是忍不住愤怒。这就是赤裸裸的草菅人命！大雨不禁握紧了拳头。

这时，手机振动了，是刘佳发来的一张照片，上面拍了满满一大摞合同。紧接着，一行文字跟了过来：“齐妙家里的阴阳合同副件。她和丈夫的婚姻，也有问题。”

第 九 章

高家为连门都没敲，直接推开了齐妙办公室的门。“热搜是你买的吧？你什么意思？”

正在签合同的齐妙头也没抬地说：“一分钟。等我签完，你骂个够。”

高家为的怒火被堵在了嗓子眼，随着时间的流逝渐渐平息。齐妙终于放下笔，抱着一摞合同走到高家为面前，平静地说道：“营销号放消息说《相亲大会》的嘉宾已定，配上咱俩的照片剪影，还有评论里的水军直接点名，排名 20 位的热搜，一条龙都是我做的。上次让你给唐总打电话，你说我使唤你。节目组那边迟迟没有消息，距离录制还有一天时间，你说我还有什么办法？如果这件事出了问题，我承担一切后果。”

“你承担什么？你承担得起吗？”高家为接住了齐妙扔过来的一堆合同，顶着最后一口气，反问了两句。

“我们要承担的无非就是商业价值。”齐妙指了指那些合同，“想想看，如果我们上不了节目，意味着什么？我们不是为了化个妆，坐在那里看那些像参加选美一样的姑娘。我们要的是价值。看看你手里的那份合同，能给我带来多少钱？”

高家为没想到齐妙会把公司的商业机密白花花地亮出来，他忍不住翻开这份标注着《奢侈品牌商业合作整体方案》的合同，只扫了几个关键数据，便合上封面闭嘴了。

齐妙是真的放手一搏了，她像开动员会的老师一样，语重心长地说：“人生有时候需要快刀斩乱麻，得果断。家为，这是我们的最后一次机会。你也知道收视率并不重要，热搜也不重要。我们要的是参加主流卫视的节目。进去就是主流，进不去，永远是个贩卖情感焦虑的二道贩了！”

“你以为别人看不出来这是你发的吗？搞不好就是适得其反。谁都不喜欢被人逼着做决定吧？”高家为的话表面上像是反驳，但实际上是担忧。兵行险招，他也怕失败。

齐妙冷笑一声说：“你以为他们现在有多喜欢你？你以为他们不喜欢热搜吗？你以为我什么都不发，像个傻子一样地等着，他们就会觉得咱们可爱懂事吗？在平台眼里，只有价值，没有得罪。再说，要不是你的屁股不干净，我也不至于拼这一把。”

高家为彻底没话说了，悻悻地回了自己公司。

一天后，《相亲大会》正式开始录制。然而，高家为和齐妙并没有等到他们期盼的录制通知，最后一搏失败了。

两人沮丧地来到公司，在电梯里不期而遇。都憋着气，吵是要吵两句。可吵了两句，两人就都没劲儿了。强势如齐妙，遇到这种级别的挫败，也要消沉一阵子才能缓过来。

而高家为甚至连消沉的时间都没有，电梯还没到站，晓欧就打来了电话，说要复查，向他讨要病历本。高家为只庆幸，晓欧打来电话时，齐妙已经下电梯了。可晓欧的病历本早被他当作遗留痕迹清理掉了，他又拿什么给呢？电梯到了公司，高家为没下去，直接按了一层的按钮。想到又要和晓欧纠缠一番，他不禁长叹了一口气。

方糖看着手机，高家为轨迹兜兜转转，终于还是去了晓欧的家。方糖打开通讯录，从上到下，滑来滑去，一会儿看看高家为的号码，一会儿看看晓欧的号码。

此时，高家为和晓欧的争吵已经告一段落。无他，就是累，而且累得毫无意义。扔了病历本，去哪个医院复查？王维来探望，都不过是浮于表面的借口。人生的目的地南辕北辙，让他们成了彼此的绊脚石，哪怕曾有过感情，也在不断的撕扯中消耗殆尽了。

高家为坐在沙发上，双眼有些失神。晓欧的泪水一次次涌上来，他知道却不敢看。因为他既不忍心，又毫无办法。

“我就是个人渣。”高家为低声说道：“如果当初知道会让你变成现在这样，我宁可咱们不认识。好多次话到嘴边，可我就是说不出那句‘咱们分了吧’。很多事情，我也没办法，但我也很难过。当然，这都是我该受的，我对不起你，我活该。”

“你不用说这些。我认识你到现在，也不需要你道歉。我也有问题，是我活该。从咱们好上到现在，整整七百天。”晓欧擦了擦眼泪，看着高家为摸出手机，看都没看就直接挂断了一个电话：“咱们刚在一起的时候，你也这样。什么电话都不接。后来，就什么电话都比我重要了。”

仿佛是故意试炼，电话一遍遍地打进来。晓欧看着高家为又挂了两次，终于开口说:“接吧，也不差这一个电话。”

高家为悻悻地接了起来，但只是简单应答了几句，就挂断了。不过，他不能再继续停留了。“电视台打来的，说那边又有变化。”这是高家为能想到的最不像借口的理由了。

晓欧没接话，理由还是借口，对她都不重要了。她看着高家为起身拿包，几步走到门口，忽然又转身问道:“上次要你签的那个合同，注销工作室的那个，签了吗?”

晓欧知道，高家为一定不会忘记这件事。她默默走到柜子前面，从抽屉里拿出合同，递给了高家为。然后她陪着高家为走到门口，忽然说了一句:“你还记得你今天来，是为了陪我复查的事吗?”

高家为已经走到了门外，他尴尬地停了一下，还想再说点什么的时候，晓欧已经把门关上了。

一门之隔，门外是无奈的叹息，门内是压抑的抽泣，谁也没注意到合同的最后一页落在了抽屉里。

但很快，高家为的电话又响了，这个号码他没保存，但看一眼就知道是谁。高家为烦躁地快走了几步，接起电话抱怨道:“不跟你说了嘛，不接电话就是在谈事。怎么了?”

“我手机马上就没电了！你不怕找不着我，就别打了呗。”一个女人在电话另一头懒懒散散地答道。

“你周围就没有充电宝吗？我的车现在洗着呢，等我取了就去接你。”高家为挂了电话，匆匆朝小区旁边的洗车行走去。

洗车行里，高家为的车子正在做最后的内部清理。副驾驶座下面的 GPS 跟踪器在吸尘器的巨大吸力下露出了头。

“老板，你东西掉了。”

高家为从小工手里接过这个亮着红灯的小玩意儿，疑惑地问：“哪儿来的？”

“副驾驶座底下。”

高家为的心紧了一下，虽然还不确定这是什么，但必然是有人刻意安在这里的。经常坐他副驾驶的，方糖，晓欧？还是？……高家为有点不敢往下想了。

朝阳大悦城二楼的一家书店门口人头攒动，齐妙的签售会正在这里举行。虽然没能搭上《相亲大会》的车，但齐妙的读者群还在，现场的气氛十分热闹。

大雨和往常一样，坐在角落里等候。她刚和方糖约了晚上一起吃饭：“六点之后，我都行……”

可还没来得及发出去微信，忽然一个人影在她面前一闪，嘶吼着朝齐妙扑了过去：“杀人犯！你是个杀人犯！”

随着前排读者的一阵尖叫，齐妙被泼了一身臭墨汁。现场的保安和工作人员马上一窝蜂地围上去，加上不明情况慌不择路的读者，场面一下子陷入了混乱。此时，大雨已经敏捷地挤到了齐妙身边，发现肇事者就是女读者的父亲。她没想到会在这样的状况下与他碰面，赶紧上前手忙脚乱地拦住他说：“冷静点，你听我说，你先冷静点！”

女读者的父亲已经认出了大雨，但此时愤怒已经冲昏了他的头脑，他谁都不相信了：“你们都是一伙的，你根本就没有帮我，你们把我女儿给毁了，骗子！”

大雨一下呆住了，幸亏两个保安快速地架起女读者的父亲，将他带离了现场。但匆匆离场的齐妙还是听到了这句话，敏锐地瞥了大雨一眼。

书店后的休息室里，齐妙流着眼泪，脸上写满委屈和恐惧。大雨站在她身边，拿着手机，选取中景、近景各个角度，不停地拍着照片。

“给我看看。”齐妙接过大雨的手机，脸上还带着泪，但表情马上恢复如常，她在众多照片中比对了一会儿，挑中一张对大雨说：“就它。不要修图，越丑越狼狈越好，微博、朋友圈全发。”

大雨掏出电脑，麻利地安排起来。齐妙这才用纸巾擦着眼泪和墨点，如平日一般冷静而快速地说：“告诉合作的营销号，注意舆论方向，主攻社会对女性的欺凌和不平等。假如我是一个男的，假如我是高家为，读者还敢不敢上来泼墨闹事？如果他真的占理，为什么不走法律途径，非要当众羞辱？按这个方向走。”

大雨一边噼里啪啦地敲打键盘，一边说道：“我让司机现在上来，车里还有一套备用的衣服。”

齐妙轻轻应了一声，她对着小镜子仔细擦拭着脸上的污渍，忽然冷不防地问：“刚才那个老头最后喊了句什么？什么一伙的，骗子，你能听得懂吗？”

“听不懂。”大雨的手指一刻未停，镇定地答道：“一个情绪失控的人，怎么会有逻辑？”

齐妙没再追问，只是从镜子里又悄悄瞥了一眼身旁的大雨。

午饭时，高家为接上方糖去了她父母家。自从方糖母亲生病，家里已经很久没这么热闹了。老太太出院后恢复得不错，现在已经可以自主活动了，见到女儿女婿，更加喜不自胜。

高家为早早买好了一大堆保健品，坐到岳母身边，挨个拿起盒子，介绍功效，还特别嘱咐说："你和我爸别省着，这可比去医院看病便宜多了，关键身体好，咱过得也舒服。"

方糖坐在一边，没怎么开口。她乐得让高家为在父母面前展现好女婿形象，一来可以让父母放心，二来也让高家为安心。一切都好像四平八稳了，方糖的计划才能顺利进行。

这时，厨房里传来父亲的喊声："先吃饭，先吃饭！"

温馨的家宴结束后，高家为把方糖叫到一个房间，给她看了几张工作室合同的照片。

"这是我之前让马晓欧顶名注册的一些工作室，目的就是避税。税务的事儿如果解决不好，公司利润减半不说，搞不好还会变成定时炸弹，而且公司的业务经营范围和以前不一样了，有超出范围的，就得找地方落脚。因为相关联的不能是直系亲属，我就找了她。这个姑娘比较简单，信得过。毕竟和钱有关，万一人不靠谱，全是后患。其实我早就应该一五一十地告诉你，这样你也不会往别处去想。"

"我现在也没往别的地方想。"方糖看着高家为说道。

"毕竟她是个女的，又有钱上的事情。以前我没想那么多，觉得也不是什么大事，但后来想想，是我考虑不周全。"

方糖笑了笑，故意说："怕我毒死你，所以赶快来坦白了？"

高家为没接这句玩笑，而是一脸诚恳地回答道：“你这话说的。两口子要是连这点信任都没有，日子还怎么过？”

方糖越来越明白名利在高家为心目中是多么重要了。为了保住婚姻，维持人设，他已经开始以退为进，主动交代一下不痛不痒的东西。看来，她也该进行下一步的动作了。

厨房里，正在收拾碗筷的老两口张望着紧闭的房门，小声嘀咕起来。

“你说他们是不是吵架了？”方糖的母亲担心地问道。

“你看见了？”老头反问一句。

“这还用看吗？刚才吃饭的时候，我提起要孩子的事儿，俩人也不搭茬儿。这会子又关在屋里不知道说什么呢……”

“停！”方糖的父亲做了个暂停的手势打断了老伴：“眼不见，心不烦。当着你的面吵起来再说。你快歇会儿去吧，再病倒了，更给孩子们添麻烦了。”

方母不甘心地朝房间又望了一眼，无奈地叹了口气。

回家的路上，方糖顺道去找了趟孙小美，说要拿点东西。临下车，她特意嘱咐高家为不用等她：“我俩不知道聊多久呢，你先回去吧。”

虽然都认识，但现在方糖一旦单独行动，高家为心里就忍不住打鼓。他开车掉头，往公司方向走。经过小美医院门口的时候，稍稍放慢了车速。窗外，只见方糖从孙小美手里接过了一袋子药品。

高家为心头一颤，猛踩油门逃命似的开回了公司。打开电脑，方糖的小说《妻子自保手册》点击量已经过了百万。留言区里，每一条留言都在痛骂出轨的丈夫。

“这样的男人就该让他付出代价！”

“我要是他老婆，就在饭里下药毒死他！”

“为这么个男人搭上自己，不值。要干掉他，再完美脱身，坐拥财产，才能笑到最后。”

“只想看出轨的男人怎么死，不要原谅他，谢谢。”

……

而最新章节的提示则与刚才医院门口的一幕如出一辙：“她从闺蜜那里拿到了她需要的东西：药能救人，也能杀人，全看怎么用。”

为了营造受害者气氛，齐妙推掉了后面的行程直接回家了，同时也给大雨放了假。忙碌惯了的大雨，虽然回了出租屋，但手里的工作却一刻没停下。正在这时，蒋宁突然来了。

“走吧，跟我出去一趟。”

“去哪儿啊？”

“一会儿你就知道了。”

车里放着轻快的音乐，路上也特别顺畅，很快便开到了香山公园门口。蒋宁停好车，对大雨说：“昨天体检，大夫让我多动动。你天天坐着，也有必要活动。就当陪我了。”

大雨的日程表里从来没有游玩的时间，她有些不高兴地说：“我今天有八百件事情，鸡毛蒜皮，你是不是应该提前和我商量一下？”

蒋宁没在意大雨的脸色，他一边下车一边说：“结婚八周年纪念日，你肯定记着。配合一下，假装惊喜吧。”

山脚下的空气格外新鲜，蒋宁深呼吸了一下，转头问车里的大雨："第一次约你来这儿，我还专门借了辆车。回去的路上还把一辆驴车给剐了，你还记得赔了多少钱吗？"

看着蒋宁的背影，大雨突然有种恍如隔世的感觉。自从小雨出事后，她的身份一直都是满怀怨恨的姐姐，是担起责任的女儿，她已经很久没做丈夫的妻子，没做大雨自己了。

顺着蜿蜒的山路，夫妻二人一路爬到了山顶。站在观景台上，眼前的一切都显得开阔而壮美。大雨望着湛蓝的天空，也深深地吸了口气，半天才呼出来，这里仿佛空气都是香甜的，舍不得吐掉。

看着眼前的美景，蒋宁自嘲地说："长这么大，我就来过一次香山。公司那些人都不信。"

"这有什么不信的，我连长城都没去过。"大雨随口说道。

"咱俩过得都太累了，这八年，我头发少了一半。以后多来爬爬山吧，再不来，咱们都老了。"

"啊？"大雨下意识地摸摸自己的脸，"我是不是变老了？"

"嗯。"蒋宁很认真地点点头。

"谢谢啊。"大雨放心地说了一句。

"我说你老了，还谢谢？"

"要是连你哪句话真的、哪句假的也听不出来，我也不是你老婆了。"

说完，两人相视一笑。蒋宁仿佛一下回到了十年前，内向的他爱上了直爽的大雨。当他正纠结不知如何告白的时候，大雨倒先开口问他了："你是不是喜欢我？"

小雨的死带走了两个人的命。蒋宁早已经明白，大雨和当初的小雨一样，已经徘徊在了生命的悬崖边。但大雨比小雨幸运，因为还有他。作为丈夫，蒋宁在心里一遍一遍地告诉自己，无论何时，绝不能松开大雨的手。

“我爸妈那边，多谢了。”见蒋宁沉默不语，大雨说出了藏在心里的感谢。

蒋宁笑了笑：“下次叫上他们，一起出来走走。吃点好吃的，周末的时候在附近转转，多想点高兴的事，别那么较劲了，行吗？”

说着蒋宁轻轻揽住了大雨的肩膀，大雨点了点头，身体却有些僵硬——中午出来得匆忙，没来得及吃药，她的右手已经开始微微颤抖。

从山上回来，看到希望的蒋宁提出今晚想住在大雨的出租屋。

“还有些合同要弄，我可能做完会比较晚，而且屋里也有点乱。”大雨站在车窗外不知该怎么拒绝。

“反正明天早晨我不用开会，不用赶时间。”蒋宁说着，启动了车子：“我先去一趟公司，回来之前，你可以收拾收拾。”

大雨如释重负地笑了笑，待车子离开，她立刻哆嗦着翻开包，可拿出药瓶却发现里面的药已经都吃完了。这时手机振动，刘佳发来微信：“六点整，我家楼下酒吧见。”

一见这消息，大雨立马忘记了和蒋宁的约定。已经五点多了，她赶紧打车赶往刘佳约定的地点。

刘佳不愧是整理师，连用手机拍下的证据，都一张一张，整整齐齐的。大雨边看边兴奋地说：“阴阳合同，偷逃漏税，这就是铁证。

今天得庆祝一下，喝一杯。”

然而刘佳却显得有些不安，她惴惴地问道：“你打算怎么弄？”

“当然是证据越多越好，子弹越多，她就死得越快。”说着，大雨一招手：“小妹，来点酒！”

就在这时，刘佳的手机屏幕亮了，齐妙来电。刘佳赶紧拿起电话，走到门口去接。片刻后，她回来告诉大雨：“她让我过去一趟，说有个东西找不着了。”

“不会出什么问题吧？”大雨问道。

“不会，东西都整理得很清楚，只不过她不习惯，找不到而已。”

大雨放下心，鼓励刘佳说：“那就好，赶紧去吧。别忘了，多找点有用的东西。”

刘佳看着大雨渴求的眼神，欲言又止，终究还是点点头打车离开了。

齐妙站在井然有序的柜子跟前，确实有一张中药方子她找不到了，但这并不是她额外付费非让刘佳来一趟的根本原因。在寻找这张方子的过程中，她发现摆放合同的位置也变了。

第一次和刘佳见面，齐妙就告诉她除非特别交代的东西不能动，其他东西刘佳可以全权安排位置。但当她看到合同被动了之后，直觉上又总觉得哪里不对劲。刘佳是大雨介绍来的，而大雨最近的状态又有些让人疑惑，尤其签售那天……

刘佳一进屋，很快在柜子里找到了齐妙要的方子。她客气地对齐妙说：“回头我把整理后的东西目录做个简单的表格发给您，这样找起来会方便。”

“要不是你，以前的不少东西我都忘了。”齐妙笑了笑，仿佛不经意间指了指衣柜最里面那扇门：“这个里面的东西，多少年都没动过了。我看你也收拾好了。”

“分门别类，也整理好了。”刘佳点点头。

“哦，你都整理出什么来了？”

刘佳上前打开柜门，指着收拾好的东西认真地说：“所有的都在这儿，是不是少了什么东西？”

“没有，我自己都不记得有什么。”说完这话，齐妙突然话锋一转：“不过我平时从来不请人进家里来，所以这儿的东西只有你见过。要是有些商业上的隐私，万一泄露出去，是吧？”

“这个您放心，保护客户隐私是我们最基本的职业要求。”刘佳努力抑制着内心的紧张，但同时也真切地感受到了齐妙的厉害之处。她必定是感觉到了什么，所以才来这招敲山震虎。刘佳回想着这几天的工作过程，很确信自己没有疏漏和把柄。难道是大雨露出了破绽？刘佳心神不宁地离开了齐妙家。

方糖在大雨的通讯录里找到了蒋宁的电话，和他一起把喝醉的大雨送回了她的出租屋。

其实方糖来到酒吧的时候，大雨就已经喝多了。可即便眼神迷离，说话都不利索了，一见到方糖，大雨问的还是她们的计划：“高家为给你看了他工作室的合同，账目呢？看了吗？他那些合同是怎么签的，你留底了吗？”

看着这样的大雨，方糖的心情异常复杂。她想复仇，想变着法地把高家为按在地上摩擦。可是，作为朋友，她实在不忍心看着大雨这样。即便大雨不是为了帮方糖，而是为了给妹妹报仇，她也不应该这样生活。屠龙少年，终成恶龙，这不是个好结局。

但大雨却无法走出来，坐在车上，她迷迷糊糊地念叨着："你们谁都不明白我，你们谁都不是我。我也不想这样啊，蒋宁，我也不想。但我必须这么做，我没有选择。那是我妹妹呀……"

方糖坐在后排，分明听到开车的蒋宁发出了一声叹息。大雨就这样一个人孤独地住在想复仇的心里。所有人都想拉她一把，可是谁都拉不住她。

怀着遗憾的心情回到家，方糖骤然发现家里变样了。高家为正在厨房做饭，听到她进来，便喊了一嗓子："菜马上出锅，就这么巧。你去洗个手就能吃了。"

"你收拾屋子了？"方糖警觉地问道。

"偶尔做个家务，还行吧？"高家为说着又进了厨房。

方糖不置可否，她换了衣服，顺便走进了书房——万幸，摄像头还在。她回头看了看已经摆满菜的餐桌，高家为的手机就放在上面。

这又是一顿追忆往昔的晚餐，从白面条到超市晚上的打折菜，还有最经典的那次半斤排骨。

"卖肉的师傅都傻了，有买半斤排骨的吗？"高家为惟妙惟肖地模仿着当年的情景，方糖也努力配合着自然的笑。两人动情地演绎着岁月静好，情意绵长，但眼神中却总跳动着小心翼翼。高家为留意着每句话后方糖的表情，方糖则悄悄关注着高家为解锁手机的手势。只需一次，餐桌旁的摄像头就能拍下这一幕，高家为的手机就没有秘密可言了。

“明天能不能帮我个忙？”吃完饭，高家为殷勤地凑过来对方糖说：“有家视频网站要过来谈合作，负责人是胖子。”

“哪个胖子？”方糖问道。

“一顿自助餐能吃七盘虾，原来在出版社跟你处得像闺蜜似的。”

方糖马上想到了一个名字：“李果啊？想起来了。那时候你刚出书，我天天去对接。她生了孩子就再没见过她了，去视频网站了？”

“是啊。”高家为答道，“她现在也不胖了，减肥减得你估计都认不出来了。明天我有个采访，跟她这个事的时间撞了。打电话的时候她主动问起你，我说把你的微信给她，她说为什么不见面啊？要不，明天你去叙叙旧，顺便谈谈这个合作？”

这个机会方糖当然想抓住，进入公司，总要有个合适的切入点。但她不想表现得太急切，高家为心里有鬼，很多事自然会更加小心。所以面对这个邀请，方糖试探着反问道：“你不怕我给你谈黄了？”

“以前我那些合作都是你谈的，要黄早黄了。”

“也行。”方糖顺着话把事情应了下来。然后她起身从柜子里拿出小美在医院给她的那瓶药——她知道，就是高家为在马路对面亲眼看到的那瓶——自然地递过去：“对了，这是我找小美开的维生素。你也是中年人了，该补就补点。外面卖的那些又贵又不中用，医院的最靠得住。我和你一起吃。”

说着，方糖打开瓶子吃了一颗。

高家为一愣，还是把药瓶放到了桌子上：“刚吃完面条太撑了，一会儿吃。”

方糖也没在意，又递给高家为一篇打印好的文章：“我新写的，用的是小说的名字。不是为了宣传我，就是觉得这个名字不错，用在你公众号的文章里，试试看？”

高家为飞快地浏览了一下分段标题，立刻兴奋起来：“这篇好！你这个名字也好，太行了……”

叮咚，又一条微信进来，打断了高家为的话。方糖没说话，端着面碗，起身朝厨房走去。只见高家为看了一次手机，又看了一次手机。整个晚上，他一直在刷脸解锁屏保。能拍到密码吗？方糖不禁有些担心。

好在有惊无险，拍摄成功了——就在方糖走进厨房刷碗的时候，高家为急于看稿，用密码打开了手机。

深夜，方糖坐在沙发上，仔细地检查着高家为的手机。和马晓欧的聊天记录是空白的，这显然是高家为刻意删除的。给他工作室顶名的下属，微信里不说一句话，简直是此地无银三百两。

可方糖不是捕风捉影的泼妇，虽然无奈，但没有就是没有。这其实也是意料之中的事情，高家为已经对方糖有所觉察了。就在这时，对话列表里的一个人引起了方糖的注意。这个人的名字是“中移动客户”，可头像却是个二次元少女。

方糖感觉不对劲，便点进了对话页面。果然客户只是幌子，这是高家为身边的人，和他非常熟悉。这人可以随意进出高家为的办公室，还会跟高家为要奶茶喝，甚至还直接夸奖高家为的衣服不错，看上去很帅。这些话显然不会出自一个男人之口，甚至都不会是马晓欧。语言可以透露一个人的气质，马晓欧虽然爱了不该爱的人，但她是个硬气的姑娘，没有这么娇嗲。

对话的末尾，对方发给高家为一个酒店定位，后面附了三个字：我已到。而高家为立刻回了一个字：好。方糖翻了翻 GPS 的历史痕迹，找到了酒店的名字。之后，她又点了一下二次元少女头像，发现“中移动客户”只是备注名，这个微信真正的名字叫“夏夏夏天”。在她的朋友圈里，方糖见到了她的自拍。

原来是她。方糖想起生日会那天，迎宾处负责签到的是高家为公司的两个姑娘，其中一个是马晓欧，而另一个就是微信里的“夏夏夏天”。

方糖将这些的聊天记录以及这个“夏夏夏天”的照片发到了自己的微信上，然后删除了发送记录。把高家为的手机放回原处后，方糖感到一阵悲凉的庆幸。高家为的蠢和坏又一次突破了她的想象，好在她提前知道了。方糖望向窗外，长夜漫漫，明知道不久后就会天亮，却仍然感到寒凉无边，也许该找个同路人了。

第二天，高家为格外忙碌。他先是安排手下推送昨晚方糖给他的那篇文章：“今天推送一篇重点文章，话题性非常强，凭我的经验，肯定能破十万加。一定要把细节提前备好，转发微博，找好营销号，多找几家，一定要炒起来！”

然后，他和随后赶来的方糖兵分两路。方糖对接视频网站，高家为则接受了北京电视台的采访。两边都进行得非常顺利，北京电视台的采访结束后，几个人走出会议室，刚好遇到送客归来的方糖。她今天打扮得端庄漂亮，整个人神采飞扬，浑身散发着自信的光芒。这样的状态，连高家为都禁不住在心中暗自赞叹。他走过去小声问道："那边都谈完了？"

"人刚走，我替你送过了。谈得挺好。"方糖自然地答道。

见身旁的人投来好奇的目光，高家为立刻介绍起来："这是北京电视台的齐老师和杨总，摄影吕老师。这是我太太。"

制片人显然被方糖的气场吸引住了，主动问起来："高太太在公司负责什么业务？"

"我就是临时帮忙。"方糖笑着答道。

但制片人显然不打算就此结束："高老师，您看，难得正好碰上，高太太方便一起再聊聊吗？"

不等高家为开口，方糖抢先说了一句："高老师要是没意见，我也没意见。"

高家为不能有意见了，他转身把几个人又领回了会议室。

从摄像机看，方糖格外上镜。不仅如此，她的语气语速都控制得恰到好处，丝毫看不出是第一次接受采访的样子。高家为坐在一旁，不禁对妻子刮目相看。原来方糖的能量不仅仅是趴在电脑前给他改改稿子，台前幕后，没有她胜任不了的工作。

在听取了方糖的一番"先有感情，再谈方法"的基本阐述后，主持人问道："最了解先生的莫过于他的妻子。高老师素来以尊重女性著称，您作为他的太太，婚姻生活是不是特别幸福？”

“婚姻是两个人的事，不是只靠一个人就可以，幸福是种相互关系。”

“您刚才说的是高先生昨天公众号头条文章的观点。你们不谋而合，我怎么觉得那篇文章像是您写的？”

方糖瞟了一眼身旁的高家为，不置可否地答道：“我就当作这是对我的夸奖吧。”

高家为不能插话解释，但方糖的这个表态显然对他没什么好处。正在这时，高家为的手机振动了起来。他低头一看，是晓欧的号码，想都没想便立刻挂断了。但没过几秒钟，一条微信发了过来，高家为飞快地瞟了一眼那行文字，立即像被闪电击中一般：“你老婆知道我们的事了。”

送走电视台的人，方糖拎包起身准备离开。高家为强压着内心的崩溃，却怎么也看不出方糖有什么异样。有一瞬间，他甚至都怀疑是晓欧在诈他。可这么做对她有什么好处呢？逼他跟方糖摊牌？不至于吧。

“没别的事儿我先走了？”方糖拎起包向高家为问道。

高家为慌忙挤出一丝笑容：“辛苦你了，你这么能干，以后怕是每天都有事了。”

方糖留了个笑脸转身进了电梯。她知道，高家为慌了，所以故意什么都不说。什么都不说，就是一片任由你想象的空白。炸弹的引线已经拉开，具体怎么个死法，就要看人往哪边跑了。

大雨感觉情势不妙。头天刘佳被叫走之后，齐妙给她打了六个电话。等她酒醒后回过去，齐妙却没接，这是她第一次不接大雨的电话。而今天上午的一次会议，大雨则被排除在外。一些行程上的变化，也没有通过她安排，而是让裴姐直接调整安排了。虽然只隔了一晚，但大雨仿佛一下子被推到了外围。齐妙在自己和她之间，悄然竖起了一道屏障。刘佳那边难道出了什么岔子？

大雨一时无从判断，但后来和齐妙出门的时候，她们又在电梯里巧遇了方糖。听着齐妙和方糖话里有话地寒暄，大雨感觉方糖的进展应该比较顺利。既然如此，那就先扳倒高家为吧。拔出萝卜带出泥，齐妙早晚也要付出代价。

大雨跟在齐妙身后，悄悄给方糖发了一条微信："高名下还有两家公司和两个工作室，用以走账避税，均已查明。偷税漏税证据已掌握。等你做完财产保护，很快就可让他净身出户。"

高家为本想开车到一个比较偏远的地方，但坐在身边的晓欧像一根针，时刻提醒着他那个令人五雷轰顶的噩耗。所以没开出多远，他就在一处可以临时停车的路边踩下了刹车。

"方糖知道什么了？她怎么知道的？你们最近又在微信上聊什么了？"高家为迫不及待地问出了一连串问题。

晓欧两眼放空，缓缓说道："该知道的，她可能都知道了。她上午来找过我。"

"说什么了？你怎么早不告诉我？"高家为虽然努力压制着情绪，但语气中还是难掩责备。

晓欧一口气顶到了嗓子眼："我已经第一时间告诉你了。她突然找我，我也没想到，而且你怎么不问问我怎么样？你不关心我面对的是什么吗？"

一旦开始争吵，高家为也装不出好脸色了，他不耐烦地答道："好好好，她跟你说什么了？要你面对什么？"

"她知道我和你在一起的事了。"晓欧深呼吸了一下，尽量平静地说："她告诉我，如果你们现在离婚，婚内出轨，你就是过错方，法律会让你净身出户，一无所有。"

高家为呆若木鸡，他的命门已经被妻子死死攥在手里，怪不得方糖看上去那么气定神闲，而他只是个无知的小丑，早已失去了选择的权利。

此时，晓欧握住了高家为的手："我想过了。哪怕你净身出户，哪怕你身败名裂，一无所有，我也愿意跟着你。我们可以从头开始。你愿意吗？"

高家为慢慢闭上了眼睛，他抽回了自己的手，心力交瘁地撑住行将爆炸的脑袋，疲惫地说："你让我安静一会儿，好吧。"

晓欧在心中默默读秒，她足足等了十秒钟，高家为却依然没有回答她的意思。晓欧再无半分留恋，她推开车门头也不回地走了下去。

身后仿佛传来了高家为的喊声，但很快便什么都没有了。晓欧一口气走到路口，还是不争气地回头看去。他会开车追过来吧，哪怕体面地说句再见呢？可晓欧的身后，没有一辆车。高家为已经消失得无影无踪了。

公司上下，一片兴奋和忙碌的气氛。给高家为打完报喜的电话，珠珠都有点坐不住了，恨不得马上把这些大爆的数据汇报上去。没过十几分钟，高家为就兴冲冲地回来了，珠珠跑上去，端着电脑，语速飞快地说："文章的点击量已经过了百万，转发和评论都在飞速扩散，所有的数据都已经创下了我们这个公众号的纪录。而且到现在，数据还是一直在涨，上升的势头没有停——"

此时的高家为早已把晓欧抛到了脑后，他像打了鸡血似的对众人说："市场部、宣传部、运营组，马上到会议室开会。一鼓作气，趁热打铁！"

沸腾的忙碌一天，高家为却没有加班到太晚。他安排好工作，先一步离开公司，到花店买了大大的一捧花。站在家门口，他长长地呼出一口气。此时他已经下定决心，无论如何都不能离婚，不能失去方糖。他奋力打拼下来的一切，早已经和方糖深度绑定。他不会为了一朵野花而失去一片森林。

钥匙转动，门开了。高家为打开灯，站在空荡荡的客厅里，轻轻喊了两声方糖的名字，没有回音。

他又掏出手机拨打了方糖的电话，很快对面传来了"暂时无法接通"的提示音。高家为把花放在桌子上，有些失落，亦有些恐惧。

方糖坐在一家日料店的包间里，静静地等待着。虽然已经过了约定的时间，但她有把握，对方一定会来。良久过后，包间的门拉开了，一顶熟悉的渔夫帽出现在方糖眼前。上次见到这顶帽子，还是在小区物业的监控视频里……

第 十 章

晓欧坐在沙发上，在微信中反复划着高家为和方糖的聊天记录。虽然是夫妻，但这两个人却站在两端，朝着相反的方向奋力拉扯她。倒向方糖，她毕竟是自己的情敌。但倒向高家为，头一天和方糖在咖啡馆里见面的场景却越发让她不寒而栗。

那天，方糖似乎早已做好了万全的准备，没有任何兜兜转转，晓欧一坐定，她便开门见山地说："你和高家为的事儿我都知道了。"

一句话坦白的场面，晓欧在脑子里想象了无数次，但没想到方糖抢先做了。先下手为强，整场对话方糖都牢牢握着主动权，而且还爆出了晓欧意想不到的猛料——在这场婚姻的角力中，还隐藏着第四个人。

看完方糖手机里夏天和高家为的聊天记录，晓欧震惊得无言以对。也就是在这时，方糖向她抛出了筹码："你只是高家为不断喜新厌旧过程中的其中一个。这句话可能很难听，但它是事实。所以，就算我和他离婚，他会和你结婚吗？就算没有别人，在你和他现在拥有的这些财产、地位面前，你以为，他会选你吗？如果高家为现在提出和我离婚，我不会死拉着不放手。所以，我，不是阻碍你们的原因。

你可以去问问他，看他肯不肯离婚，净身出户，抛弃一切和你在一起。赌一把，敢吗？”

“我怎么知道这不是一个圈套？”晓欧的顾虑也是她心里对高家为的最后一丝念想。她带着这点念想去见了高家为，但结果却是他扬长而去。

晓欧心痛地闭上了眼睛，她按灭了手机，走向了天平的一端。

一见晓欧走进包间，方糖马上给她倒了一杯热茶：“越是热的时候，越解渴的其实是热茶。别着急，咱们慢慢来。”

晓欧摘下头上的渔夫帽，紧紧攥住茶杯，失望地说：“你和我说过的话，我告诉他了。他说的话，和你猜得一模一样。”

方糖喝了口茶，轻轻说道：“现在你相信了，阻碍你们在一起的人，不是我，是他。”

晓欧没理由不相信，可还是不甘心地反问道：“你明知道他出轨，为什么不和他离婚？为了他的钱吗？”

“我是他的合法妻子，那是我们的钱。”方糖马上纠正了这个说法：“离不离，是我的权利，被动的是你。”

这句话让晓欧失去了最后的立足之地：“所以，你今天来是看我笑话的？展示你的胜利？”

但方糖没有落井下石，反而伸手拉了她一把：“你觉得这里有人是胜利者吗？你还是不了解他。不离婚，不是因为爱我，是因为他最爱的是自己。”

“你找我，想干什么？”晓欧有些疑惑了。

方糖脸色一沉，十分严肃地说：“我们两个都是受害者。只有他，来去自由，毫无损失。这样不对。每个人，都应该为自己的行为付出代价。”

“你想做什么？”一股强大的力量把晓欧紧紧地钳住了。

已经过了下班时间，齐妙坐在一间闲置的办公室里，聚精会神地看着电脑。屏幕的画面上，正实时直播着她办公室里的情景——刘佳正在有条不紊地整理。如果刘佳是大雨的探子，那办公室里随处可见的文件资料，她一定会想办法留存。

然而出乎齐妙的意料，刘佳没有打开任何一个抽屉、柜子，甚至齐妙故意留在桌上的文件。她按部就班地快速整理好了办公室，然后便坐在远离办公桌的椅子上，静静地等齐妙回来验收。

难道自己的直觉是错的？齐妙心中划过一丝疑虑。不过，这些情绪在她脸上没有半分泄露。她端着提前订好的咖啡，假装刚从外面吃饭回来，推门走进办公室。在递给刘佳一杯咖啡的同时，不禁赞叹道：“我真的是被你惯坏了！以前家里和公司，哪儿哪儿都乱七八糟。之前家里变了样，所以办公室我也忍不了了。现在让你加班这么一收拾，我怕以后再也见不得纷乱的环境了，而且你做得比我想得还要快，辛苦了。”

刘佳接过咖啡，客气地说了句谢谢，却站在原地没有要走的意思。齐妙见状马上接着说：“我在 APP 上叫的你的服务，费用已经在上面付过了，包括红包。”

“我不是这个意思。”刘佳抢着接了一句，但很快又犹豫起来，思量了几秒钟，她才开口说，“我有个事，一直想说，一直不敢。”

齐妙明白，很多选择都是一瞬间，刘佳的一丝动摇说不定就是她接近真相的机会。她投给刘佳一个鼓励的眼神，伸手扶住她的肩膀，说：“一天不敢，就永远不敢。告诉我。”

刘佳的脸微微红了一下，她低下头，声音越发低沉：“我男朋友，他总是嫌我不够好。不管我怎么做，他都不满意。而且，最近我发现，他出轨了。”

这并不是齐妙期待的那个坏消息，她一时间竟有些迷惑，说不清心里是失望还是高兴。见齐妙愣住没说话，刘佳的情绪似乎更急迫了：“妙姐，我看过你写的三本书，你说过，只要我们做得足够好，足够温柔，听话，懂事，男人就不会走。我觉得我都做了，为什么他还是会出轨，还不满意？”

后面的话术，齐妙轻车熟路。她领着刘佳坐下，像看到一个研究课题似的，一步步引导她诉说起来。而就在这个过程中，一个全新的点子在她脑子里冒了出来。

送走刘佳，齐妙马上召集了包括裴姐在内的三四名主管开了一个线上会议，提出了自己的新计划：“我今天想到一项新业务，为女性提供情感私人服务。这是一片新的市场，一片谁都没有开垦过的土壤。有一个女孩刚从这儿离开，她在情感上的苦恼和问题是，男朋友公开出轨，但女孩还是不愿意分手。”

“那我们提供的服务是？分手还是不分手？”裴姐有些迷惑地问道。

“都可以！所以这才叫私人服务。因势利导，分手还是不分手不重要，重要的是让她们觉得需要我们的意见、指引和帮助。相信我，会有无数女性愿意为这项服务付费，甚至是高额的费用。我们还可以教单身的女性怎么找男朋友，要离婚的夫妻妻子如何留住丈夫、让丈夫不离婚。高端客服一对一，马上做线上咨询计划的准备，我要在一个月之内推出内测版，裴姐？”齐妙越说越兴奋，《相亲大会》失利后，这是她第一次表现得这么激动。

但电脑另一端的裴姐却有些犹豫：“一个月？我明天和大雨先做个计划表。”

“不用通知她。”齐妙马上否决了裴姐的计划：“这件事情知道的人越少，效率越高。两天后，出第一稿方案给我。”

面对齐妙的突发奇想，裴姐的节奏明显有点跟不上了：“两天？这……”

齐妙根本没给她留下找理由的空间：“看到今天高家为公众号那篇文章的点击量了吗？和时间赛跑，再不抓紧，不开辟出新的热点，这一步拉开，就再也追不上别人了。”

齐妙这招快刀斩乱麻，不仅可以抢先高家为一步，也能迅速把大雨排除在公司核心之外。只不过她并不知道，刚刚刘佳倾诉的那些曲折的恋情，都是发生在韩潮和小雨之间的故事。

和方糖预想的一样，她的晚归让高家为感到了不安。一进门，高家为就迎了上去，紧张又混杂着一丝兴奋。方糖假装没看见桌子上的花，直接去洗澡了。刚见完晓欧，马上就要在高家为面前表演夫妻和睦，这对方糖来说有点强人所难。冲个澡二十来分钟，等她出来，孙小美那边的微博评论已经安排完了。

果不其然，方糖从卫生间出来，高家为的手机刚好响起。时刻都想自证清白的高家为还在下意识地对方糖举了下手机："我助理。"

但很快他就顾不上这些了，电话很快被挂断，助理珠珠在微信上发来了一张图片，高家为的微博下面，一个刚注册的小号评论道："谎话说一千次，也不会变成真的。小心人设崩塌的那天。"

"这谁弄的？"高家为脱口而出，他一边在手机上打开微博删评论，一边气急败坏地说道，"新注册的号，没有任何信息，明显是小号。这是看你写的那篇文章爆了，眼都气红了。"

"《妻子自保手册》？"方糖的问话带着一丝不经意，但她其实很想知道这篇文章的数据。从创意观点到行文编辑，这是她第一次完全独立完成一篇文章，她想探探读者的底。

"公众号有史以来最好的数据记录。"高家为随口说了出来，他现在没时间揣测方糖的用意，找到藏在背后的人才是当务之急。

首当其冲的怀疑对象便是马晓欧，她是最有动机做这件事的人。可是高家为毕竟还没和方糖捅破那层窗户纸，现在突然说出来，他还没做好准备。剩下的，还能有谁？

"是齐妙。十有八九。你觉得是不是她？"这是除了晓欧，高家为唯一能想到的人了，同行是冤家，她的动机也可以成立。

但方糖对这件事好像不感兴趣，她看着电视有一搭没一搭地回道："有可能吧。"

高家为像抓住救生圈一样抓住了这句话："肯定是她！她从我这儿刚挖走了两个人！这个女人一向嫉妒心强。不行，她说，我也得说。”

“说什么？”齐妙的情况引起了方糖的兴趣。

“他们两口子，早就过不到一块去了，还天天在外头演。她污蔑我，但我没有污蔑她，我说事实。”高家为一边说一边给助理珠珠发微信，安排爆齐妙的料。

这两人撕起来，怕是要扯出多少见不得人的事了。方糖暗自庆幸着，一边朝卧室走，一边说：“那你可注意点，别让人知道是你说的。”

齐妙怎么可能不知道，第二天一上班，她直接闯进了高家为的办公室。高家为支走了正在汇报行程的珠珠，关上办公室门，佯装不知地问：“什么事儿？”

齐妙也没打算遮遮掩掩：“男人还是要有点担当。说我婚姻出问题的源头，不是你这里吗？”

“我不知道啊？什么出问题？我今天到现在都没顾上刷微博，你应该看见了，采访的刚走，后面还有两拨，我……”

“高家为！”齐妙一脸嫌恶地打断了他的话：“现在只有我一个观众，你就别演了。你微博上的负面评论，我们也监测到了。你以为是我发的吗？高家为，用你的脑子想想，现在把你弄倒，对我有什么好处？我连自己的事都顾不过来，还有工夫给你捅刀子？遇着事情，先试试换位思考。两败俱伤对我们有好处吗？高总，别中了计，亲者痛，仇者快。”

虽然嘴上没认，但高家为已经心虚得无从辩驳了。齐妙尽管气势汹汹，但她的话却不无道理。高家为正琢磨如何应答，电话忽然响起来。他看了一眼，没挂也没接。

齐妙知道分寸，她立刻起身准备离开，临走前又干脆利索地说："我就是来告诉你，你的事和我没有半毛钱关系，我这边你也不要再乱搞了。自家房子都快烧塌了，还跑去别人那儿扔砖头，你可真行！"

虽是抱怨，但齐妙最终还是和高家为又回到了统一战线。现在的情况，合则两利，为了利益，这点小亏齐妙轻轻松松就能吃下。

方糖独自一人坐在咖啡厅里，落地玻璃窗外，大雨的身影渐渐远去。本来她们见面是要沟通高家为财务方面的事，却落得不欢而散，因为方糖告诉大雨，她去见了马晓欧，并且想与之联手。

"你是不是疯了！"大雨无论如何也理解不了方糖的做法，在她的观念中，马晓欧是家庭的破坏者，她只能是方糖的对手，而不是帮手。高家为是浑蛋无疑，但马晓欧也绝不清白。甚至连方糖的冷静，大雨也不能接受："你是在说自己的婚姻，自己的丈夫吗？"

这个质疑戳中了方糖，她好不容易从痛苦的泥潭中爬出来，却被指责像个冷血动物。她毕竟不是齐妙，一个没忍住，朝大雨的心上扎了一刀："你不要把自己的情绪带到我的婚姻里。"

其实话一出口，方糖就后悔了。然而，覆水难收，情绪失控的大雨丢下一句话便起身离开了："从现在起，你的事我不管了，你也不要管我的。"

方糖静静地喝着咖啡，她不想伤害大雨，但对于自己的做法却没有丝毫动摇。她不是一时冲动才走到这一步的，一路上每个转折、每个节点，她都精确地测算过，而且事情也正朝着她所预想的方向发展。

比如此时，高家为已经把微博下面的负面评论删得干干净净了，但很快就会又有小号冒出来，继续刷些负面评论。数量节奏，方糖掌握得很恰当。

“高家为老师文章写得真不错，怪不得骗起小姑娘来也是一套套的。”高家为皱着眉头快速删除了微博下面的一条最新评论。这些负面评论三五不时出现，肯定不是水军所为，更像是一个负气的幽灵。

高家为想了想，拿起手机给晓欧发了一条微信：“你有什么想法，可以聊，但别把事情弄大。不要乱发什么东西，别到时候覆水难收。”

此时，珠珠轻敲房门，带着一位高挑的职业女性走进来。高家为立刻起身相迎，这些时日他所有的辗转反侧、左右为难，都与此人有关。

女人带着一张克制的笑脸，主动上前和高家为握手，并用极快的语速自我介绍道：“领航资本陈枫。”

高家为忙不迭地送出一番热情的寒暄，但还没等他打开电脑，陈枫已经开口了：“客套话就不说了。PPT 我也收到了，自己会看。今天来主要想当面听听您的想法。念稿就不必了，我只有十五分钟。您方不方便翻译成自己的话，越简单越好，告诉我公司下一步的大计划。”

高家为的精神立马紧绷起来，在如此苛刻的时间限制下的谈话，容错率几乎是零。他必须快速展示，同时又要字斟句酌。

十五分钟后，“考试”结束。高家为看着陈枫留下的计划书，反复回想着她临走时的总结陈词：“只要你不出负面消息，维持住你现在的形象，你的电梯就会一路扶摇直上。但是今天微博上好像出了一些不好的声音，声音不大，我们希望这些声音不会影响到贵公司的前途。希望你可以未雨绸缪，你明白我的意思吧？”

高家为看了看微博，在心中做了决断。他拨通了方糖的电话，十分郑重地说：“今天我准时下班，咱们晚上出去吃吧？我有事要对你说。”

关于齐妙离婚的传言，在网上持续流传发酵，已经有广告客户前来询问此事。但大雨在公司待了一整天，也没有收到齐妙的任何指示。已经过了下班时间，大雨敲开齐妙办公室的门，把一摞整理好的资料放在了她的桌子上。

虽然在加班，但齐妙却并没有坐在办公桌前忙碌。她站在窗前，眺望着华灯初上的夜色，背影看上去有些孤独和落寞。

“妙姐。”大雨轻轻喊了一声，“这些都弄完了，还有别的事儿吗？”

齐妙停顿了一下，转过身时已经收拾好情绪，如往常一般关切地对大雨说：“回家吧，都这么晚了。”

大雨点点头，转身正要离去，忽然身后传来齐妙的声音：“大雨。”

应声转过头，大雨第一次看到齐妙那种欲言又止的犹豫：“如果……算了，没事，走吧。”

信任一旦失去，便再难找回。大雨知道，她在齐妙心中的位置已经不存在了，哪怕齐妙自己有些不舍，但也绝不会回头。大雨没再多言，默默走出了办公室。

齐妙突然有些怅然若失，不仅仅是因为大雨，也因为她电脑里已经写好的《离婚声明》。但她没有在这种情绪中沉溺，调整了几秒钟，她握住鼠标，轻点左键，《离婚声明》顺着微博传向了四面八方。齐妙深呼吸了一下，然后便像平日下班一样，有条不紊地关闭电脑、收拾桌面。

还未等她走出公司，微信、电话便纷至沓来。齐妙把手机往包里一放，充耳不闻地大步朝外走去。

熟悉的西餐厅，桌上的菜品换成了高价的招牌菜。除此之外，变换的还有桌子旁食客的心境。高家为和方糖心照不宣地沉默着，这是一场预定好的坦白局，更是二人都要面对的一场考验，能不能到达个人向往的彼岸，全看今天的表现了。

方糖比自己想象的要平静，她看着高家为掏出两部手机，当着她的面都关了机，然后露出一副艰难痛苦的表情。她与高家为何去何从，马上就要揭晓答案。

“我和马晓欧，好过。”开口的时候，高家为还是把目光从方糖的眼前挪开了，“好几次都想说，话都到嘴边了，实在不知道该怎么说。我的错，没什么可说的。方糖，我的脑子可能是坏了。我每天都在后悔，都在琢磨这个事情，不知道怎么办，不知道怎么才能把这篇翻过去。就那一次，之后我就和她说了，我们要断，必须分开。她这个人的性格总是很执拗。这个事情闹到现在，我和她全都失控了。我不知道她为什么死也不放……”

听着高家为越发语无伦次的表达，方糖轻轻打断了他：“前两天，你还说，你们没有在一起。”

没有哭泣，没有质问，甚至没有抱怨，方糖冷静得有些凛冽，这让高家为更加慌张：“你这么想，方糖，要是我真的有什么想法，比如我如果真的想和她在一起，我直接跟你说了怕什么？对不对？我为什么遮遮掩掩，我为什么这些话一个字也说不出来，几次我都想好了，就是没法张嘴，我为什么？我就是怕你知道了，咱俩就完了。我不想完了你明白吗？”

“你知道我们见过了，对吗？”方糖答非所问，看着高家为点头，她带着一些轻蔑的笑容接着问：“你不想知道我是怎么知道的？”

“这不重要！”高家为马上表态，“我只是想让你知道，不管她跟你说了什么，也不管你是怎么想这个事，我跟她绝对会断得干干净净，这种事永远没有下一次。我从来没有想过和你分开，从来没有！你可以惩罚我，怎么罚都行，就是一定要原谅我。方糖，我真的再也不会了，我保证。”

“能断得干净吗？”方糖淡淡地问道。

“绝对干干净净！我会让她离职，然后永远不再和她联系！”

看着高家为急切的神情，方糖用一口水压住了内心泛起的波澜，她控制着力道微微叹了口气：“你车里的 GPS 是我装的。我见她之前就怀疑你了，女人的第六感都非常灵。我问过你，给过你机会，可你就是不承认。我想既然你不开口，那我就去听听她怎么说吧，而且我也想告诉她，婚姻不是她想的那么简单。我们结婚这么多年，很多事情都已经缠在了一起，离婚不是一件简单的事。”

“我真的，真的没想过离婚。”高家为尴尬地应和了一句。

和预想的一样，高家为的反应和方糖预想的完全一样。甩锅、表态、发誓，然后坚决不能离婚。他的表现极为卖力，甚至有点动情，但毫不新意。方糖定了定神，亦按照自己的计划继续讲了下去：“我跟她说，如果她非要和你在一起，对你的事业、形象、前途，打击都是毁灭性的。人生不是只有爱不爱这么简单，有很多东西都是要考虑的。但她就理解成，如果离婚，你就会失去你现在所有的财产，她说她觉得无所谓。唉，她还是太小了，根本不懂我的意思，也不懂离婚对你的影响。”

“是是是。”提到高家为最关注的点，他马上点头应和。

“我昨天不想说，是我心里也很乱。见她这件事，我也很痛苦，因为毕竟……”方糖的眼睛红了，这情绪是真的，也来得很适时，但方糖控制住了，没有泛滥开，她喝了口水，继续说道：“既然你今天跟我说了，那我也只要你一个回答，你打算怎么做？”

“彻底分手，绝不再见。”高家为语气异常坚决。

方糖沉默了一会儿，拿起刀叉说：“吃饭吧，点都点了，别浪费。”

高家为暗暗松了口气，从方糖的反应看，他应该是过关了。可就在他刚刚叉起一个圣女果还未来得及送进嘴里的时候，方糖突然又问了一句：“除了她，你还有过别人吗？”

圣女果因为叉子的微微抖动，滚落到了地上。高家为没管它，他看着方糖，极其坚定地回答：“没有！只有这一次！之前、之后，都没有！”

“吃饭吧。”方糖点点头，在心里告诉自己，她和高家为已经没有任何回头的可能了。

吃完饭回到家，方糖和高家为不约而同地放松下来——坦白局结束，他俩都累了。这时，高家为接到了梦寐以求的好消息——陈枫打电话来说，在领航资本的董事会上，高家为的公司以一票的微弱优势，拿到了投资。

“老天爷不负我啊。陪我喝一杯！”

春风得意马蹄疾，说的便是高家为现在的模样吧。方糖看着高家为的背影，不禁暗自感慨。

没一会儿，高家为拿着酒杯从厨房里走出来：“对了，还有个事，芒果 TV 有个栏目一直在约，也是个人物采访，但是说非要到家里来拍，要拍点平时的生活状态，我怕你不方便，一直也没答应。”

“你方便，我就方便。”方糖接过了高家为递过的红酒。然而不等两人碰杯，高家为接到了一个让他色变的电话。

“怎么了？”

“齐妙，离婚了。”

高家为有点沮丧，齐妙可是个时刻活在爆点金句里的女人，主动宣布离婚，这是抛出了一颗重磅炸弹啊！他好不容易做了篇百万级别的文章，瞬间就成了齐妙的炮灰。上午，齐妙离开他办公室时的电话是唐总打来的。话里话外，似乎《相亲大会》的事儿又有所缓和。可现在，恐怕电话已经打到齐妙的手机上了。

然而，第二天发生了一件事，让高家为更加措手不及。

马晓欧拿着那张落在她家抽屉的合同最后一页，明确提出了离职的补偿条件："工作室走的账我一直没管过，只按你要求签字，现在你说要注销，我也同意。但是，既然之前都是我签的字，我总归要搞清楚是怎么回事，免得出了问题我什么都不知道，所以我去查了一下账。这两年内，以工作室名义签约且到账的金额，六百万，确切地说，是六百零七万三千五百块。这个工作室以我的名义注册，用的是我的身份信息。从法律上说，这笔钱属于我。"

说这段话的时候，晓欧坐在一家茶社的包间里。钱数一出口，她清楚地看到高家为的身体立马僵直了。但晓欧没有就此停住，她喝了口茶继续说道："这个工作室只是你收入的一部分，你还有公司，还有其他很多黑色白色的收入。我不贪，我就只要本来就是我的这部分。零头不要了，就六百万。从你把这些钱转到我个人的账户上那一刻起，我就彻底消失，再不和你发生任何瓜葛。"

盯着晓欧看了半晌，高家为才意识到，晓欧刚才说的没有一句气话。她是在冷静而认真地威胁。高家为忙不迭地解释工作室、公司、走账的一系列问题，但却被晓欧冷冷地打断了："我不是税务机关，不用和我解释。我只要属于我的那部分钱。如果你舍不得，可以。只要你愿意净身出户，这笔钱我就不要了，都给你，包括我自己。"

"晓欧，你……"高家为甚至连招架的气力都没有了，他结巴了半天，一句完整的话也说不出来。

"两个星期，我替你算过，时间足够用了。"晓欧胸有成竹地发出了最后通牒："如果我拿不到这些钱，你在热搜上的排名，一定比齐妙高。"

“这么短的时间，我到哪儿去找那么多现金？”高家为已经急得头顶冒汗了。

“那你可能要后悔原来跟我说太多了，我知道你能找到。”晓欧喝完了杯子里的最后一口茶：“我等你消息。”说完，起身离去。

方糖家的楼道里传来一阵阵吵闹声，邻居小刘一边使劲拍打大门，一边骂骂咧咧地大喊大叫。丈夫没通知她就换了门锁，像处理垃圾一样把她扫地出门了。小刘一大早就闹上了，邻居们不堪其扰，把物业的电话快打爆了。但物业不是执法部门，除了劝阻，也没有太好的办法。

方糖向外看了一眼，对等候多时的芒果台女记者问道：“是不是太吵了？”

“没关系，这些我们后期可以处理。”女记者看了看时间，客气地询问道：“我刚才跟高老师通了电话，他说在路上了，很快就到。要不咱们这边先开始，这会儿光线好，拍出来效果也好，您觉得呢？”

“也好，你们专业，都听你们的。”

见方糖点头了，女记者马上示意摄影师开机，镜头略过，先拍了一些家里的日常场景。这时，高家为气喘吁吁地冲进家门。摄像机见状，马上把镜头转了过去。

“不好意思，我回来晚了。你们待会儿再拍，我先整理一下。”镜头前，高家为有些局促地说道。

但摄像机的控制权在女记者手里，她并没有停机的意思：“没事的，高老师，本来拍的就是日常生活。您就像平常一样就行。”

方糖站在一边观察着高家为的脸色。高家为刚刚的遭遇，她早已了如指掌。现在她要做的，就是给他焦虑的情绪再添一把火。

“书柜上那个购物袋哪去了？”方糖走入镜头，十分自然地问道。

高家为一愣：“哪个？”

“书柜上头只有一个袋子。我上次收拾的时候本来想扔了，你说它质量很好，留着能放东西。我记得很清楚，怎么找不到了？”

高家为心里很清楚方糖说的是什么，那个袋子是毛毛走丢的那天，晓欧在小区门口交给他的，里面装着他在各地新开的工作室和公司的手续。虽然里面的东西早已转移了，但此时方糖突然提起这个袋子，还是让高家为心里一颤。他一边往书房走，一边嘀咕着：“应该就在柜子里吧，就那一个袋子，能在哪儿啊……”

方糖跟着高家为的脚步走过去，仿佛漫不经心地问了一句：“你知道里头装的什么东西吗？”

已经走到书房门口的高家为骤然停下脚步，转向身后的方糖问道：“什么呀？”

这慌张也太明显了吧，方糖在心中暗暗冷笑。袋子里有多少单据，单据背后连着多少空壳公司，空壳公司又能孵出多少收入，这些数据晓欧已经共享给方糖了。坦白局也没见高家为这么紧张，真该叫马晓欧也来看看他这副嘴脸。

不过，方糖此时的目的并不是要当众拆穿高家为，以退为进，她要把自己展示出来。只见她上前一步，看着高家为说：“我怎么记得我打印出来的校对稿，就放在里头了。”

“稿子？你的还是我的？”高家为不明就里地问道。

方糖眼神一闪：“记错了。我把它们收抽屉里头了。”说着她先一步走进了书房，摄像机也马上跟了过去。没一会儿，方糖拿着一摞手稿走了出来：“这脑子。昨天才收起来，今天就忘了。”

“你要出书了？”高家为看着手稿封面上“作者方块七”的字样问道。镜头下，他只能有惊喜这一种表情。

“我有点儿不敢，出版社非要给出。”

“出版社挺有眼光的啊。我看看，排版了吗……”

方糖把手稿递给高家为，身体自然地靠在了他身边。镜头下的幸福夫妻，演出成功。

拍摄完毕，已是傍晚时分。高家为似乎还没从镜头中的情节中走出来，看着方糖在厨房中准备晚餐的身影，他走过去从背后抱住了她。

但方糖心里的开关已经随着记者的离去关闭了。她本能地推开了高家为，递给他一盘刚炒好的菜：“把这盘菜端出去，别在这儿腻歪，影响我做饭。”

待到晚餐齐备，方糖坐在桌旁的时候，高家为已经盛好汤摆在了她面前。“谢谢。”方糖随口一句，礼貌又冷淡。

“过日子还这么客气，多别扭。”高家为感受到了氛围的变化，尴尬地试图挽回一下。

但方糖并不想，她直接把话题引到了那件事上：“你今天去见她了吗？”

“谁？哦，见了。”突如其来的提问，让高家为有些措手不及，

“她同意辞职，要一笔离职金。然后……还要六百万，两个星期。要是给不了，她就站出来曝光。”

“六百万？你有这么多吗？”方糖的口气中，惊讶伴随着试探。

而一提到钱，高家为好像被烫了一下似的，激动地唠叨起来：“钱都在公司的账上，我到哪里去凑这么多现金？她就是疯了！她连公司和个人的钱都分不清楚，她都不知道会计和出纳有什么区别……”

和高家为的气急败坏相比，方糖冷静得像个会计。她立马放下筷子，给父母那边打了个电话，说要换房子，把家里的现金都借过来，借期一年，然后又对高家为说：“想想办法，我们一起凑吧。你的卡上还有多少钱？”

高家为被方糖的深明大义感动得快哭了，丝毫没意识到后面的问题是在套话。他平复了一下情绪，对方糖说：“我真的不知道该说句什么，现在，我手里最多三百万，缺口太大了，是个麻烦。”

方糖回想着之前高家为的几张银行卡，招商银行里有三百多万人民币，交通银行里有十几万美金、两百万的大额存单，以及四十万的基金——看来还是不够感动。她不动声色地重新拿起筷子，看着饭桌上的菜说道：“麻烦就像吃饭，总有吃完的时候，凑吧。”

高家为心里稍稍松了口气，方糖已经认可了他们之间的统一战线，那么这场危机应该很快就会过去了。

“齐妙离婚那是怎么回事？”方糖不经意间问了一句。

高家为巴不得转换话题，赶快接着说：“都没想到她会这么狠。我就是放个消息，也只是听说她和她老公关系不好。不知道她怎么突然就离了，还拿这个当梯子，搞宣传。这个女人，没有她做不出来的事儿啊。”

“大雨呢？也在帮她处理这些事吗？”方糖小心地探问了一句。上次因为马晓欧吵了一架，大雨已经不接她电话了。

“这几天碰见齐妙，好像身边没带着，不知道是不是忙别的去了。谁知道她们在搞什么。”说到齐妙，高家为又想起了另一件事，“知道今天谁给我打电话了吗？电视台的唐总。你说现在的人得多现实，之前嫌我热度不够，说换就换。看都不看一眼。现在又巴巴找过来，好像什么都没发生过一样。”

“你答应了吗？”

“急什么，谈好条件再说吧。”高家为似乎又回到了当初志得意满的状态。

按照要求，裴姐把私人情感咨询的第一版方案准时交到了齐妙手里。“从技术上看，这项业务是没问题的，但是时机——我的意思是，这两天推这个，会不会不合适？”

齐妙仔细地看完这份策划案，问道：“关于我离婚的事儿，这两天舆论情况怎么样？正面多还是负面多？”

“一半一半。”裴姐的回答言简意赅。

“新女性那个号的流量怎么样？”

“最近的热点也是您的离婚事件，比我们想象的还要热。”

“好！”齐妙兴奋地说，“双管齐下，不同意见的两个号都要做。现在越有争议越好，热度更高。要进行适时引导，不断抛出话题，这样才能一直待在热搜上。而且也可以很自然地联动到后续的咨询业务上，劝人维持婚姻有市场，劝分也有市场。”

侃侃而谈之间，齐妙说的仿佛是一件与自己毫不相干的事情。正在此时，手机响了，齐妙扫了一眼屏幕，意外地看到了唐总的名字。

还是昆仑饭店的弋酒廊，还是齐妙和唐总两个人，还是熟悉的谈笑风生，可是和上次见面相比，氛围已经来了个一百八十度的大转弯，赔笑添酒的人却变成了唐总。

齐妙逢场作戏地应付着。《相亲大会》她当然想上，可上次被一脚踢开的那口恶气她没法马上咽下去。所以，AA 结账，摔门走人，是无论如何也得让唐总这只老狐狸知道她的厉害。不过，齐妙仅仅走出了几十米就停下了脚步，唐总开出的条件太切中她的心思了：“你去征婚，肯定是 C 位。我把追光给你调高，全场绝对你最耀眼。”

犹豫了不到一秒，齐妙便转身往回走去，一边走还一边发了条语音微信：“唐总你先别走，等我一分钟，马上回去！”

两天后，高家为和方糖都收到了好消息。高家为这边，芒果台对试拍的节目效果非常满意，计划把高家为和方糖都签下来，一起参加一档夫妻综艺。两份合同，两份钱。

而方糖则接到了网站编辑的电话，有影视公司看中了她的小说，准备出价购买小说的影视版权。

“哪家影视公司啊？出多少钱？”高家为问道。

方糖端着一条刚烧好的鱼，走出厨房说：“还没到那一步。编辑的意思是，希望我和网站签约。”

“小心捆死你。先别答应，想好了再说。”高家为跟在方糖身后叮嘱道。

方糖停了一下，转头看着高家为说：“之前是没答应，但是最近你不是要用钱吗？压力那么大，我就同意了。多挣一点，你压力也小一点。”

方糖说完便开始张罗着吃饭，她知道，刚刚的话又收割了一波高家为的感动。晚饭后，她更新了《妻子自保手册》的最新章节：“在听到丈夫充满悔意的道歉后，她想起了他们恋爱时的甜蜜和美好。十几年的感情无法一夕被抹掉。她，终于原谅了丈大这次开的小差。”

再次来到晓欧家楼下的停车场，高家为带来了一百万现金。“取大额现金需要预约，我得分很多次取，用很多个账号。这是第一笔，后面的我会按时带过来。”

晓欧打开包看了一眼，没说一句话，拿着钱便准备下车。

“等等。”高家为说着拿出手机打开视频拍摄：“背包里有笔和纸，写个收条吧。”

晓欧重新关上车门，冷冷地说：“把手机关上。”

“我都不怕，你怕什么？我拍的是收条，是钱，不是你。”高家为的语气同样冰冷。从前的柔情蜜意如同眼下的这张白纸，脆弱而苍白，并且一文不值。

晓欧望了他一眼，找出纸笔，写好收条递了过去。高家为伸手去接，晓欧的手指却没有松开：“你得抓紧时间，如果你想让我快点离开北京的话。”

“好。”高家为拿到了收条，又多问了一句：“打算去哪儿？”

“成都。”

“成都不错，去了休息休息也好。走这么急，找到新公司了？”

“不着急。我就是不想和你再在一个城市，你不也希望这样吗？断得干干净净，好像从来没发生过。”晓欧微微停了一下，忽然提出了另一个要求：“你之前不是在成都买了套公寓吗？”

高家为慢慢转过头，惊讶地半晌才说：“你已经拿了几百万了，马晓欧。”

“那些钱是我过去两年的收入，应得的。当初买成都那套房子的时候你跟我说，那个公寓是买给我们两个的。你别害怕，我不要你的房子，但我现在没地方住。我想在那儿住两年，两年后还给你。”

“方糖知道那个房子。你去住，她会知道的。”

高家为几乎拿出了哀求的姿态，但晓欧却不为所动：“你和我在一起的时候，怎么不怕她知道？”

“你这样有意思吗？你要钱我在找啊，你又要房子，房子以后呢？你还要什么？”

看着高家为气急败坏的样子，晓欧轻蔑地一笑：“齐妙说过，男人就是头牛，不能把他们逼得太过了。逼急了，你也不会再在乎爆什么料。但是高总，你用工作室做假账，法律会很在意。你说呢？”

“你是在威胁我吗？”

“威胁是违法的。你可以去报警，现在就可以。”

晓欧说完，拎着钱下车了。高家为注视着她远去的背影，好像第一次认识这个女人。

第十一章

"方糖，方糖……"

高家为呼喊着从床上猛地坐起来，窗帘缝隙中透过一丝阳光，刚巧刺中他的眼睛。刚刚他做了一个梦，梦中的自己已然垂垂老矣，而方糖却依旧青春年少。她和爱人幸福地拉着手，越走越远，任凭高家为怎么呼唤，都没有任何回应。

床上空空荡荡的，方糖不知去向。高家为突然有种怅然若失的感觉，他浑浑噩噩地走进卫生间，拿起牙刷，忽然想起晓欧昨天问他的话："我只想知道，你到底是因为舍不得钱和地位不肯离婚，还是因为感情？"

感情、家庭、金钱、地位，高家为全部都想要。至于晓欧，六百万已经仁至义尽。他现在只求一切尽快结束，他的生活必须要重新回到正确的轨道上来。

此时，门外一阵传来钥匙声。高家为拿着牙刷冲了出去，见到方糖脱口问道："你去哪儿了？"

方糖举了举手里的袋子："牛奶喝腻了，想吃豆腐脑，你说的。"

高家为嗯了一声退回卫生间，他看着镜子中的自己，再一次坚定了刚才的想法。

大雨请了一天假，此时她端着一碗粥坐在母亲身边，耐心地说道："张嘴。来，趁热吃一口，妈。"

母亲怔怔地看着大雨，失去小女儿之后，她脸上常挂着一副痴痴的笑容，可今天这笑容却消失了。她甚至伸手轻轻抚摸了一下大雨的脸庞，忧虑地说道："你怎么不吃？你不吃也不喝，你天天都不睡觉，熬瘦了呀。"

大雨的眼圈红了，虽然是双胞胎，但因为妹妹小时候体弱多病，母亲把绝大部分关爱都给了小雨。仿佛她是姐姐，就天生可以料理好自己的一切。现在母亲终于想起这个只比小女儿大二十分钟的大女儿了，终于知道她也需要妈妈的爱和抚慰。

大雨把勺子又往母亲嘴边送了送，却听见母亲轻轻叹了口气："唉，你这孩子啊！你看看你姐姐，你学学她，好好过日子，好不好？"

大雨的手微微颤抖了一下，她慌忙把粥碗放下，快步走去了阳台。一切都没有变，母亲的心已经跟着小雨走了，她现在唯一能做的就是给小雨报仇。齐妙已经起了疑心，很多重要事务包括公司的新业务都绕开了她。好在重要证据都已经掌握，现在只差收拾韩潮。

不知为什么，老天爷似乎总在眷顾韩潮这个浑蛋。昨天晚上，大雨再次开车跟踪韩潮。他依旧开着小雨买的车，却又换了一个女朋友。看着韩潮和新女友在车里卿卿我我，有一瞬间大雨几乎要踩住油门，撞上去了。是蒋宁的电话拦住了她——母亲意外走失了。

万幸，小区附近好心的路人发现了神志不清的母亲，很快联系到了家里。也正是这个原因，大雨才请了假，留在母亲身边陪伴她。可她现在却迷惑了，这样的陪伴有什么意义，母亲的心里只有小雨，她能为母亲做的就是尽快收拾韩潮和齐妙，让他们为小雨的死付出代价。

大雨回头看了看，母亲一动不动地坐在床上，面带微笑地看着墙上小雨的照片。

“上电视征婚？她是不是疯了？你听谁说的？”公司早会上，听说了齐妙的最新动向后，高家为一脸不可思议。

芳姐看了看高家为越发难看的脸色，小心地答道：“运营部的小李和咱们前台说的，她们公司也都在说。”

又被齐妙抢先了一步！高家为的公众号文章火爆了，齐妙宣布离婚；《相亲大会》回头来找他，齐妙直接站台做女嘉宾；甚至连这个传消息的小李，上个月都还是高家为公司的员工，齐妙把薪资提高了三分之一，二话没说人就过去了。

高家为越想越心塞，丧气地向众人问道：“还有别的事吗？有就说。”

“现在有两家综艺要和您签约，做出席嘉宾。”项目部的小张汇报道：“合同条件都差不多了，唯独一个道德条款的要求，如果出现负面新闻，影响节目下架，要赔偿。”

“道德”“负面”，这些俨然都成了高家为的敏感词，他皱着眉头，愤愤地说：“霸王条款，不签。谁知道什么算负面新闻？我被人诬陷了算不算？我们不能承担这种莫名其妙的风险。”

“但是我们和芒果的综艺就是这么签的，同样的条款。”

高家为心里一紧，马上瞪着小张问道：“这个合同谁负责的？我怎么不知道？”

高家为的反应让众人都有些意外，听他这么问，便不约而同地望向了夏天。

“现在都这么签，合同我当时给您看过了呀。”夏天一边拿着手机发消息，一边抬头说道。

高家为没再说话——马晓欧那边还没完全摁住，绝对不能惹毛了夏天。可当着这么多员工，高家为也是真咽不下这口气。此时，芳姐恰好提到了公众号流量的情况，高家为一下逮到了这个出口，刚入职的编辑小卢成了他坏情绪的替罪羊。

“你们是刚毕业的学生吗？实习过吗？之前没找过工作没简历吗？写得烂没关系，东拼西凑，毫无新意也就算了，连个标题都起不好，那些文章署的是我的名字，不怕丢自己的脸没事是吧？这种笨傻呆蠢的标题会有人点进去看吗？从今天起，点击量和 KPI（关键绩效指标法）挂钩。不用十万加，五万。一个月内写不出一篇五万加的稿子，开门走人。”

高家为说完起身走出了会议室，众人也都跟着相继离席，只有新编辑卢忆帆一动不动地坐在椅子上，脸色红一阵白一阵。

《相亲大会》的录制现场，齐妙站在女嘉宾席上，对着台上的一位男嘉宾自信而感慨地说道：“我是中国最好的情感专家，没有之一。我曾经帮过很多人，但依然不能保证自己的婚姻可以完美到老，这就是现实。这个世界上没有任何一种简单易行适用于所有人的情感方法，我还年轻，我还在继续学习。之前出过的问题，只会让现在的我变得更好。”

无须任何引导，台下的观众便掀起了一片热烈的掌声。齐妙露出一个得体的微笑，不用再等任何人的答复，她知道这事儿已经成了。

录制结束，回到公司，齐妙在电梯门口遇到了正要出门的高家为。几番明争暗斗，高家为心中颇有些冤家路窄的感觉。倒是齐妙，似乎毫不介意，大大方方地招呼道："去哪呀，高老板？"

"出去有点事，你这是？"高家为假装什么也不知道地指了指齐妙胸前的女嘉宾号码牌。

齐妙笑了笑："征婚启事，自我推销。"

"哦。"高家为尴尬地一笑："记者们也是瞎写，其实我什么都没说……"

"瞒不住的事，还不如不瞒。"齐妙爽快地打断了他："三个热搜，一个新闻点，还有一串电视台的电话，多值呀。撒谎是天底下最累的事情了，这点你比我更明白。现代社会，离个婚很正常。倒是你，可能真的要慎重一些啦！"

高家为被这意有所指的话钉在了原地，而齐妙却已经走进电梯，按下了关门键。她现在没时间跟高家为斗嘴，节目录了大半天，现在公司肯定有一堆事等着她处理。只是她没想到，她刚进公司就来了一位不速之客。

"叫李佳颖出来！"韩潮气势汹汹地冲进来喊道："不是总缠着我

没完吗？不是非要害死我吗？出来，面对面地弄死我啊！”

齐妙的员工大多是女性，见韩潮这架势，谁也不敢上前阻拦，只有几个人拿起手机拍摄现场视频。此时，听闻消息的齐妙从办公室出来走到了韩潮面前。所有的员工都看向她，仿佛见到了定海神针一般。

韩潮闯进接待室转了一圈，出来刚好看见齐妙，他劈头盖脸地质问道：“李佳颖，人呢？”

“她不在公司，请假了。”齐妙镇定地回答。

韩潮露出一脸不屑的表情：“骗鬼去吧。你把她藏哪里了？”

齐妙毫不慌张地继续回答说：“她和你有什么私人恩怨，请你们私下解决。这儿是公司，不是法庭。”

“你是齐妙吧，我知道你。”韩潮轻蔑地一笑：“可你雇了个什么样的员工？你自己知道吗？”

“我对她很了解。这样，你和我到办公室去说吧。”

涉及大雨，齐妙其实格外敏感。她本想圈住韩潮，尽量把事态影响缩小。可没想到，满眼红血丝的韩潮已经彻底失去了耐心：“不用去什么办公室，我就在这儿说。你的员工李佳颖，长期对我进行跟踪、骚扰、纠缠。不管我在哪个公司，她都向公司人力部门不停地投诉、举报、造谣我，逼着公司把我开除，没完没了。她可以不睡觉不吃饭，我不行，我已经快让她整疯了！你根本不了解她，她心理有问题，她是个疯子！”

员工中已经开始有人窃窃私语，齐妙果断打断了韩潮，严肃地说道：“我没法确定你说的是真是假。如果有纠纷，该报警去报警。你要是再不走，我就报警了。”

说完，齐妙转身便往办公室走去。而此时，前台也叫来了两名大厦保安。他们迅速上手，架住韩潮往公司外面拖拽。韩潮岂肯轻易就范，他一边与保安撕扯，一边大喊道："你他妈了解个屁！你知不知道她为什么来这儿上班？她亲妹妹自杀了，都是因为你！她是为了报复你，搞垮你，就像搞垮我一样。你们都等着吧！"

韩潮被拖走了，但他说的话却在人们心头回荡。齐妙停了一下，在裴姐耳边小声说了句什么，然后一路走回了办公室。

裴姐迅速锁定了刚刚拍视频的三个员工，把他们三人拉到了一边，然后当众宣布："剩下所有人，放下手机，去会议室。"

十分钟后，三个员工在齐妙的注视下，逐一删除了刚刚拍摄的韩潮大闹公司的视频。随后，齐妙扫视了一圈，严肃而冷静地对众人说："刚才发生的事情，那个人说过的话，如果有任何一个人发了朋友圈，或者以任何形式透露出去，立即开除，且按照合同约定，向公司赔偿所有损失。这件事情到此为止，不管是真是假，该问的让别人去问，该说的让别人去说。如果你们不希望事件继续失控，不希望公司倒闭，不希望自己失业，就管好自己。"

所有人都感觉韩潮的话像一颗炸弹，可身处爆炸中心的齐妙却好像安然无恙，只有裴姐隐隐察觉了齐妙的情绪波动。"裴姐，给李佳颖打电话，叫她回来。"齐妙已经很久没称呼过大雨的本名了。

PUA、出轨、双胞胎、复仇……珠珠绘声绘色地讲述着刚刚发生在齐妙公司的一幕，把高家为听得目瞪口呆。果然像方糖说的，再好的编剧也写不过生活。可编剧的故事都是假的，生活却是真的。大雨就是身边活生生的人，那些血淋淋的生离死别，就发生在不远处。想到此，高家为的心情忽然沉重起来。

这时，前台敲门进来："高总，唐总到了。"

高家为马上起身相迎，唐总也不客气，冲他一挥手便直接坐在沙发上开聊："齐妙去我们那里当嘉宾了，你知道吧？"

"听说了。台上的嘉宾，征婚的。"高家为说着倒了杯茶递过去。

唐总喝了一口，清清嗓子接着说："节目效果比我想象的还要爆。完全是大热点，话题度贼高。我当时就在想，要是你在，更爆。"

高家为没有表现得过于殷勤，而是玩笑着说："我去当男嘉宾，和她牵手吗？"

唐总当然能读懂高家为的弦外之音，他也不兜圈子，直接说出了自己的计划："她在台上征婚，你在下面点评。你俩的观点火星撞地球，身份又不一样，多大的火花，嗯？"

"录个一两期，回头还不一定播。"

"心里要是没底，我也没脸来。这次要是再放鸽子，赔钱，这都可以签进合同里。"

高家为琢磨了片刻，看着唐总说："一个要求，我想说什么，得我自己定。"

"什么意思？"唐总小心地揣测着。

"情感观。怎么说呢？我的观点可能和以前不一样了。"高家为说着，脑子里又闪过了大雨的故事。

被叫回公司，大雨还不知道发生了什么。但当她的胸卡刷不开公司门禁，同事们看到她个个表情微妙的时候，大雨心中也隐隐有些不安。

齐妙神色如常，她坐在自己的办公室，如同每天安排工作一样宣布了对大雨的裁决："你手上的三份合同，两份走法务，一份走财务，把它们转给裴姐。和公众号有关的东西转给小白。其他的杂事就都不要管了。这个月的项目奖金照常，工资照常，报销照常。还有之前要付的分红，该给的我都会给，一分钱也不欠。你手里的股份，我会按市场价买回来。当然你也可以选择继续持有，如果你愿意。人力把离职协议已经拟好了，按模板，责任和义务五五开，没有任何一条霸王条款，你如果有异议单算。按照公司流程，门禁、邮箱、密钥、登录系统和审批流程已经失效了。工作邮件的转交比较麻烦，让网管去弄就好。还有个事情，网管会检查你的电脑，看看你从公司拷走过什么文件。行规、涉及公司商业内容的东西，如果泄露出去，是违法的。"

齐妙说完，用纸杯接了杯水，放到了大雨面前。从这一刻起，她们不再是上下级的关系，大雨已经成了这里的客人。

"你还有什么要求？如果没有，那就这样。我还有事要忙，让裴姐送你出去吧。"

但大雨却坐着没动，她看着眼前的纸杯，低声说道："你完全可以一分钱都不用付给我。对公司造成损失的赔偿，合同里有这项约定。"

"那是你该得的，和其他的两码事。我不管报复，我只管结果。"

"你为什么不问，我为什么要这么做？"

“没有意义，白白浪费大家的时间。”

大雨皱了皱眉，她带着刻骨的恨来到齐妙身边，却没想到遇上了最合拍的领导，获得了从未有过的信任和肯定。她无法漠视小雨的死，但也忘不掉与齐妙惺惺相惜的情谊。而齐妙此时的冷静，让她在愤恨与内疚的交错中，渐渐无法自持。

大雨心里对齐妙的感情是复杂的，既恨她，又有相处下来的情分，既生气又内疚，情绪不免有些微微的波动：“我在你身边工作这段时间，从没见你在任何事情上动过感情。你永远冷静、理智，不管别人夸你还是骂你，你都不在乎。你现在知道我骗了你，我一直都想搞垮你。你为什么不生气？”

“生气解决不了问题。一个都解决不了。只有不动感情，才不会被伤害。”

“对你而言，冷血动物是个褒义词。”

“不会被感情影响判断就是褒义词。”齐妙不禁提高了声调，在大雨的追问下，她也渐渐无法掩饰内心的失望：“不要站在什么道德的梯子上来审判我，你有资格吗？我之前不信任你吗？我对你不好吗？你又做了什么？”

“那是我亲妹妹。”大雨深吸一口气，望向齐妙：“我们是双胞胎，她和我长得一模一样。小时候我出过车祸，是她给我输了血，她救过我。她的事情，我也得管到底。”

说话间，大雨的眼中已经噙满了泪水。齐妙再无意争辩，她沉吟了片刻，望着窗外说：“就让法律的归法律，其他的归其他吧——我很抱歉。”

“你说得对。”大雨抹掉眼泪，起身准备离开，“法律的归法律，其他的归其他，该做的事情我还会接着做。”

“等等！”犹豫片刻，齐妙叫住了走到门口的大雨：“不管你怎么想，也不管你怎么看我，我只是想劝你一句，你能力挺强的，可以有很好的人生。不要把自己陷在过去。今天来公司的那个男的不是个讲道理的人，什么事可能都干得出来，你要小心。”

大雨的眼眶红了，她回头看了看齐妙，似乎有很多话想说，但片刻之后，她也只说出了一句“谢谢”，随后便离开了公司。

方糖没想到韩潮会大闹齐妙的公司，更没想到大雨暴露之后，第一时间约她见面。因为马晓欧的事儿，大雨已经好几天拒接方糖的电话了。

“你以后怎么办？”方糖忧心地问道。

“没关系，我们先说你的事。”大雨的冷静和齐妙如出一辙：“马晓欧注册的那个工作室，这几年的进账有六百万，数字对得上吗？”

“你先别管我的事了。”看着大雨憔悴的脸，方糖有些唏嘘地回答。

可大雨根本不理会她的答非所问，接着说道：“齐妙和高家为旗鼓相当，不管是名气还是公司规模都大同小异，以他们两个人做类比，广告、活动，所有的收入加起来，公司一年的利润大概有一千两百万。六百万的赎身费高家为拿得出来。只是他舍不得。”

尽管有些心不在焉，但大雨说出的数字还是惊到了方糖。她自嘲地说了句：“我还真不知道我们这么有钱。”

“这是个机会。”大雨坚决地说道，“马晓欧就是个饵，高家为到底有多少钱，你都能钓出来。他越不想让你知道，就越需要撒谎。他撒得谎越多，破绽就越多。”

“那你呢？现在什么打算？”

大雨拿出手机，给方糖看了刘佳发来的照片：“这是刘佳在齐妙家里发现的阴阳合同。”

“可是，你如果用这个做证据，会害了刘佳的。为了自己的目的牺牲别人，这样做和齐妙有什么区别？”方糖忍不住质问道。

但大雨不以为意：“你是来教育我的吗？时间不多了，如果还想完成你的计划，抓紧吧。”

大雨说完，喝了一口咖啡，起身离去。方糖没再说什么，但她分明看到大雨端起咖啡杯的手在微微颤抖。

已是傍晚时分，方糖出神地在咖啡馆坐了一会儿。她回想着大雨刚才说的话，掏出手机，打开了家里的监控视频。没想到，高家为已经到家了。只见他在客厅、书房里翻箱倒柜，翻出了很多文件，最后把这些都抱到了茶几上，一个个仔细翻看起来。随后，他拿起手机，打了个电话。方糖戴上耳机，努力听着里面的动静，高家为的声音断断续续地传来：“抓点紧……转移的事……越快越好……”

“你今天怎么回来得这么早？”一进门，方糖假装问道。

高家为没有敷衍，直接把话题跳到了大雨身上：“齐妙把大雨开了。”

“为什么？”方糖依旧假装不知。

“大雨的妹妹自杀了，其中有齐妙传播观点的原因。都说大雨是为了报复，为了搞垮齐妙，职场无间道，你能想到吗？这是大雨那个双胞胎妹妹的前男友说的。”

方糖换下外套，去卫生间洗手，而高家为就一路跟在她身后，急切地表达着自己的想法：“我真没想到平时写的这些文章、说的话，能给一个女孩带来这么大的影响。怎么说呢，虽然她自杀不完全是齐妙的原因，但她那些宣扬女德的话，就是一把能杀人的刀子。”

“刀子？”高家为把话说得这么重，方糖有些意外。

高家为叹了口气，颓然地说：“一天了，我一直在想，我是不是也和齐妙一样？只管炒话题、找关注、吸流量，路越走越偏，刀子已经架到了别人的脖子上，自己都不知道。”

透过镜子看着高家为严肃的表情，方糖转过身，轻轻地说：“放下刀子，还来得及。”

高家为有些茫然地说：“我之前什么都没想过，隔着电脑和手机，和那些看文章的人，永远都见不了面。不能再往前走了，我得停下来，好好想想，以后到底该怎么做。”

这天晚上，高家为似乎真的陷入了反思。他甚至拒绝了方糖为他准备的《相亲大会》台本。“这次我自己来吧，我有想说的话。”

这些举动让方糖备感意外，后来和小美见面时，她有些困惑地说：“大雨说的那些勾当，他确实在做。可这些自省，我觉得也不像是假的。”

“这算什么，洗心革面吗？”小美警惕地问道。

“注意言行，一心向善，总是好的。”

“他最不应该毁的不是你的人生吗？他要是真想明白了，应该第一个向你道歉。”

看着小美关切的目光，方糖坚定地说：“我的人生是我自己的，他毁不了。”

齐妙的家里比从前更干净，也更安静了。虽然大康搬走时只带走了很少东西，但少了这些，屋子仿佛一下空了一大半。

齐妙把高跟鞋甩到一边，光着脚走到冰箱跟前。拉开门，只见里面塞得整整齐齐，满满当当。冷冻室的抽屉里装满了饺子，是大康临走时专门留下的。每一个分装袋上都贴着纸条，写明了饺子是什么馅儿。

齐妙落寞地坐在餐桌旁，想起签离婚协议那天，她和大康也是坐在这里。当时她直截了当地告诉大康，自己会拿离婚这件事做点文章，到时候可能会说一些话，让他别往心里去，都是工作需要。但大康对此并不在意，他只是问，这些事对齐妙会不会有什么不好的影响。

分别的时候，齐妙对大康说了句“辛苦你了”。果然，一个人包了一冰箱饺子，确实辛苦了。

再次坐上《相亲大会》评论嘉宾的位置，高家为的眼神坚定从容。齐妙和其他女嘉宾一起走上台，远远看向高家为。位置、身份都有了变化，但两人之间的碰撞却没有改变，只不过这次观点交锋获胜的是高家为。

辩论发生在一位男嘉宾上场之后，因为表现得控制欲较强，场上的女嘉宾纷纷灭灯。只有齐妙留下了灯，还对男嘉宾的观点大加赞扬："我很欣赏这位男嘉宾。在两性关系中，女的感性，男的理性，这是先天的差异。为什么有个成语叫夫唱妇随？一个人拿主意，一个人跟随。这样的关系，远比两个人整天吵吵闹闹，要好得多。"

之前男嘉宾发言时，高家为还是委婉地解读。可是，当齐妙再次抛出这种精心打扮的女德言论时，高家为直言不讳地反驳道："那去找个员工不是更听话吗，为什么要找伴侣呢？就算是员工，不高兴也会辞职，更别说女朋友。恋爱、结婚，在爱之外，我们追求的都是一种平等的关系，而不是依附。依附的关系是不健康的。"

高家为只说了几句话，场上便呈现出火花四溅的气氛，台下角落里的唐总不禁坐直了身子，好戏要开始了。齐妙当然不甘示弱："你也说了，在爱之外。但爱本身就是不平等的。谁爱谁多一点，难道是能计算能控制的吗？爱情一开始就已经不平等了，那是不是每一段爱情都是不健康的？"

一阵骚动，现场的观众全都兴奋起来，主持人和男嘉宾也饶有兴致地看了进去。高家为并没有被齐妙的气势压下去，反而振作精神说道："正是因为爱情本身无法控制，我们才更要追求对彼此的尊重和平等。不因对方爱我而为所欲为，也不因自己对他人的爱失去自我。这当然很难，但唯有这样才是健康的关系，才能长久。"说着，他看了看台上的一众女嘉宾："我们在这里谈着各种各样的条件，展示着林林总总的外在，你们见了一拨又一拨的男嘉宾，真正动心的有几个？反之，对男嘉宾也一样。两个人之间产生爱情是非常小概率的事件，所以才更应该珍惜，不仅珍惜对方，也珍惜自己，珍惜自己的爱。”

齐妙已经组织好了反驳的话，可还没说出口，台下已经掌声雷动。唐总一边观察着台上的情况，一边给手下快速发了一条微信：“把这一段剪出来，今天就发出去！以现场观众偷拍的方式，要快！”

一日之间，这段慷慨陈词传遍了网络。节目组高调官宣了高家为的新任点评嘉宾身份，地铁、公交、写字楼、咖啡馆，到处都在播放着他的精彩发言。高家为带着他的情感金句火速蹿上热搜，围绕着他的各种观点、讨论也接踵而至。

那部扶摇直上的电梯，似乎已经启动了。很快，各种邀约、广告代言纷至沓来。而陈枫带来的领航资本的投资计划书，把高家为的春风得意推向了最高潮。

“你的热度就是一把锤子，凿实了公司的信心。你先看一下投资计划书，有分歧的地方，我们现场解决。这是第一部分……”

手机振动打断了陈枫的话，高家为掏出手机，见是珠珠的号码，想也没想便挂断了。但相隔没几秒，珠珠再次来电，似乎有什么急事。此时，高家为尚且不知，有人给他乘坐的电梯，按下了暂停键。

“嗯嗯，好，我知道了。”简单应付两句，高家为挂断了珠珠的电话。他拿起投资计划书，仔细看了看第一页内容，对陈枫说：“如果不着急，我想回公司，听听法务的意见。您看呢？”

陈枫愣了一下，点头回答：“可以，没问题。”

高家为收拾好资料，起身与陈枫握手告别。然而，在离开陈枫的视线之后，他突然开始狂奔，以百米冲刺的速度向停在路边的车子冲去。大厦将倾，一场灭顶之灾正向高家为快速袭来。

“我只跟你一个人说了，就是指着你救命呢。”

“我能怎么救？”

“劝劝她，把孩子拿掉……”

“孩子不要了，大人呢？还要不要？”

“先把眼前的事解决了再说吧。”

齐妙崩溃地坐在电脑前，这段她与高家为的对话录音，此时已经通过微博传遍了全网。齐妙第一次感到了慌张与烦躁，而就在这时，高家为怒气冲冲地闯进来，他咣地一下摔上门，劈头盖脸地质问道：“这种下三滥的事情，你都要干？我他妈不就录了一期节目吗，齐妙，你要毁我吗？”

“你觉得录音是我发的？”齐妙冷冷地反问道。

“这个对话那天只有你和我在场！再没有第三个人！”

“你就是个白痴。”相识多年，齐妙对高家为彻底失望了：“你听里面的内容了吗？这对我有什么好处？我知道你和别的女人有外遇，帮你瞒着，还帮你去劝人家把孩子打掉，我这叫什么高家为？为虎作伥。明白吗？这不是你毁了，是我毁了。你的脑子转过来了没有？”

“那他妈是谁发的？那天现场没有别人了吧！”高家为蒙了，装了满满一枪膛子弹，却不知道敌人在哪儿。

“所以你才更要想想。你在自己的办公室被人录音了，谁能进得去？谁会去录音，又把它放出来？”齐妙停了一下，冷冷地问道：“是不是你那个姑娘？”

"不会吧？"

看着高家为心虚的表情，齐妙恨恨地说："和你做搭档，是我前半生最失误的选择。"

高家为的公司内，电话声此起彼伏。所有人都在焦头烂额的状态中，越陷越深。高家为躲在办公室里，很多陌生号码的来电他都没接。直到唐总的电话打进来，他彻底意识到，这一场怕是躲不过了。

没一会儿工夫，高家为颓然地走出办公室，对珠珠吩咐道："叫法务，把《相亲大会》的合同拿过来。"

珠珠应声起身，但紧接着又叫住高家为："可能，还有几份合同，您也需要看看。"

齐妙的状况比高家为更差。唐总拒接了她打过去的电话，只派手下给她发了一条措辞冰冷的信息："齐妙老师，按照合同约定，《相亲大会》节目即日与您解约。之前录制的也不再播出。我们会发表公开声明，如有问题，随时联系。"

齐妙死死盯着手机屏幕，没有注意到，大康不知何时站在了办公室门口。

被几通解约电话打击过后，高家为再次把创下新低的公众号点击量当成了情绪的出口。而这次值班的编辑，恰好又是卢忆帆。

"两万三。"高家为念叨着这个数字，质问着手足无措的小卢："你知不知道去年全年，公众号文章点击量最低的一篇是多少？你刚来可能不知道，我告诉你，四万七。你知道是谁写了那篇文章吗？你不会知道的，因为她已经被开除了。两万三，高家为的公众号什么时候有过这么低的点击量？我出去拉一条狗回来，闭着眼睛在键盘上胡摁一气也有两万三吧？”

小卢没说话，抬头看了看高家为，眼神渐渐从尴尬变成了冷漠。“这篇文章，您也看过。”

“我要没看连两万都没有！咱俩谁是编辑，你告诉我？当班编辑对当天内容负责，这句话你能听懂什么意思吗？交上来这么烂的稿子，我要是不通过，你有别的给我吗？”高家为从训斥变成了咆哮。一行眼泪从小卢的脸颊上滑落，她一抬手飞快地擦掉了。

高家为更烦躁了，但他的叫骂声被会议室推开的门拦住了——陈枫冷冰冰地站在了门口。

“我一点都不关心你的私生活，我只关心我的投资。今天来就是想听你的解决办法。快四个小时了，你的应对方案呢？”陈枫还是一贯的风格，没有一句多余的废话，但高家为是真的一句话也说不出来。在陈枫到来之前，他想给晓欧打电话，想给方糖打电话，但最终都放弃了。面对陈枫的质问，他毫无头绪，毫无办法。他被困在了电梯里，只能眼睁睁看着电梯急速下坠。

但陈枫不想和他一起摔死，见高家为半晌不语，他转身发出了最后通牒：“下午六点之前，你必须把方案拿出来。不管你用什么方法，必须把负面影响完全消除。否则我这边不只是撤回投资的问题，还有赔偿。”

被各种违约电话纠缠了半日的高家为，听到赔偿二字一下急了：“赔什么？你原来没说过预付金要赔，你保证过！”

“你原来还拍胸脯保证绝对不会出问题，这些狗屁保证有用吗？”陈枫甩下一句话，气急败坏地离开了高家为的办公室。

在网上看到了高家为和齐妙的消息后，大雨意识到，方糖已经点燃了炸弹的引线，计划已经进入了加速实施的阶段。但就在这时，大雨接到了朝阳区法院的电话：“韩潮起诉你造谣诽谤，我们已经做了受理。现在电话通知您，随后会给您把受理通知书寄过去。通知书一般情况两周之内可以寄到，收到以后，可以按照上面的步骤和程序联系我们……”

大雨觉得一阵眩晕，电话的后半段她基本什么都没听到。造谣诽谤，法院，韩潮，大雨感觉自己被逼入了绝境，在她的世界里，黑白颠倒似乎已成定局，她决定用自己的方式，去完成计划的最后一步。而在这之前，她必须把一切安排妥当。

方糖怀着忐忑的心情来到大雨的出租屋，高家为的情况她已了如指掌，她担心的是大雨。好在大雨的状态看上去还不错，一见面，她就把一沓整整齐齐的资料递到了方糖手上，并且缜密地叮嘱她：“高家为公司的财务资料我都看完了，相关每一条分析，我都做了标注，发到了你的邮箱里。关于齐妙偷税漏税的相关情况，我已经向税务局举报了。你邮箱里收到的是一份关于高家为财产情况的预估，不到九成也有八成准，就算他还有隐瞒的收入，也不会是大头。如果他咬定自己没那么多，方糖，不要相信他，我的数据是没问题的。”

方糖把贴满标注的资料放在茶几上，握住大雨的手认真地说：

“我来找你，不是单为了高家为，也不是齐妙。大雨，最近你遇到了太多事，我觉得你可能需要找人聊聊。”

大雨马上明白了方糖的意思：“你要给我找大夫？”

方糖点点头：“一个非常靠谱的心理医生。你可以和她聊聊，就当和朋友聊天。心理科是一个垃圾桶，我们心里有垃圾，倒进去而已。我也找过她，对我很有帮助。你试试看，好吗？”

停顿片刻，大雨答应了方糖的请求。方糖见状马上和她约定了明天上午的时间。

“行，明天上午联系。你快回去吧，后面还有好多事儿要处理。”大雨把方糖送到了门口。

临别时，方糖又看了看大雨，忽然发现沙发旁边好像放着什么东西。她犹豫了一下，想再看看，大雨已经把门关上了。

高家为抱着一堆合同匆匆走进了一家律师事务所，他在一次商务聚会上结识了这里的合伙人杨律师。他老婆是高家为的粉丝，一来二去两人也渐渐熟络起来。

一进办公室，高家为就直接把合同都摊在了杨律师的桌子上：“我们公司的法务能力不行，什么问题都解决不了，只有你能帮忙了。这回是个大坎，过不去了。”

杨律师给高家为稳了稳神，翻开合同仔细地看了起来。可看得越多，他的眉头拧得越紧。半晌，他对高家为说：“家哥你这回真的，有点难办。”

高家为慌了：“不能真的都让我赔吧，我倾家荡产也赔不起啊。

签的时候谁知道会出这事啊！”

杨律师指着合同中的违约条款说：“如果对方严格按照合同执行，确实需要赔偿。总之，这是个大麻烦。”

“那就是个死了？”高家为绝望地问。

杨律师思量了一会儿答道：“现在能帮你的，只有一个人，你太太。”

从律师事务所到公司，高家为一路上都在琢磨怎么说服方糖。不能说钱，方糖在乎的不是钱。也不能再说谎，否则后面被揭穿，会更麻烦。要想办法唤起她对家庭的不舍，这样才有可能渡过这一劫。

高家为感觉脑子快爆炸了，他疲惫地坐在椅子上，忽然发现办公桌上有个信封。拿起来一看，是卢忆帆的辞职信。高家为在心里骂了一句，连拆都没拆，直接把信扔进了垃圾桶。

与方糖的谈话比预想得要平静，高家为交代得足够坦诚，方糖似乎也已经接受了这个局面。用她的话说：“我的气在知道你出轨的那天已经生完了。后面的事情，包括录音里的细节，虽然恶心，但是也不意外。”随后，她提出了和陈枫类似的问题：“你公司的大麻烦，有解决方案了吗？”

高家为摇摇头：“一团乱，公司现在炸锅了。”

“你那录音怎么来的？”

“我不知道，当时只有我和齐妙两个人，应该不是她发的，这事对她没好处。”

“你被录音了，不知道是谁干的，能猜吗？”

“可能……是她吧。”

“你和她，关系也断了，钱也给了，为什么还会放录音？”

“我也不知道。后来我们再也没联系过，我……”

方糖打断了高家为语无伦次的话：“如果是她放的，那是不甘心。这样，你带我去见她——你和她毕竟有过关系，你理亏，不好谈。如果是我去，就变成了她理亏，主动权就拿了回来。提条件的人，也不再会是她一个人。我和你一起去，所有的事情都说清楚，让她当面保证，再没有后患。”

方糖清晰的思路让高家为目瞪口呆，他看着方糖沉默了一会儿，低下头有些尴尬地说：“没有必要这样吧，让你直接去面对她，这太……我再想想办法。”

“也好。”方糖缓了口气，看着高家为说：“需要我出面支持你的，不管是公司，还是媒体，还是马晓欧那边，我都可以。”

高家为从没想过方糖会说出这样的话，发生了这许多事情之后，他第一次在妻子面前感到无地自容。“方糖，你说的是气话，还是真的？”

方糖轻叹了一口气：“要是你马上答应，拉着我一起去见她，我反倒不肯帮你了。你还没变成齐妙，还没那么冷血。不用解释，抓紧想想怎么办吧。”

“其实，下午我去见了杨律师，他有个提议——”高家为顺势，小心翼翼地说出了自己的打算。

二人谈到了深夜，基本达成了共识。临到最后，高家为提出，还是想找晓欧核实一下，录音是不是她发的。方糖看看高家为，没有表示异议。但核实的消息却没发出去，晓欧已经拉黑了高家为的各种联系方式。

正当高家为犹疑之际，手机邮箱提示有一封新邮件，发件人正是晓欧：

“高总：我走了，如你所愿，再不会回来。再也不会来打扰你、折磨你了。明明知道你没有离婚，还接受了你的追求，是我的错。过去的时光很美好，我曾经真心实意地爱过你，也想过嫁给你。你给了我这样的幻想和美梦，但现在梦结束了，再见。如果可以重来一次，我希望那天晚上我没有上你的车。”

高家为怔怔地看着邮箱，有些回不过神来。但这时，方糖把自己的手机递到了高家为的眼前，“高家为代笔”冲上了微博热搜的第三名——卢忆帆实名发布微博，展示了大量自己写的稿件原稿，以及和公众号发的署名高家为的稿件对比。这条微博的转发评论量，已经达到了几万条。

手拿两部手机，全都是坏消息，高家为再次陷入了崩溃。

深夜，大雨在一份打印好的离婚协议上签好了名字，然后在手机上下单，叫了一个快递。随后，她又给蒋宁写了一封电子邮件，设置好了第二天上午十点定时发送。

手机振动，大雨以为是快递员。拿起来一看，原来是刘佳发来消息：“最近怎么样，明天一起喝杯咖啡？”

“在外地，回来约你。”大雨冷静地撒了个谎，想了想又补了一句：“谢谢你的帮忙。”

第 十 二 章

杨律师的办公桌上按顺序摆放着很多文件，一些公证书、债权人给高家为寄来的律师函和起诉书等暂时被放在了一边，杨律师把一张张关于财产的协议书递给高家为和方糖：“一式三份都要签，正楷，不要连笔，日期也写上。”

在方糖和高家为击鼓传花一样签名时，杨律师在旁边不容置疑地叮嘱道：“假设将来有人起诉，法庭内外，都要说是丈夫主动把名下的所有财产全部一次性转给妻子，包括房子和车在内。公司的股权文件是另一回事，明天单独再签。在此之后，你们，注意，是极为友好地签订了离婚协议。”

高家为签得十分痛快，以至于杨律师几次提醒他慢慢写，不要连笔。而方糖看上去更加认真，很多协议书的内容，她还要拿起来看一看。

杨律师见状，抬手看了看表，把一份离婚协议书递到方糖面前，催促道：“咱们得抓点紧，一会儿还得去公证处。我这儿，你们随时来，那边迟一秒钟，人家可就下班了。”

旁边的高家为早已签完了所有的文件，方糖禁不住律师的催促，扫了一眼协议，潦草地签下了自己的名字。

从律师事务所出来，高家为匆匆地走到车子旁边，对身后的方糖说："我给你叫个车，就不送你回去了，我得赶紧去公司，记者还在等着。"

"家为。"方糖看着从车窗里探出头来的丈夫，犹豫了一下说："没什么，你路上慢点。"

高家为点点头，一轰油门，火急火燎地开车离去。方糖轻叹了一口气，开弓没有回头箭，选好的路就一定要走下去。况且，她到现在依然坚定地认为，自己的选择是正确的。

大约一个小时后，高家为的采访在网络上发布了出来。面对镜头，高家为坦承了一切："我现在说的全都是实话。公众号是公司的团队在运营，这个是公开的，这样的工作量一个人不可能做下来，行业内都是这样。但是所有的稿子最终都是我来定稿，我不觉得这是代笔，而且新员工入职之前，都会清楚这种工作方式。"

"公众号里的文章，你亲自写的大概占多少？"记者问道。

"80% 是有的。"

"《妻子自保手册》这篇文章，是你自己写的吗？"

镜头里的高家为犹豫了一下，最终回答道："《妻子自保手册》这篇文章，不是我写的，作者是我太太方糖。这些年，她在工作上给了我巨大的帮助和支持，一直都在我的身后。我公司的所有员工，都有工资，都有奖金。白干活的只有我太太，她是我唯一对不起的人。"

面对这个回答，屏幕前的方糖替自己松了一口气。之前，她本来已经和小美商量好，要发出《妻子自保手册》代笔的证据，可最后关头，方糖却放弃了。小美以为她心软了，可方糖摇摇头说："他已经要倒了，也不差这最后一步。一直以来我帮他写文章都是自愿的，他没有欺骗。他毕竟是我丈夫，是一起生活这么久的人，是我曾经爱过的人。他没那么好，但也没那么坏。踩他的人已经不少了，这最后一脚，不应该是我来踩。"

小美尊重了方糖的意见，她把装有证据的U盘还给方糖时说："也行吧。反正你放的录音已经是致命一击了，也不差这根最后的稻草。"

但方糖却否认了这个说法："那段录音，不是我发的。"

"啊，那是谁？"小美诧异地问道。

"我把那段录音给了马晓欧，毕竟对话里说的是她的事儿，发与不发，都由她来决定。"

"如果晓欧不发，你会发吗？"小美看着方糖问。

"生活没有如果。"

现在高家为已经给出了最终的答案，方糖有些庆幸，她的直觉还是准确的，只可惜高家为再也没有机会了。这时，手机里收到一条位置信息，方糖看了一眼，迅速打车赶了过去。

送走记者，高家为疲惫地回到了办公室。一直在这里等结果的陈枫立刻上前问道："否认以后，记者怎么说？有没有追着问？"

高家为摇摇头："代笔的事实都说清楚了。"

"什么意思？出轨呢？"陈枫异常焦虑地问。

高家为低下头，坦诚地回答说："陈总，已经到了这一步，撒更多的谎，更容易被戳破。那个录音，我没法否认。”

“你是不是傻呀！”陈枫差点对高家为拍了桌子，“否认的方法多得是，你说那是别人伪造的，发律师函，谁会真的去关心录音的真伪？游戏规则你不懂吗？咬死不承认，拖半个月，谁还会记得这些破事？去，马上把记者追回来，找你老婆过来，一起接受采访。听我说，让你老婆自己发一份声明，谴责伪造录音的人……”

“我不会把她拖进来的。”高家为轻轻打断了陈枫的话。

“现在是你出轨，你老婆能躲得开吗？”

“所以我更不会要求她做不想做的事。”

陈枫气得直想发笑：“你现在装什么深情？人设啊，大哥，这里没有摄像机对着你。真这么深情，出轨的就是别人了！”

高家为被怼得哑口无言，他沉默了片刻，低下头轻声说：“我只能保证，不继续错下去。”

陈枫走了，事已至此，一切只能按公司流程进行了。高家为筋疲力尽，瘫坐在转椅上，怔怔地发呆。

一阵高跟鞋的脚步声传来，夏天推门走了进来，望着高家为，一言不发。

“有事说事。”高家为颇不耐烦地说。

夏天的口气也冷冷的：“给你发微信，怎么也不回？”

“没看最近有多少事吗？我有那个工夫？”

“行啊，你想好了就行。”

“有事你现在说呀。”

高家为竭力控制着自己的烦躁，但夏天什么都没说，转头朝外面走了出去。高家为喊了一声，双手撑着沉重的脑袋停了片刻，还是唉了一声，追着夏天的脚步走了出去。

刚一上班，蒋宁就收到了大雨寄来的离婚协议书。他赶紧拨打了大雨的电话，对面却始终无人接听。他又联系了刘佳，得知二人已多日未见面，而且大雨还对刘佳撒谎说，自己去了外地。

蒋宁心中涌起一股不祥的预感，但此时秘书进来通知他开会。无奈之下，蒋宁一边往会议室走，一边拨通了方糖的电话："你知道大雨在哪里吗？她给我快递离婚协议，电话也不接，我有点担心她。我着急开个会，你帮我联系联系她。谢谢，谢谢。"

会议已经开始，蒋宁赶紧开门进去。CEO（首席执行官）在讲话，蒋宁却始终心神不宁。时钟指向了十点，蒋宁的手机嗡地一震，大雨的定时邮件到了。蒋宁点开邮件只看了一眼，噌地一下站起来，在众目睽睽之下，不顾一切地冲了出去。

站在韩潮家楼下，大雨仿佛看见很多人围在前面。透过人群的缝隙，只见小雨静静地躺在地上。大雨加快脚步上前，却只听见一声闷雷，小雨、血泊、人群，眨眼之间，全都消失不见。回忆犹如鬼魅般又缠住了大雨，她赶紧揉了揉太阳穴，悄悄退到了角落里。今天是她最后的机会，无论如何不能再错过。

不一会儿，韩潮开着车回来了。大雨早已摸清了他的行进路线，拎着一瓶透明液体悄悄跟了上去。眼看着韩潮走到当年小雨横尸之地，大雨紧走两步，猛地一拍韩潮的肩膀。韩潮一回头，见是大雨陡然一愣。转瞬间，大雨举起瓶子韩潮泼了一脸一身。

“哎呀！”韩潮吓得惨叫连连，拼命想把脸上的东西抹掉。但抹了几把，他定神看了看双手，又闻了闻味道，终于反应过来，大雨朝他泼的不过是水。

“怕毁容以后找不到新欢了吗？”大雨把瓶子一扔，站在韩潮面前冷冷说道。

“你他妈就是个神经病，我要报警，把你丫关起来！”韩潮破口大骂，正要掏出手机，却见大雨突然拿出一把尖刀，挥舞着朝他扑了过来。“把命还给我妹妹吧。”

与此同时，一封大雨的快递送到了齐妙公司的前台，而且快递员坚持让大雨本人来签收。齐妙从门口经过，见前台和快递员纠缠，便上前询问情况。快递员见状赶紧解释说：“姐，不是我死心眼，这是法院的件，就得本人签收。”

“我给大雨姐打电话了，怎么都不通。”前台也忙不迭地说道。

齐妙感觉不对，她把裴姐也叫到了门口，加上前台，三个人轮流给大雨打电话。可结果还是一样，无人接听。齐妙眉头紧锁，对裴姐说道：“你带上人事去大雨家里找找。如果一直找不到，就报警吧。我觉得，大雨可能出问题了。”

此时，被众人遍寻不着的大雨，已经把韩潮逼到了墙角。韩潮一度想撒腿逃跑，但大雨敏捷地上前一步，刀子一挥，差点划破韩潮的喉咙。韩潮𡭝了，他连逃跑的勇气都丧失殆尽，只能边后退边哀求：“姐，姐姐，你别干傻事，真的，这是要出事的，你别冲动呀，姐姐。”说着，他颤颤巍巍地从口袋里掏出车钥匙，扔在大雨面前：

“我错了，这是车钥匙，你拿走，现在就拿走，行吗？是我对不起小雨，都是我的错。我发誓，我以后一定洗心革面，我，我保证每年都去给小雨扫墓，给她上香。我以后再也不敢了，不敢了，姐，你相信我……”

韩潮的话渐渐模糊，大雨的眼前又闪现出他从前无耻凶恶的嘴脸，她举起刀子，咬紧牙关，猛地朝韩潮刺了过去。刀尖晃动，韩潮抱着喉咙，尖叫一声，瘫在了地上，来不及反应裤子下面已经湿了一片。

然而地上并没有血渍飞溅，一只手从侧面伸出，紧紧抓住了刀刃。大雨定睛一看，来人竟然是蒋宁。他顾不上自己的手，大声斥责大雨：“你是不是疯了！你想没想过后果，想过你爸你妈吗，啊？”

这时，方糖举着手机，一边拍摄一边走了过来。大雨见方糖出现，整个人慢慢放松下来。蒋宁此时也发现，自己的手并未受伤，大雨挥舞的只是一把没有杀伤力的仿真刀。

“这是怎么回事？”蒋宁吃惊地问道。方糖录好视频，扶住疲惫的大雨，讲出了事情的原委。

从大雨的住处拿走资料后，方糖越想越不对。她折回大雨的住处，敲开门后，她不顾大雨阻拦，径直朝沙发走去，发现放在旁边的，竟是一瓶工业酒精。

“我知道你要干什么。坏人确实应该受到惩罚，但绝不能把好人搭进去。你父母已经因为这个人渣失去了一个女儿，如果你再因此出事，他们该怎么办？我有更好的办法，你听我说。”

由此，方糖策划了今天的一出追杀。她轻蔑地看了看还在检查自己喉咙的韩潮，对大雨说："这种人平时看起来什么都不在乎，你以为他是浑蛋，其实是草包。刚刚，他怎么跪在地上，怎么发毒誓，尿裤子的丑态，都在手机里——发不发这个视频，由你决定。"

正在暗自庆幸的韩潮，听完方糖的话，立时脸色蜡黄。而平静下来的大雨，望着身旁的蒋宁，骤然想起，她忘记了取消那封写着永别的定时邮件了。

"对不起，我……"大雨愧疚地看着蒋宁说道。

可从来好声好气的蒋宁，突然急了："我不爱听你的道歉。发邮件的时候，你就想和他同归于尽，要不是方糖，你已经完了！我们这个家也完了！你的世界里就只有这一个浑蛋？你爸你妈呢？我呢？我们对你都不重要吗？！啊？"

这时，一阵急促的脚步声由远及近传来。原来，放心不下大雨的刘佳，也急匆匆地赶了过来。望着无私的挚友和情深义重的丈夫，大雨终于解下了所有心结，扑倒在蒋宁的怀里，放声大哭起来。

齐妙心神不宁地坐在办公室里，等待着大雨的消息。在这段时间，她发了不知道多少条微信……

"大雨你在哪里？马上回电话。"

"你是不是有什么事？"

"不管什么事情，先回电话。不管你要干什么，明白吗？"

"大雨，尽快回复我，好吗？"

……

然而，不等裴姐带回消息，两个穿着制服的人走进了她的办公室。“您好，朝阳区税务局。我们接到实名举报，你们公司存在阴阳合同、偷税漏税，并有大量证据。现在开始查账，请配合。”

不等齐妙反应过来，税务人员已经着手封存资料了。此时齐妙的手机响了一声，她拿起来一看，大雨终于回复了消息：“我没事，谢谢你，妙姐。”

另一层楼上，高家为的公司也不安生。夏天以当初的一夜情为要挟，向高家为讨要更多的钱财。而早已心灰意冷的高家为，已经懒得再去遮遮掩掩。他直接告诉夏天：“不会再给你一分钱，也不会再和你有任何联系。你想怎么做，随便吧。”

“高家为，你别后悔！”夏天丢下一句狠话，直接回到办公室开始收拾东西。临走前，她在公司微信群里发送了她和高家为的聊天记录文件，底下附了一行文字：高家为性骚扰女员工，聊天记录为证。

公司群里立刻响起一片叮叮当当的手机铃声，夏天抱着箱子，对着众人喊道：“你们还在等什么呢？擦亮眼睛吧，你们以为的模范好男人高总，天天都在犯着天下大多数男人都会犯的错误。别傻了，人设都崩了，你们还以为公司能上市吗？再晚走两天，赔偿金都拿不到了！”

高家为坐在办公室里，听着外面的动静，慢慢闭上了眼睛。他知道，人心已散，大势已去，他被那部电梯狠狠地甩了出来。半晌，他无力地拿起手机，给杨律师发了一条语音：“财产的事怎么样了，我这边可能撑不了多久了。”

方糖静静地坐在一间茶社的包间里，提前点好了两杯茶。不一会儿，随着一阵急匆匆的脚步声，一个穿着西装的男子推门走进来，坐在了她的对面，二话没说端起茶就咕咚咕咚喝了几大口。之后，他放下茶杯，对方糖说："还是写推理小说的细心。我和高家为说过不止三次，饮料就得喝冰的，不听，每回给我点能烫死人的。"

方糖微笑地望着对面的杨律师，像平常一样，替高家为打着圆场："大律师，一小时几百万的营生，哪有等着凉凉的时间。他的心还是不够细。"

杨律师把俩人刚签过不久的协议从包里拿出来，啪地往桌上一拍："查查数，对不对。"

之前在高家为面前，方糖逐字逐句过得十分认真，现在反而一眼也没看，直接把协议拿起来，放到自己的包里。随后，她一边递上一张银行卡，一边说："我这边错了，你该收的钱也对不了。你知道你这样的人，在出版行业叫什么吗？"

杨律师接过银行卡问道："密码多少？"

"校对。"

"我管你们叫我什么。密码？"

"校对。"方糖又笑着说了一遍："这两个字的拼音字母是登录网银的密码，取款密码六个六。"

杨律师点点头，收好银行卡后，慢悠悠地对方糖说："我还有个事得告诉你。其实高家为后来找过我，他说自己也不知道现在面临的情况之后会怎么样。如果真的所有合作方都向他追责，他偿还不了的话，就把那些钱都给你，他不要了。"

看着方糖的茶杯突然停在了半空中，杨律师微微一笑：“我也没想到。他说你跟他这么多年不容易。现在的粑粑都是他自己拉的，他不能再拖着你。所以其实我也没帮你什么，那些钱，里里外外，都会是你的。”

杨律师一口干了冰茶，起身离开。方糖在包间里静静地待了一会儿，直到手机响起。

“您好，是您叫车去机场吗？”

“是的，您稍等，我马上出来。”

高家为垂头丧气地回到家，一出电梯便看见家里的防盗门大敞四开，两个穿着白衬衫的房产中介，带着一对情侣从里面走了出来。女中介一边收鞋套，一边殷切地介绍道：“有些精装都是假精装，您看这屋的马桶，龙头，花洒，全是科勒的。二手房得看细节，看门窗，看五金，看地漏……”

高家为不明就里地走过来，却被中介挡在了门外：“哎哎哎，你干什么？”

高家为一手拨开拦着他的男中介，一只脚跨进门槛，说道：“这我家！”

男中介恍然大悟，一边道歉一边解释：“不好意思，等会儿我还约了一个客户，马上就到，不会耽误很久的。”

“什么耽误不耽误，我不卖房子！”高家为说着便要关门。两位中介对视了一眼，拦住高家为说：“您太太说的，卖。”

高家为立马掏出手机拨打方糖的电话，显示对方已关机。他又急忙发了条微信，发现方糖已经把他拉黑了。

高家为茫然地望着曾经的家，此时这里已经几乎空无一物，能搬的都搬了，能卖的都卖了，只剩下沙发脚在木地板上压凹的印迹，和家具搬空之后底座下面陈旧的污渍。

那张曾经摆放在最醒目处的二人合影也从相框里掉了出来，里面的照片被剪成了两半。方糖那一半消失了，只剩了高家为自己的一半照片，掉在地上，微笑地望着现实中的高家为。

书房的柜子里，除了高家为著的几本书，其余也都空了。曾经隐藏在缝隙中的小小摄像头，此时变得异常明显。它孤零零地闪着红点，依然在坚持拍摄。

书桌上放着一摞打印稿，都是高家为早年赖以成名的爆款文章和书稿。因为经年日久，纸张的边沿磨损陈旧。高家为拿起来，一页页地翻看着。稿件上随处可见方糖手写的批注和修改。

在一篇题为《只有尊重女性的男人才是真绅士》的文章下面，方糖密密麻麻地写道："你的读者都是女性，给这个群体写文章只有一个目的，就是让女性舒服。这是原则，高老师。你的文章哪是在讨好女性，分明是在羞辱女性！算啦，还是我写吧！"

在娟秀的字迹末尾，方糖还画了一个嗔怒的卡通女头像，寥寥数笔，活灵活现。高家为翻看着这些文稿，仿佛又回到了当年二人举案齐眉、共同奋斗的美好时光。直到文稿的最后一页，在一大片空白的地方，赫然出现了两个新写的红色大字：再见。落款：方糖。

高家为一时失神，松手将文稿散落一地。

三天后，泰国海边，晓欧踩着海滩上柔软的沙子，看着一只小螃蟹从脚边缓缓爬过。她正想蹲下仔细看看，忽然感觉背后有人停住。回头一看，竟是方糖。二人心照不宣地对视了一下，不约而同地朝海边的凉棚走去。

海浪轻柔地拍打着沙滩，一层层地冲刷着两个人的脚，一切看上去都那么惬意无比。方糖望向远方，向身边的晓欧讲起了儿时的故事："小时候，班里有个孩子老欺负我。不是淘气，是那种天生的坏。他拿剪刀扎人，折断铅笔，给我的水壶里放蚂蚁，还偷了别人的东西，塞到我的书桌里。我回去和家里说，大人也以为是孩子之间的玩闹，也不管。

"我不止一次地想过，他什么时候才会死呢？八十岁，还是一百岁？万一我活得没有他久，是不是一辈子都要受他的欺负？去和老师说，也没有什么用。到后来，我连水壶也不敢拿了。生怕里面再有什么东西。再渴也忍着。要不就是和家里撒谎，说肚子疼，说不舒服，一天的学校我都不想再去了。

"五年级夏天，暑假结束，我又提心吊胆地去上学。可都要上课了，那个孩子还没到。一节课，两节课，三节课，一天，两天，三天，他一直没去。我实在忍不住了，去找老师问。我说他去哪里了呢？转学了，还是出什么事了？"

晓欧望向方糖，有些吃惊地猜测着："他死了？"

"是。"方糖点点头，"溺水。暑假的时候去游野泳，他是其中一个。当时的那种感觉就是，我特别高兴以后再也不用害怕上学了，再也不用口渴了，我终于可以带着自己的水壶来学校了。但是我又希望他没死，希望他只是转学了，或者是转班了，或者是别的什么。”

方糖沉默了一会儿，转头看着晓欧问道：“你呢？你怎么想？你希望这一切都没有发生。你希望他能不顾一切地抛弃所有的东西，和你远走高飞。你希望陪着你坐在这儿的不是我，是他，但是他做不到。你感到不甘心，生气，还有些遗憾，对吗？”

晓欧沉默良久，看着方糖问道：“如果再来一次，你还会这样对他吗？”

“如果再来十次，你觉得，他还会这样对你吗？”

晓欧的脸色有些苍白，她捋了捋被海风吹乱的头发，说：“对你，对我，没有区别。他是永远都不会变的。”

方糖长出一口气，似乎已经全部释然：“那是他自己的事情。我，你，他，今天是我们最后一次聊这个话题。从今往后，大家再无瓜葛，永远都不必再见面了。”

但晓欧似乎还有不甘心：“他知道你这么聪明吗？竟然懂得这么多手段。找一家甲方，以它的名义，和我跟高家为联名开的公司签一份合作协议。让对方先付一笔款，收到以后再用第三方的途径转退回去。作为法人，高家为会收到催款的律师信。我把手机一关，高家为就崩了。进退两难，走投无路，直至公司破产。是不是凭着他的脑袋，永远也不会知道，这些事是你和我在他背后一起做的？”

“知道，或者不知道，有意义吗？”方糖轻笑着伸出手，和晓欧握了握，“祝你以后找到一个愿意为你付出一切的人。我走了，以后我们再也不会相见。”

“等等。”晓欧急切地拦住方糖，“我的钱呢？是你说的，让我配合你，把高家为的财产转到手里，到时候你会分给我我应得的。”

“那什么是你应得的？”方糖的反问让晓欧一时语塞，她拨开晓欧阻拦的胳膊，接着说道，“你不会真的以为我们是朋友吧？或者是，盟友？那些钱是我和高家为的共同财产，如果你是我，你会给吗？”

阳光下，方糖潇洒地飘然远去。

齐妙坐在办公室里，呆呆地望着黑色的电脑屏幕。办公室外，人去楼空。曾经热闹非常的公司，一夜之间灰飞烟灭。这时，一阵脚步声突然传来。齐妙抬起头，看着大雨慢慢走进来，有些凄然地问道：“你回来干什么，看你的胜利成果吗？”

“我还有些东西没拿走。”大雨淡淡地说。

齐妙心中忽然涌起一股不服，她走到门口，指着外面空荡荡的工位说：“好好欣赏一下你的胜利成果吧。公司被查封，我的事业，拜你所赐，也都停了。你终于成功了，满意吗？但是我告诉你，市场上永远需要我这样的人，没有齐妙，还会有其他人。你以为你这样就是赢了吗？那么多和我一样的情感大师，你能一个个去搞垮他们吗？”

此时的大雨表现得极为平静，她严肃而诚恳地说：“每个人都可以发声，这是每个人的权利。但你的影响力越大，越要珍惜自己说出的话。对你来说，那些话是流量，是点击量，是 KPI。但是你说的话影响的是一个个真实的人，她们的人生。妙姐，你确实很有才华，也许是你以前走得太急了，忘了看方向。”

大雨说着走出了公司，但没走几步，她又回过头来：“那天，你发的微信我都收到了，之前是我辜负了你的信任，对不起，谢谢你。”

公司楼下，蒋宁静静地等着大雨下来。他已经为大雨预约了北大六院的心理科，彻底放下心结和仇恨，大雨还有很长的路要走。待她坐上车，蒋宁细心地帮她系上了安全带。大雨下意识地说：“我自己可以。”

“我知道。”蒋宁握住大雨的手，“但我想帮你做。”

公司一楼的咖啡厅，齐妙点了两杯咖啡。过了许久，高家为悄然而至，坐在了齐妙的对面：“不好意思，让你久等了。刚才跟芳姐核对员工的遣散费，耽误了点时间。”

“怎么赔的？”齐妙问道。

“N+1，来公司不满一年的赔一个月。芳姐劝我说，有别的办法可以减少离职补偿。不过，公司的事儿都是我造成的，最终还是这么定了。”

“高老板有情有义，粉丝知道了会更爱你的。”

“你别笑话我了，我现在还哪儿来的粉丝啊。”

看着高家为自嘲的神情，齐妙也不禁感慨：“咱们俩竟然在工作日的下午，在这里悠闲地喝下午茶。”

“能坐在这儿喝茶已经不错了，别抱怨。”

“你现在住哪里？”

“在旁边租了个开间。”

“你不去找方糖了？就这么算了？你觉得，她能一直躲着你吗？”

高家为叹了口气：“算了，找到她也没脸见她，就这样吧。”

“我可没你这么想得开。”

“你有什么想不开的，公司，还是大康？”

齐妙白了高家为一眼，无奈地笑了笑。两人有一搭没一搭地聊着，仿佛多年未见的老友。咖啡馆旁边的书店里，一名员工正在门口张贴新书海报——方糖的小说《妻子的选择》。海报上，方糖露出了自信而迷人的微笑。

时光倏忽，一晃半年过去了。大雨梳着一丝不乱的马尾，坐在副驾驶上，跟后座的方糖对后面的行程：“待会儿这个公益活动，四点之前就能结束，这样能赶得上五点在丽都花园和公众号的人谈合作。吃完之后错开晚高峰，直接去昆仑饭店见视频网站的老板。”

方糖朝车窗外看了一眼：“北京这路况，会不会卡得太紧了？”

大雨举起随时开着的高德地图，果断地回道：“我把堵车的时间也算进去了，如果没有意外，来得及。”

下班走出医院，大康远远就看见了齐妙向他招手。

“你怎么突然来了？”大康上前问道。

“想让你请我吃顿饭呗，我想吃火锅，一个人没法吃。”齐妙微笑地看着大康说。

大康想了想，有些犹豫地说：“旁边就有一家，溜达着十分钟能到，味儿不错，就是环境稍微……”

“走吧，带路。”齐妙率先走了出去，又朝大康招了招手。

火锅店里，人声鼎沸。大康一边往铜锅里下肉，一边问道：“你公司那边，怎么样了？”

齐妙吃得有滋有味，听到大康的问话，她抽了张纸擦擦额头上的汗珠说道：“该补的税款都补了，原来的公众号也关了，我想做点新东西，还没想好。公司也换了新地方，人少了，地方也不需要那么大了。就算是重新再创一次业吧。”

大康夹了一筷子齐妙爱吃的粉丝，放到她碗里，犹豫了一下说：“我最近可能要经常加班，时间也不固定。”

齐妙嘞了一半的粉丝挂在嘴边，抬头望向大康。

“我的意思是，下次约吃饭，提前打个电话，别白跑了。再说，你也那么忙。”大康赶紧解释。

齐妙唏里呼噜地把另一半粉丝也吸进嘴里，笑着说：“要是想见，总能有时间。你说的。”

透过火锅的昭昭雾气，大康和齐妙都笑了。

离开北京，晓欧回到了离家近自己又喜欢的杭州。此时，她已经成了浙江卫视一档综艺节目的 PD（节目总监）。穿过闹哄哄的录制现场，她走到一个长相憨厚的年轻男摄像身边，用手里的流程册拍了拍他。

“怎么了？”摄影师把耳机摘了一半，转头看着她问。

“天亮前看来是录不完了。订的位子要不要打电话取消？老放鸽子，以后上了黑名单，订不到了！”原来摄影师是晓欧的男朋友，今天是他们相恋一百天的纪念日。

可不知是现场太闹，还是缺乏恋人间的默契，男友仿佛根本没听清晓欧说了些什么。他摘掉耳机，大声问道："你说什么？什么不到了？"

晓欧无奈地凑过去，把男友的耳朵揪到自己身边，刚要喊，却不想男友一把搂住她，在嘴唇上甜甜地亲了一口。"百岁，百岁，希望咱们的爱情长命百岁！"

周围的人见此情景，立马尖叫着起哄。晓欧捶了男友一拳，却没有推开。她的爱情终于可以光明正大地展现在世人面前了。

高家为没想到方糖会主动联系他，更没想到，她会把见面地点约在那家充满各种回忆的西餐厅。

半年不见，方糖整个人都焕如新生。她早早来到餐厅，看着高家为拎着电脑急匆匆地一路走来。

尽管有些尴尬，但高家为还是先开口说："我看见你的新书了，挺好的，祝贺啊。影视版权卖了吗？"

方糖笑着点点头："快开机了。"

"恭喜。"高家为有些羡慕，但更多的是坦然和放下。

"我听说，你在给杂志写专栏。"

高家为自嘲地回答："老本行吧，驾轻就熟。"

"才华和能力是个不锈钢的苹果，不会烂的。慢慢来吧。"说着方糖掏出一把钥匙放在了桌上。

高家为疑惑地问："这是什么？"

"自己家的钥匙也不认识了？"

"不是卖了吗？"

方糖摇摇头："后来又反悔了。我总觉得，毛毛能自己找回来。要是我们都走了，等它回来，就再也进不了门了。这半年我一直自己住在那儿，你从来没有回去过，所以也不知道。你看。"

高家为看着方糖手机里的照片，那是一张方糖和毛毛最新的合影。

"毛毛回来了？它真找回来了？"高家为也不禁有些激动，这差不多是半年来最令他高兴的消息了。

"没枉费我躲着城管满大街贴寻狗启事，有人在小区门口看见它，通过物业给我打了电话。人生就是这样，0.01 的希望，也是希望。你说的。"

"太好了！太好了！"高家为喃喃地说着，又看看桌上的钥匙，"你的意思是？"

方糖把钥匙往高家为的方向推了推："毛毛回来了，我自己也稳定了，还有之前你给我的那些钱——我已经不需要这套房子了。况且，这本来也是我们在婚姻期间的共同财产，你也有份。在一起这么多年，把东西都拿走，对你不公平。我把这套房子还给你，或住或卖，你自己决定。"

看着前妻和从前的家门钥匙，高家为的内心五味杂陈。他想对方糖说点什么，但又怕情绪冲上来，难以抑制。反倒是方糖，轻松地笑了笑："人生苦短。放过别人，就是放过自己。我一会儿还有个活动，先走了。"

看着方糖远去的背影，高家为怅然若失。

西单图书大厦的一楼排起了长长的队伍，一个真人大小的易拉宝树立在书店门口——方块七最新题材推理小说《妻子的选择》。

方糖站在后台，透过门缝看了看外面的人山人海，有点紧张地吐了口气。大雨递过一盒牛奶：“喝两口垫补一下，我刚去外面看了一眼，给这些人都签完，天都黑透了。”

“那晚饭吃什么？”方糖小声问道。

“蛙小侠，我订好了。”大雨接过牛奶回答。

“我已经饿了。”

两人会心一笑，随后大门敞开，迎着读者期盼的目光，方糖自信地走向前台……